W0385184

KAIROS

Ornella Salvatore

Kairos

Éditions Baudelaire

Du même auteur

Histoire vivante de la Médecine, Si la médecine générale m'était contée, Ellipses, 2017

© Éditions Baudelaire, 2024

Envois de manuscrits :
Éditions Baudelaire – 27, place Bellecour – 69002 Lyon

Le Code de la propriété intellectuelle interdit les copies ou reproductions destinées à une utilisation collective. Toute représentation ou reproduction intégrale ou partielle faite par quelque procédé que ce soit, sans le consentement de l'auteur ou de ses ayants cause, est illicite et constitue une contrefaçon sanctionnée par les articles L 335-2 et suivants du Code de la propriété intellectuelle.

À A.H.,
En souvenir de la bouteille de Margaux dans un éco-sac.

Un jour de printemps, là où tout a commencé…

Il était 15 heures. Nous étions le 11 mai 2022 et tout était inhabituellement calme dans mon bureau. À croire que le beau temps m'avait volé ma patientèle, promettant de me la rendre dès le retour de la grisaille. Il faisait en effet un temps estival depuis une semaine et les températures avoisinaient les trente degrés. Pour être tout à fait honnête, j'avais moi aussi un mal fou à résister à l'envie de déserter mon cabinet médical au profit de l'une de ces petites terrasses parisiennes dont regorge la Plaine Monceau. Je me serais installée au soleil – frileuse oblige –, lunettes noires sur le bout du nez et, sûrement, un livre à la main que j'aurais posé de temps à autre pour admirer les jolies couleurs que le printemps offre au Parc Monceau et respirer le parfum de l'herbe fraîchement coupée. En grande buveuse d'alcool que je suis, j'aurais choisi, comme d'habitude, un thé glacé et l'on m'aurait raillée pour ce crime : « Des feuilles de thé plutôt que du raisin ou du houblon ? Non mais ça ne va pas la tête ? » Rassurez-vous, ma tête va bien. Je suis simplement de ces personnes qui ne tiennent pas l'alcool et si vous souhaitez me voir tituber lamentablement, il vous suffit de me proposer deux misérables verres de vin et d'attendre que le miracle se produise. Effet garanti.

Dissipant l'image de ma débauche, je jetai un rapide coup d'œil à mon planning et, constatant que ma prochaine consultation n'aurait pas lieu avant 17 heures, j'allais devoir m'armer de patience et, surtout, trouver de quoi m'occuper. Me vint alors à l'esprit l'idée de me lancer un défi. Après tout, quoi de mieux pour tromper l'ennui ?

Et si j'écrivais ? Si j'inventais une histoire ? Celle d'une jeune femme embringuée dans une affaire rocambolesque de vol de bijoux ? Au fond, il n'y a pas qu'Arsène Lupin qui sache subtiliser sans se faire prendre ! Ou bien plutôt l'énigme d'un meurtre mystérieux dont les terribles secrets surgiraient du passé ? Dicker et Musso : gare à vous ! Ou encore une histoire d'amour compliquée – mais romantique – où les deux protagonistes finiraient par se rendre compte après de nombreuses années qu'ils sont faits l'un pour l'autre ? Sauf que je ferais en sorte que les « nombreuses années » se transforment en « quelques mois grand max' » et que cela ne soit finalement pas si compliqué. On ne fait pas attendre son âme sœur… Shakespeare a tenté et, *spoiler alert*, cela ne s'est pas très bien terminé. Autre option : je pourrais vous raconter mon histoire. Bah ! La psychothérapie, très peu pour moi…

Et si je ne choisissais pas ? Si je me contentais d'écrire et de vous laisser ensuite démêler le vrai du faux ? Le réel du fantasme ? À la réflexion, cela me semble la meilleure option. Qu'en dites-vous ?

Certains évènements sont inspirés de faits réels et d'autres sont purement imaginaires.

Quant aux personnages : qui sait ? Dites-vous qu'ils sont tous un peu moi et tous un peu eux.

Quoi qu'il en soit, ne perdez pas de vue qu'il s'agit d'un roman, issu de la fantaisie de l'auteure…

Préambule

Les rues de Paris étaient désertes. La nuit glacée et la brume humide qui envahissaient le Quai Voltaire conféraient à la ville une atmosphère de mauvais polar. Haletant et en sueur, il reprenait sa respiration sur le Pont Royal. Comment tout cela avait-il bien pu arriver ?

Décembre avait plutôt démarré sous les meilleurs auspices. Après de longues semaines d'hésitation, il s'était enfin décidé à l'inviter à dîner et elle avait accepté. Il avait même été surpris par son enthousiasme et par la simplicité avec laquelle elle avait répondu du tac au tac : « oui, avec plaisir. » Cette femme ne faisait pas de mystère. Elle était entière, honnête et sincère. Quand elle aimait, elle le disait. Quand elle n'aimait pas, elle vous le faisait savoir également. Elle lui plaisait autant qu'elle l'effrayait. À ses côtés, il se sentait à la fois terriblement homme et parfaitement enfant. Et pourtant, il ne pouvait se passer d'elle… Elle était de ces femmes qui, malgré leur jeunesse, portaient en elles toutes les valeurs surannées d'une autre époque. Elle avait tout pour elle, même la solitude. Ils s'étaient rencontrés à l'occasion d'une soirée entre amis. Lui qui était plutôt du genre volage avait initialement tenté une approche directe mais maladroite qui se solda par un échec cuisant, un soir d'anniversaire plutôt festif et arrosé. Il était certain que les verres de Bourbon l'avaient rendu joueur. Fort de son ébriété, il se retrouva donc *persona non grata* avant même d'avoir pu rattraper son dérapage. Décontenancé – lui qui n'était pas un habitué des fins de non-recevoir – il fit une seconde tentative par mail. Contre toute attente, elle y répondit et c'est ainsi que débuta leur correspondance. Des mails courts et sympathiques au début, puis plus longs, plus drôles, plus personnels. Jusqu'au jour où elle signa de son numéro de téléphone. Était-ce un cadeau ? Un piège ? Lui, amoureux ? Impossible ! Ce serait le comble ! Et sans même aucun rapport physique. Ça pour lui, c'était une première ! Il détestait ce sentiment parasite qui lui faisait perdre le contrôle de ses pensées et de ses désirs. Par-dessus le marché, il se trouvait niais à attendre ses messages comme un gamin de quinze ans. Tout de même ! Du haut de ses trente-cinq ans, il n'était pas un novice en matière de séduction. Beau garçon, autant dire que son répertoire était bien fourni et que c'était souvent le défilé des demoiselles dans son appartement. De la consommation pure et simple. Pas d'attaches. Comme la plupart des hommes de sa génération, il était du style à fuir l'engagement. Sa liberté chérie primait sur tout et tout le monde. Tout le monde sauf ses amis. Nuance. Mais là… c'était différent. Elle était différente. Impossible de la sortir de son esprit. Avec elle, la tâche allait s'annoncer compliquée. Ils étaient tous les deux aux antipodes. En apparence du moins. Pour la première fois de sa vie, une femme l'avait dérouté. Il le sentait, c'était Elle. Mais lui, était-il le bon ? Un énième échec, un énième abandon, une cicatrice de plus… Il ne pourrait pas le supporter. D'autant qu'il n'avait strictement aucune idée de ce qui se passait dans sa tête à elle. C'était un mystère ambulant, un paradoxe personnifié. Tant pis, il fallait qu'il sache. Il naviguerait à vue en prenant garde de ne pas commettre d'impair. De toute façon, pour une raison obscure, la simple idée de l'imaginer dans les bras d'un autre homme lui donnait la nausée. Alors, mort de trac, il composa son numéro de téléphone et lui proposa un rendez-vous. Le dîner avait eu lieu la semaine passée. Qu'elle était belle dans cette robe rouge…

Les sirènes des voitures de police qui retentissaient au loin le sortirent de sa rêverie. Pris de panique, il serra le pistolet qu'il avait glissé dans sa poche et reprit sa course dans les rues de la Rive Gauche.

PREMIÈRE PARTIE

LA THÉORIE DU BIG BANG

1.
Tout commence par un souvenir

Livia referma le livre qu'elle venait de terminer et le lança au bout du canapé sur lequel elle était confortablement installée depuis deux heures maintenant. « Ce type a une imagination débordante… », pensa-t-elle en ôtant ses lunettes en écailles qu'elle déposa sur la table basse du salon. Elle s'extirpa de son plaid pour s'étirer, un peu engourdie par son après-midi d'inactivité, s'assit et prit une gorgée du thé aux fruits rouges qui patientait là depuis le début de sa lecture. « Mff, grimaça-t-elle, il est froid. » Elle se leva et se rendit dans la cuisine pour y ranger la tasse. Nous étions le soir du 31 décembre 2021, en pleine pandémie de Covid-19. Dehors tout était calme et silencieux. Malgré la levée des différents confinements, les jeunes réveillonnaient entre eux et les moins jeunes ne réveillonnaient pas. Dans l'inconscient collectif, les contacts humains étaient désormais devenus dangereux et l'on avait instinctivement peur de l'autre. À bas les accolades et au diable les embrassades. Dieu seul savait combien de temps il faudrait pour que tout redevienne comme avant… Si toutefois cela était encore possible.

Pour la première fois depuis de nombreuses années, Livia avait pris le parti de rester seule chez elle et de profiter des quelques jours de vacances qu'elle avait décidé de s'octroyer après des mois de consultations stressants et plutôt rébarbatifs. Elle s'était simplement contentée d'un dîner chez ses parents le jour de Noël. Sa famille lui manquait trop pour faire l'impasse sur ce moment-là. Sans oublier que Noël avait toujours été sa période préférée de l'année. Livia retourna près du canapé pour replier sa couverture et saisit le livre qu'elle avait dévoré, comme à son habitude, en à peine trois jours. Elle fixa le titre quelques instants en se remémorant ses passages préférés et en s'imaginant, elle aussi, auteure à succès. *Le Mystère de la chambre 622…* Elle se dirigea ensuite vers sa bibliothèque et essaya non sans peine de trouver une place pour le roman qu'elle regretta aussitôt de ne pas avoir acheté en édition poche. Soit, elle capitula et le déposa près de la chaîne stéréo qu'elle alluma et dont elle enclencha le mode Bluetooth. Elle attrapa ensuite son IPhone et sélectionna sa playlist de Jazz. Les premières notes de *Minnie the Moocher* qui résonnèrent dans l'appartement la firent sourire. C'était plus fort qu'elle, cette version de Duke Ellington la plongeait systématiquement dans un univers fantasmé de l'entre-deux où le héros était un détective solitaire, plutôt brillant et doté d'un sale caractère. Le film était en noir et blanc, le privé portait un chapeau, fumait, flirtait avec les lois et était bien entendu assez sexy. Livia fit ensuite quelques pas vers la porte-fenêtre. Elle l'ouvrit et se décida à sortir sur sa terrasse malgré le vent froid et humide qui la saisit presque instantanément. Il était à peine 20 heures mais la nuit était déjà tombée depuis longtemps. La pluie venait de cesser mais, à l'évidence, elle n'avait pas dit son dernier mot. Livia observa les allées tristement désertes du sixième arrondissement de Paris. Elle vivait dans une petite rue calme du quartier de Saint-Germain-des-Prés, tout près de la Place Saint-Sulpice.

L'été, l'endroit donnait l'impression d'être en vacances à Saint-Tropez. La mer et Sénéquier en moins. Les rues résonnaient des pas entremêlés des touristes en villégiature et des parisiens en espadrilles qui essayaient de se frayer un chemin parmi la foule, les musiciens de Jazz et de Dixieland s'installaient au pied de l'Église Saint-Germain-des-Prés créant ainsi un attroupement mélomane bien plus imposant que les jours de messe, les terrasses du Flore et du Armani Caffè se livraient une concurrence amicale et les fleuristes du Marché Saint-Germain, dont l'imagination s'épanouissait avec le printemps, enchantaient les passants avec leurs bouquets de roses des jardins qui embaumaient le trottoir. Le début de l'automne signait le retour des étudiants sur les bancs des amphithéâtres des Écoles et des Universités du Quartier Latin et les libraires ne désemplissaient pas de jeunes élèves à lunettes et sac à dos, affairés à chercher le livre recommandé quelques heures plus tôt par le Professeur mais déjà en rupture de stock. Quant à l'hiver, la magie de Noël investissait les vitrines des magasins et les guirlandes lumineuses émerveillaient les enfants qui y voyaient là un signe que le Père Noël n'allait désormais plus tarder. Cette année, tout était différent. Les restaurants, les cinémas et les musées étaient fermés, il n'y avait plus de touristes et les parisiens qui faisaient leurs achats portaient masques et gants et affichaient un empressement craintif. Finalement, seules les décorations étaient restées gardiennes de l'esprit de fêtes. Les pensées de Livia vagabondaient malgré tout parmi ses souvenirs heureux. Elle vit défiler avec tendresse les balades avec son père, ses études de médecine, cette journée où elle était venue faire imprimer sa thèse de doctorat chez le petit imprimeur spécialisé de la rue de l'École-de-Médecine, les journées shopping avec sa mère rue Bonaparte, les glaces au café et les chocolats chauds de chez Angelina… Cet endroit résonnait en elle. Elle le connaissait par cœur. Elle avait toujours voulu y vivre et c'était chose faite depuis trois mois. Un jour qu'elle se désespérait de ne pas avoir encore atteint ses objectifs, son père, en homme sage et avisé qu'il avait toujours été, lui avait dit : « Aie la patience de tes ambitions, ma chérie. Tu ne peux pas tout maîtriser et parfois il faut juste faire confiance au destin et laisser le temps au temps. Tout finira par arriver comme tu le souhaites, tu verras. »

Les températures hivernales eurent finalement raison de ses divagations et les frissons l'invitèrent cordialement à s'en retourner à l'intérieur. Elle adorait son appartement, un trois-pièces confortable qu'elle avait réussi à acheter à un assez bon prix, moyennant quelques travaux. Elle avait finalement opté pour une rénovation complète des lieux qui appartenaient jusqu'alors à un couple de septuagénaires fort sympathiques mais dont les goûts étaient, à en juger par le papier peint orange psychédélique, eux aussi très *seventies*. Retraite champêtre pour le gentil couple et renaissance sobre et chic pour l'appartement qui respirait désormais l'élégance de ces lieux dont les propriétaires apprécient tout autant le minimalisme moderne que les œuvres d'art rétro, symboles d'une époque dont Livia était nostalgique sans pour autant l'avoir connue. Elle avait souhaité son appartement à son image et c'est tout naturellement qu'y cohabitaient Starck et Wharhol, Laviani et Soulages, pop art et jazz, ordinateur dernier cri et vieux livres dénichés chez le bouquiniste. Si les opposés s'attirent, elle était la preuve vivante que l'on peut aimer tout et son contraire. Être tout et son contraire. Elle était médecin généraliste et s'était installée depuis peu dans son propre cabinet, Plaine Monceau. Son temps libre était partagé entre sa famille et ses amis. Jusque-là, rien de bien particulier. Une petite vie bien réglée en somme. Plutôt de nature discrète et solitaire, elle affectionnait les endroits calmes et fuyait généralement les *spots* branchés où la foule des gens de son âge avait tendance à l'étouffer et, il faut bien le reconnaître, à l'ennuyer. Jusqu'à ce fameux soir…

***
*

Quelques semaines plus tôt…

Marie-Charlotte, trente ans, surnommée Chachou, travaillait dans le digital, confondait facilement jupe et ceinture, tenait son verre de Mojito dans une main et fumait une cigarette électronique à la vanille de l'autre. Livia, comme à son habitude, contemplait d'un œil vide son interlocutrice tout en cherchant désespérément une issue de secours. Elle avait su dès les présentations qu'elle passerait un quart d'heure d'ennui mortel. N'ayant de toute façon jamais compris à quoi « travailler dans le digital » se référait, la conversation allait rapidement être limitée. En face d'elle, Chachou déblatérait un flot continu de banalités affligeantes concernant les derniers restaurants branchés de la Capitale qu'il fallait absolument tester, la « nouvelle co' » de chez Sézane ou bien son dernier mec, un type pourtant super sympa mais avec qui elle avait rompu parce qu'ils n'étaient plus dans le même *mood*. Livia, qui tentait de battre son propre record de tolérance, se retenait de lui rétorquer que les restaurants branchés où le délai de réservation est inversement proportionnel à votre nombre de *followers* sur Instagram étaient, pour la grande majorité, tout aussi infâmes que le montant de l'addition, que s'ils faisaient de jolies choses chez Sézane, pourquoi n'y avait-elle pas acheté une jupe qui accomplissait sa mission première? et qu'enfin, si elle avait eu la chance de tomber sur un homme bien et qu'elle l'avait laissé filer, cela ne faisait que confirmer que son ramage était en symbiose avec son plumage et qu'elle était une parfaite crétine. Mais tout cela ne se dit pas et, connaissant sa verve assassine, son meilleur ami lui avait fait promettre de tenir sa langue. Ce qu'elle fit. Ô comme elle s'en mordait les doigts…

— Au fait, tu veux voir ma page Insta?

Avant même que Livia n'ait pu articuler une réponse, Chachou avait dégainé son IPhone 12 Pro Max de son mini-sac Jacquemus rose bonbon et ouvert son application.

— J'ai posté des photos de mes vacances à Biarritz. J'étais avec mes *girls*, on s'est éclatées. Des mecs de partout: la folie! Elle, c'est Agathe, ma *biatch*. On se connaît depuis des années. On a fait les quatre cents coups ensemble. Tiens d'ailleurs, en parlant de quatre cents coups: avion de chasse à 10 heures.

Chachou s'interrompit pour désigner du menton un jeune homme qui leur tournait le dos. Livia, trop occupée à détailler la chaîne d'iPhone en perles multicolores de Chachou, ne prêta pas attention au représentant de l'armée de l'air sus-indiqué. « Comment pourrait-elle perdre son téléphone? Il fait la taille d'une tablette numérique. C'est déjà un miracle qu'elle réussisse à le faire rentrer dans son sac… ».

— Mhh ? Fascinant… Écoute Marie-Cha…
— Appelle-moi Chachou !
— Je te disais donc, Marie-Charlotte, que j'allais te laisser chasser les avions tranquillement. Tu m'excuses mais j'ai à faire.
— Tu pars déjà ?
— Oui, beaucoup de patients demain tu comprends… Bonne soirée !
C'était la tactique imparable qui décourageait toute tentative de séquestration. La solution ultime de son *escape game*. Livia utilisait ce subterfuge, efficace mais néanmoins poli, dans l'hypothèse où l'interlocuteur était tout de même un minimum sympathique. Pour les autres, elle y mettait moins de formes. « Jeune demoiselle fuit mec mortel »… À peu de chose près. En l'occurrence, Marie-Charlotte, bien que gourde au dernier degré, n'était pas méchante.

En réalité, Livia ne partit pas immédiatement sauver le monde. Elle se mit en quête de son meilleur ami qui l'avait, pour ainsi dire, traînée de force à cette soirée avant de l'y abandonner au bout de deux bières et d'une Alice, brune, elle, contrairement à la bière. Après quelques minutes à scruter l'appartement, elle le repéra, assis sur le canapé, en pleine négociation avec la brunette.
— Max ?
— Ah tu es là ! Viens que je te présente Alice.
— Salut Alice, lança-t-elle machinalement en direction de la jeune femme avant de reprendre, j'y vais. Toi tu restes je suppose ?
— Tu supposes bien, lui rétorqua-t-il, accompagnant sa réponse d'un sourire éloquent.
— Tu es grave, tu le sais ça ?
— L'Homme est faible, que veux-tu !
— Tu te débrouilles pour rentrer ?
— T'inquiète. Préviens-moi quand tu es arrivée.
— Ça marche. On se voit demain. Bonne soirée !

Elle connaissait Max – de son vrai nom Massimiliano Rocca – depuis plus de vingt-cinq ans. Ils s'étaient rencontrés à l'école maternelle, par le biais de leurs familles respectives, amies elles aussi. Il fallait avouer que, du temps de leur enfance, leurs rapports n'avaient pas été franchement fluides. Et cela avait duré de nombreuses années. Lui était un parfait *geek*, plongé en permanence dans ses jeux vidéo et elle était d'une timidité maladive de sorte qu'aucun d'entre eux n'adressait la parole à l'autre, se trouvant mutuellement d'un ennui épouvantable. Imaginez deux enfants contraints de s'asseoir côte à côte aux repas de famille mais n'échangeant rien d'autre que les plats. Voilà à quoi ressemblait alors leur relation. Leur amitié avait vu le jour bien des années plus tard, au cours de leur vingtaine, alors que leurs parents avaient instauré « le dimanche soir culinaire ». Les rendez-vous hebdomadaires avaient lieu dans la pizzeria des parents de Max. Ils vivaient dans une maison typiquement italienne, répartie sur plusieurs étages, chacun correspondant à un appartement dédié soit aux parents, soit à l'un des enfants. Il y avait une dizaine d'années maintenant que le père de Max avait décidé d'y ouvrir son propre restaurant, réaménageant ainsi l'un de ses deux garages. Les convives devaient cuisiner à tour de rôle et le menu était décidé d'un dimanche à l'autre. Tantôt pâtes, tantôt pizza, tantôt grillades, chacun y allait de sa spécialité.

S'ils n'échangeaient que des banalités au début, ils remarquèrent rapidement qu'ils avaient de nombreux points communs et qu'ils s'entendaient étonnamment bien. Ils instaurèrent alors leur propre rituel, à savoir dîner rapidement et filer au troisième étage, où habitait Max, afin de démarrer la séance cinéma. Par souci d'équité, ils choisissaient le film, eux aussi, à tour de rôle. Livia lui faisait découvrir les classiques comme la saga des De Funès, ou bien *Les Tontons flingueurs*, et Max, bien plus moderne et ayant une nette appétence pour la série des Marvel, s'occupait de la tenir à jour des nouveautés du *box-office*. Le film commençait, les deux acolytes s'installaient, paquet de Schoko Bons en main, mais au bout de trente minutes, immanquablement, la conversation démarrait, laissant Audiard et Spiderman parler au mur. C'est à force de banalités, de confidences et de rires que Livia avait remarqué qu'il était toujours aussi *geek* mais sacrément plus drôle qu'il n'y paraissait. Finalement Max n'était pas timide, il était juste réservé et discret. De son côté, Livia avait aussi été aidée par ses années d'études en fac de médecine. Elle y avait, entre autres, appris à se sociabiliser, la rendant bien plus abordable qu'elle ne l'avait été. C'est ainsi que naquit une belle amitié entre eux à l'exception des moments où il s'obstinait à l'embarquer dans ces soirées dont elle connaissait la finalité avant même qu'elles ne commencent. Ils feraient le chemin de l'aller ensemble et elle ferait le chemin du retour seule. Mais enfin, un tandem doit rester un tandem et, de mauvaise grâce, elle le suivait pour lui faire plaisir. Quand Livia l'avait vu conter fleurette à Alice, elle n'avait pu s'empêcher de penser au temps de leur enfance où ils passaient leurs vacances à barboter dans la piscine familiale de ses parents. Le petit garçon pâle et maigrichon qui vouait une adoration pour la pâte à pizza crue s'était mû en un sympathique jeune homme brun aux yeux verts, assez sportif et plutôt beau garçon. Il travaillait comme informaticien responsable de la cybersécurité au musée du Louvre. Un vrai petit génie de trente-quatre ans en t-shirt Batman. Chaque fois que Livia lui suggérait de faire un effort vestimentaire, celui-ci lui répondait le plus gentiment du monde : « Laisse-moi tranquille ! » Fin du débat. Pour parfaire le tableau, il avait un humour décapant quoique parfois sarcastique et ne se souciait pas spécialement de ménager votre susceptibilité. Fort de ce descriptif, il n'y avait rien d'étonnant à ce qu'il rencontre toujours un franc succès auprès de la gent féminine. Livia n'était donc pas surprise que ce soir ce soit au tour d'Alice de succomber. Il lui ferait certainement un rapport circonstancié le lendemain, autour d'un café.

Livia avait réussi tant bien que mal à se frayer un chemin parmi la foule et à atteindre la libération, à savoir, la porte. Elle se mit à chercher ses clefs de voiture et, ne les trouvant pas, redoubla d'effort, vidant frénétiquement son sac à main sur le palier. Plongée dans ses fouilles archéologiques, elle ne remarqua pas la paire de boots en daim marron qui venait de s'approcher d'elle…

— Un coup de main peut-être ? lança une voix masculine dans laquelle on devinait un certain amusement.

Le jeune homme s'accroupit en face d'elle et lui agita son porte-clefs devant le nez.

— C'est Max qui les avait gardées. Comme je pars en même temps que toi, il m'a demandé de te les rendre. On reste par terre ou on se relève ?

Livia remercia le jeune homme, récupéra ses clefs et les rangea dans son sac avec le reste de ses affaires avant de se relever. Un coup d'œil lui suffit pour détailler le nouveau venu. Il était grand, ses cheveux bruns bouclés étaient en bataille, il arborait une fine moustache et, malgré ses traits virils, affichait un air de parfait gamin. Elle avait surtout été frappée par son parfum. Le parfum, c'était « son truc » à elle, son talon d'Achille. Et celui-ci avait un air de Révolution… Le bémol : son petit air arrogant et un peu trop sûr de lui.

— Je m'appelle Antoine, dit-il en lui tendant la main.

— Livia.

— Enchanté.

— Alors, toi aussi tu t'es échappé de la soirée ?

— Oui. J'ai deux ou trois amis là-dedans, dont Max, mais je t'avoue que je n'ai pas envie de rentrer tard ce soir. Grosse journée demain. Et toi ?

— Idem. Sans compter que je m'ennuie.

— Ça c'est parce que tu ne m'as pas rencontré avant.

— Et la modestie dans tout ça… ?

— Vaguement entendu parler…

— Je vois ça.

— Sans blague, j'ai vraiment besoin de sommeil. En plus j'ai passé la dernière heure à essayer de me débarrasser d'une espèce de caricature ambulante qui se fait appeler Chachou… L'enfer, dit-il en soupirant.

« L'avion de chasse », pensa Livia qui ne put s'empêcher de sourire.

— Tu la connais ? lança-t-il.

— Non merci, Dieu me préserve. 23 h 30, je pense que tu as été raisonnable, reprit-elle.

— N'est-ce pas ? dit-il en gratifiant Livia d'un sourire qui lui stipulait toute la fierté dont il était capable. Sinon, « Dieu me préserve » ? Expression utilisée pour la dernière fois en 1892. D'où tu sors toi au juste ?

— D'un endroit où les gens sont polis et ont déjà ouvert un dictionnaire, lui rétorqua-t-elle agacée par son ton moqueur ce qui, bien entendu, le fit éclater de rire.

— Bordélique, démodée et en plus elle a un sale caractère… Tu cumules.

— Je ne suis pas bordé…

— Ah mais je ne juge pas, la coupa-t-il en levant ses paumes en signe de rédemption.

Ils arrivèrent enfin au rez-de-chaussée. Antoine ouvrit la porte d'entrée et s'effaça pour laisser passer Livia. La rue était calme et l'air plutôt doux. Si le beau temps n'avait pas été de rigueur durant la période estivale, l'automne avait eu la bonté d'associer un ravissant soleil à ses sublimes dégradés de couleurs, conférant aux soirées des températures plutôt agréables.

Antoine et Livia s'immobilisèrent un instant, le temps de se saluer.

— Bon, c'est là qu'on se quitte. Ravi de t'avoir rencontrée, dit-il.

— Moi aussi. Bon courage pour demain !

— À bientôt, peut-être ?

— Qui sait ?

Livia marcha vers sa voiture, résistant à l'envie de se retourner.

2.
Débriefing et caetera

Comme prévu, le lendemain de la soirée, Livia attendait Max au Armani Caffè. Profitant d'une annulation de dernière minute dans son planning de consultations, elle en avait profité pour filer à l'anglaise et arriver en avance au restaurant afin de s'octroyer quelques minutes d'une solitude salvatrice. Elle s'installa à sa place favorite et commanda un cocktail sans alcool dont la recette était farouchement gardée par l'adorable barista. Enfin, l'adorable barista et les Dieux du Mont Olympe tellement le breuvage était divin. La petite table cachée sous la véranda avait deux avantages de poids. Le premier était qu'elle offrait la plus jolie vue qui soit sur l'Église de Saint-Germain-des-Prés. Le second était qu'elle était isolée des autres tables, ce qui, pour Livia, valait tout l'or du monde. Elle sourit en repensant à la phrase que sa mère lui répétait depuis sa plus tendre enfance : « Tu es une vraie sauvage ! Mêle-toi un peu aux autres, bon sang ! » Ainsi, seule sur son île, sirotant son jus de fruits et vidangeant son esprit dans la contemplation du majestueux clocher, elle offrit un échec cuisant à l'un des principes éducatifs de sa chère Maman.

Fidèle à ses habitudes, Max arriva en retard. Le haut de son visage était pourvu de cernes aussi profonds que la fosse des Mariannes. Quant au bas, il était fendu d'un ravissant sourire dont il n'arrivait pas à se départir. Le tout conférant un étonnant contraste à sa bouille ébouriffée. Commande passée. Place au débriefing. Livia écouta Max, fier de son énième conquête.

— Franchement pas mal cette petite Alice, dit-il rêveur.

— Que fait-elle dans la vie ?

— Elle a un compte sur Insta qui cartonne.

Livia leva les yeux au ciel et Max réagit aussitôt :

— Quel est le problème ?

— Tu sais parfaitement ce que je pense de tout ça.

— Que ce n'est pas un métier…

— Pourtant Alice arrive à bien gagner sa vie tu sais.

— Désolée de te choquer mais la Société moderne récompense l'oisiveté. Ces gens sont des inutiles au monde !

— Tu ne crois pas que tu y vas un peu fort là ?

Livia se cala dans son fauteuil, releva un sourcil et croisa les bras. Max comprit qu'il s'était embringué dans un débat qui s'annonçait houleux. Il comprit aussi qu'il aurait mieux fait d'acquiescer et de changer de sujet. Mais c'était trop tard. Livia l'attendait, fleuret en main et en position d'attaque.

— Prouve-moi que j'ai tort. Je t'en prie. Imagine que demain il y ait une panne gigantesque d'internet. Que cela ne fonctionne plus pendant des mois, voire des années. Que feront-ils ?

— Les créateurs de contenu sont suffisamment malins pour retomber sur leurs pieds, ne t'en fais pas pour eux.

Livia leva les yeux au ciel, agacée.

— Pfff « créateurs de contenu »… Encore un truc qui ne veut rien dire. Tout le monde crée du contenu : il suffit de s'asseoir sur les WC.

— Charmant, dit-il en baissant les yeux vers son plat de spaghetti. Tu viens de me couper l'appétit.

— Sérieusement, tu penses vraiment que nous avons besoin qu'une fille tout droit sortie d'un télécrochet nous explique comment nous devons nous habiller, nous maquiller ou décorer notre maison pour être branchés ? Nous savions déjà enfiler un jean et un pull il y a dix ans ! Par ailleurs, je pars du principe que pour obtenir une certaine légitimité à influencer d'autres personnes, encore faut-il avoir matière à. Pour la plupart elles n'inventent rien, elles brassent de l'air et s'en mettent plein les poches au passage. C'est du commerce pur et dur. Ce qu'elles font, Vogue l'a toujours fait.

Après quelques secondes d'hésitation, Max rétorqua :

— Pour dix mille euros par post, je veux bien brasser de l'air.

Cette remarque purement terre à terre était tout à fait typique de Max. Livia, sourire en coin, hocha la tête et reprit :

— Sois réaliste, c'est au-delà de ça. Ça n'engage que moi mais à mon sens, non seulement ça ne sert à rien mais en plus ça avilit les esprits en leur retirant leur créativité et leur libre arbitre. Ça crée un univers standardisé où tout le monde veut ressembler à quelqu'un d'autre plutôt qu'à soi-même. Elles font la promotion des mêmes marques, utilisent le même fer à lisser, fréquentent les mêmes restaurants… Même leur façon de parler est identique. Il n'y a plus aucune originalité. Et tout ça pour quoi ? Pour faire partie d'une communauté. En d'autres termes : pour être intégré dans la Société et ne pas être le pariât de la ville. Ce que je peux comprendre. L'Homme étant un animal sociable, la nécessité d'appartenir à un groupe est profondément ancrée en lui et à choisir entre rentrer dans un moule pour être intégré ou assumer ses choix et risquer l'exclusion, il n'y a pas photo. Mais moi je pense l'inverse. Je trouve que c'est assez courageux de se montrer tel que l'on est, sans fioritures. Et puis au fond, où est le mal dans le fait de n'être que soi ? Je crois que la singularité et la pluralité des Êtres sont une chance et que c'est justement ce qui équilibre et assainit la Société. Comme disait Pagnol : « l'important c'est de s'en foutre ».

— Je comprends ton point de vue mais dis-toi que certaines jeunes femmes ont besoin de savoir qu'il existe d'autres personnes qui vivent les mêmes choses qu'elles. Tout le monde n'a pas non plus la chance d'avoir une mère, une sœur ou une amie qui te montre comment te maquiller ou tout ce que vous foutez dans la salle de bains pendant des plombes. Tu vois ce que je veux dire ? Il va falloir t'y faire, ça fait désormais partie intégrante de notre civilisation. Et ça a de bons côtés aussi. Rien que le fait de pouvoir communiquer avec des personnes qui sont à l'autre bout du monde, qu'il s'agisse de tes connaissances ou de parfaits inconnus. C'est un progrès fantastique !

Et tu es bien placée pour savoir qu'il n'y a pas que des pages de mode. Après, oui, je te rejoins sur les dérives que ça entraîne et les complexes que ça peut engendrer.

— Ça démontre bien le monde dans lequel on évolue. Ça n'a jamais été aussi simple de communiquer et pourtant, nous n'avons jamais été aussi éloignés les uns des autres. Tu sais qu'il m'arrive de ne pas toucher à mon téléphone pendant des journées entières ?

— T'es cinglée ! s'esclaffa-t-il.

— Non pourquoi ?

— Tu passes tes journées toute seule, sans nouvelles de personne ?

— Que je passe ma journée seule sans IPhone ou seule avec IPhone, je n'en reste pas moins seule, non ?

— C'est pas faux.

— Je ne veux pas que mes amis deviennent de simples notifications sur un écran. Je veux les voir, leur parler de vive voix. Vivre les choses au lieu de les *liker*. Comme avant.

— Ce qu'on a toujours fait, dit-il en levant son verre pour trinquer.

— En plus, j'y trouve un petit côté malsain.

— Développe.

— Le fait d'afficher sa vie privée ou d'espionner celle des autres me dérange. Sans compter que, consciemment ou non, ça crée un comparatif entre ton quotidien et le leur et je ne suis pas certaine que cela soit juste de donner l'illusion aux gens que leur vie est un échec parce qu'ils n'ont pas de sac Hermès ou qu'ils n'ont jamais voyagé très loin. Je crois que le monde actuel se trompe de valeurs. En fait, j'ai peur que les gens se laissent berner par les façades et les paillettes. Bref…

— Tu m'as l'air d'une vieille réac !

— M'en fiche, j'assume, dit-elle sur un ton de défi.

— Si tu n'avais pas été médecin, tu aurais fait quel métier ?

Livia plissa les yeux et après quelques secondes d'hésitation, répondit :

— Hmm j'aurais adoré être écrivain. Mais écrivain inspiré !

La remarque fit rire Max.

— Et toi, reprit Livia, tu aurais aimé être écrivain ?

— Non. C'est trop frustrant comme métier. Tu mets des heures à écrire une phrase qui sera lue en quelques secondes.

— Je vois… Comme les crêpes : une heure pour les préparer, dix minutes pour les faire disparaître !

Ponctuant sa phrase d'une gorgée de Sancerre, Livia changea de sujet :

— Tu comptes revoir ta dulcinée ?

— Non je ne pense pas. C'était bien mais bon, pas de quoi se projeter au-delà d'une nuit ou deux.

— Toujours aussi délicat, dit-elle d'un ton las.

— Oh ça va, elle se doutait bien que je n'allais pas la demander en mariage demain !

— Tu n'as pas peur de finir seul, à force d'agir comme ça ?

— Je ne me pose pas la question. Je n'ai pas envie de me fixer pour le moment. Et toi ? Au lieu de me faire la morale, tu n'as rencontré personne hier ?

— Non.

— Tu me désespères, tu le sais ça ?

— Je sais. Tu m'offriras un chat et j'irai me reclure dans une forêt.

Max afficha une mine dépitée.

— Relax, je plaisante… Au fait, je te remercie d'avoir confié mes clefs à un inconnu.

— Je connais Antoine. Aucun risque, c'est un mec cool.

— Et comment ça se fait que tu ne m'en as jamais parlé ?

— Pourquoi je t'en aurais parlé ?

— Je ne sais pas. Comme ça. Je croyais connaître tes amis.

Livia avait tenté de prendre un air détaché mais Max la connaissait trop pour se laisser duper. Il posa sa fourchette, la fixa, fronça les sourcils et dit d'un air sournois :

— Il te plaît ?

— Il n'est pas mal. Mais il m'a l'air d'être un fantastique casse-pieds !

— Parfaitement ton type quoi.

— Non, figure-toi que j'ai eu mon compte de ce côté-là.

Ignorant sa remarque, Max enchaîna :

— Très franchement, je me doutais qu'il serait à ton goût mais je ne t'en ai pas parlé parce que c'est le pire dragueur que la Terre ait jamais porté. Je te jure, à côté de lui, je suis un enfant de chœur. On se marre bien ensemble mais mieux vaut ne pas être une nana. C'est pas un mec pour toi.

— Comment ça « pas un mec pour moi » ?

— Non.

— Parce que tu as la prétention de savoir à l'avance qui est fait pour moi et qui ne l'est pas ?

— Ça y est, elle monte sur ses grands chevaux, soupira-t-il. Je dis simplement que je te connais depuis toujours et que je sais que ça ne pourra pas coller avec quelqu'un comme lui.

— Et pourquoi donc ?

— Parce qu'il n'est pas encore un homme et que tu n'as jamais été une enfant.

La remarque de Max avait fait mouche auprès de Livia qui ne savait plus quoi répondre. Il enchaîna directement :

— Maintenant, si tu y tiens, je l'appelle et je lui dis de nous rejoindre un de ces soirs. Comme ça tu verras que j'ai raison et tu arrêteras de me soûler avec lui.

Au même moment, le portable de Livia lui notifia un message Instagram. C'était Antoine.

Livia avait beau se montrer sceptique face aux applications modernes, elle possédait malgré tout un compte sur deux d'entre elles. Dont un où elle n'avait pas mis les pieds depuis des lustres. Son compte Instagram, quant à lui, était microscopique et dédié à sa famille et ses amis. Point barre.

Max, qui avait vu la notification, ironisa :

— Eh bah, il n'a pas perdu de temps… T'es contente ? Tu fais officiellement partie de ses cibles potentielles.

— Dis donc, c'est beau la solidarité masculine. Surtout entre amis.

Livia prit soin de mimer des guillemets pour ponctuer le mot « amis ».

— Je n'ai pas envie que tu fasses de mauvais choix, c'est tout.

Livia le regarda, mi-amusée, mi-touchée :

— Tu sais que t'es mignon toi ?

— Oh ça va, arrête ! Voilà ce qu'on récolte à prendre soin de ses amis.

— Bon, on va faire un deal. Je regarderai ce qu'il me veut plus tard et je te promets que si je ne le sens pas, je couperai court à la conversation. Ça te va ?

Max la fixa, pas particulièrement rassuré mais il savait que Livia était du genre têtu et que, lorsqu'elle avait une idée en tête, il était impossible de l'empêcher d'arriver à ses fins. Résigné, il répondit donc :

— OK. Mais tu ne pourras pas dire que…

— … tu ne m'auras pas prévenue. Oui Papa, dit-elle en souriant de toutes ses dents.

— Sale gosse va !

Sur ces entrefaites, le serveur arriva et prit la commande des desserts. Glace au café préparée à la turbine pour Livia et tiramisù pour Max. Pour deux Italiens, ils avaient opté pour leur zone de confort en sélectionnant des classiques. Ceci étant, du moment que l'on s'y sent bien, pourquoi vouloir en sortir à tout prix ? N'est-ce pas le but de l'existence, de bien se sentir ? Le reste de la soirée se déroula sous le signe de l'humour. À la fin du repas, n'y tenant plus, Livia demanda la permission à Max de lire le message d'Antoine. Le haussement d'épaules de son ami qui terminait son verre de vin lui donna le feu vert. Le message était plus que succinct, mais il avait le mérite d'être direct :

« Tu n'aurais pas oublié de me donner ton numéro par hasard ? »

Max qui lisait ouvertement par-dessus l'épaule de Livia émit un petit sifflement :

— Toi qui aimes quand c'est cash, te voilà servie !

— Plutôt oui. Il est marrant…

— Tu comptes lui répondre ?

— Oui. Mais quand je serai arrivée à la maison. Histoire de le laisser mariner un peu…

Max hocha la tête, dépité :

— Les femmes… ! Il y a une heure tu me reprochais de ne pas te l'avoir présenté et maintenant qu'il te fait signe, tu joues les indifférentes. Mais c'est quoi votre problème ?

— Aucun. Il s'agit juste de ne pas avoir l'air désespérée.

— On en est tous là tu sais ?

— Raison de plus pour y aller doucement, mais sûrement.

Livia gratifia Max d'un clin d'œil et demanda l'addition.

C'est avec soulagement que Livia franchit le seuil de son appartement. La consultation avait été rébarbative et il lui avait semblé que la journée ne finirait jamais. Le dîner avec Max l'avait littéralement requinquée mais il était plus de minuit et elle était debout depuis six heures du matin.

— Je n'ai rien oublié de te donner. Tu ne m'as rien demandé.

La réponse fut quasiment immédiate.

— Ah oui ? Ma timidité maladive sans doute.

— J'en doute fort.

— Et donc, ce numéro ?

— Il faut le mériter.

— Que dois-je faire ?

— Cherche. D'ici-là, bonne nuit.

3.
Vous avez un message

Il était près de 9h30 lorsque Livia ouvrit les yeux. Cela faisait une éternité qu'elle n'avait pas fait la grasse matinée. L'automne battait son plein, tout comme la pluie contre les vitres de sa chambre. Elle qui adorait cette douce mélodie y vit une occasion de flemmarder au chaud sous la couette. Après tout, c'était samedi. Une fois complètement réveillée, elle eut la curiosité de vérifier ses messages. Bingo ! Il lui avait répondu. À quatre heures du matin. « Mauvais signe, pensa-t-elle. Un peu trop direct, un peu trop sûr de lui et un peu trop oiseau de nuit cet énergumène… Ça fait beaucoup « d'un peu trop ». » Le message était en fait une vidéo de lui, ivre, qui lui signifiait que, « pour une nana démodée, elle n'était pas si mal et qu'elle l'inspirait ». Sa réponse fut tout aussi cinglante que sa déception : « Cher Antoine, les petits prétentieux obscènes de ton espèce n'obtiennent pas les numéros des « nanas démodées » comme moi. Cuve bien. Salutations. ». Et elle le bloqua. Résignée, elle s'apprêtait déjà à subir le regard satisfait et narquois de Max. Qu'il était agaçant quand il avait raison… !

***
*

Paris, 8e arrondissement : de l'autre côté de l'écran…

Antoine émergeait difficilement de sa soirée après quatre petites heures d'un sommeil agité. La bouche pâteuse et souffrant d'un mal de crâne à fendre les pierres, il se retourna dans son lit et constata qu'il n'y était pas seul. Grommelant un : « Mffff... Qui c'est celle-là déjà ? », il se frotta les yeux afin d'accélérer le réveil et la mémoire. RAS. *Blackout*. Impossible de se souvenir du prénom de la dame... Une demi-seconde de panique lui fit faire volte-face en direction de la table de nuit avant de s'affaler à nouveau sur l'oreiller, soulagé de constater un emballage de préservatif ouvert. Il avait au moins sauvé les meubles.

S'extirpant de son lit, il se dirigea vers la salle de bains et entra directement sous la douche. Attendant que l'eau fraîche le délaisse des effluves de Gin, il tentait de se refaire le film de ses frasques et, bon an mal an, quelques bribes de souvenirs refirent surface. Il en arriva vite à la conclusion : « M'ouais, bon, comme d'hab' quoi. Cul sec et nana. Pas de coke pour cette fois. » Les soirées avec ses amis se suivaient et se ressemblaient. Grosso modo, elles finissaient généralement pour lui toujours de la même façon. Il ne savait pas s'il continuait d'apprécier cela ou si elles étaient devenues une vieille habitude dont il était en train de se lasser. De toute façon, que faire d'autre le vendredi soir à Paris quand on est un célibataire de trente-cinq ans ?

Décapage fini, absolution hydrique obtenue, il se dirigea vers la chambre et fit deux constats, dépité. Le premier était que la jeune femme, quoique mignonne – de cela, il était assez fier –, ronflait. Et le second, qui était le pire : elle était toujours là ! Car Antoine se contentait de consommer et de congédier. Ses dernières relations n'avaient pas excédé les trois mois et il s'en portait très bien. Il mettait néanmoins un point d'honneur à rester élégant et à afficher clairement ses intentions dès le premier « bonjour ». L'amour c'était bien trop compliqué pour lui. Ou bien trop effrayant. À voir. Refusant de se départir de son côté *gentleman*, il s'habilla en silence et prépara un petit déjeuner sommaire en attendant le réveil de sa Belle au bois dormant. Coup de chance, celui-ci ne se fit pas attendre. Nicky était une américaine de vingt-quatre ans qui étudiait l'histoire à New York et qui était venue faire un semestre d'Erasmus à la Sorbonne. Une fille aussi adorable que sexy qui, malgré son jeune âge, avait pas mal de conversation et devait s'en retourner par-delà l'Atlantique d'ici deux mois. Toutes les qualités requises pour Antoine donc. Contrairement à ses amis, il était parfaitement bilingue et ce fut un jeu d'enfant de séduire la jolie blonde aux taches de rousseur. Il laissa donc ses copains sur le carreau sans le moindre scrupule. L'amitié a ses limites que les hormones ignorent.

Petit déjeuner fini, Nicky disparut à son tour dans la salle de bains pendant une bonne heure, musique à fond, ce qui eut le don d'agacer Antoine. Tout *gentleman* qu'il était, sa patience avait des limites et il aspirait désormais à retrouver la tranquillité de son appartement. D'autant que cette fichue aspirine ne lui faisait aucun effet. Il avait son compte de gamineries. De mauvaise grâce, mais dans l'optique d'éviter les discussions stériles, il accepta l'échange de numéros de téléphone avant de raccompagner Nicky.

Maniaque, il s'engagea alors dans la remise en état de sa chambre, à commencer par le changement des draps. Avisant table de chevet, il se souvint qu'il n'avait pas encore consulté son portable. Grossière erreur… Son écran ressemblait à un sapin de Noël tellement il avait de notifications. Ses amis s'en étaient d'ailleurs donné à cœur joie sur les réseaux sociaux et ses exploits éthyliques s'affichèrent devant ses yeux amusés. Il fit défiler les *stories*, toutes plus élogieuses les unes que les autres. Quelle star cet Antoine ! Il avait l'art et la manière d'offrir à la fois le flacon et l'ivresse. Ceci étant, sa jovialité s'estompa nette lorsqu'il remarqua cette petite, minuscule, quasi insignifiante notification, en haut à droite de son écran. « Merde ! Livia ! Quel con ! » Malgré leur bref échange, elle lui avait plu instantanément. Belle, brune, élancée, élégante, incroyablement sexy sur ses talons hauts malgré son côté sérieux. Contrairement aux autres, elle n'avait pas bavé d'admiration devant lui. Au contraire, elle l'avait envoyé promener. Ce qui l'avait plutôt excité d'ailleurs. Ceci dit, tout attiré qu'il l'avait été, il n'avait pas osé l'approche frontale qu'il utilisait d'habitude sur ses conquêtes. Il ne savait pas pourquoi mais il ne l'avait pas sentie réceptive à ce genre d'attaque. En revanche, il avait senti le fiasco arriver à grandes enjambées. Les *flash-back* allant bon train, il se souvint aussi du bref aperçu de son caractère bien trempé dont elle l'avait gratifié. C'est donc les sourcils froncés et le visage à moitié détourné qu'il ouvrit le message, comme s'il s'attendait à recevoir un missile en pleine figure ou bien à voir son téléphone s'autodétruire. Ce qui ne fut pas si éloigné de la réalité : « Cher Antoine, les petits prétentieux obscènes de ton espèce n'obtiennent pas les numéros des « nanas démodées » comme moi. Cuve bien. Salutations. ». « Voilà, ça, c'est fait », pensa-t-il. Histoire d'avoir confirmation de sa stupidité et d'entériner son record d'alcoolémie, il visionna la vidéo qu'il lui avait envoyée et se traita de con une fois de plus. Ce qui faisait deux fois en à peine dix minutes. Trouvant qu'il avait atteint son ratio quotidien, il tenta de réparer sa bêtise et s'assit sur son lit pour rédiger un petit texte d'excuse. « C'est la meilleure amie de Max, en plus. Quelle honte. Là mon pote, t'as déconné sec. ». Ceci étant, sa tentative rédemptrice s'avéra infructueuse puisqu'il constata qu'elle l'avait bloqué. Lui. Tel un malpropre. De mieux en mieux… Tant pis, il trouverait bien un moyen. Il avait toujours aimé les défis de toute façon.

***
*

Lundi matin : cabinet médical du Docteur De Santis…

Livia détestait le lundi. Dès qu'elle franchissait le seuil de son cabinet, elle se retrouvait neuf fois sur dix, ensevelie sous une masse de paperasse et de demandes de rendez-vous à caser dans un planning de consultations déjà complet depuis une semaine. Ajoutez à cela sa secrétaire qui venait se planter devant elle, un post-it collé à chaque doigt, pour lui énumérer la liste des urgences. Irrémédiablement, elle se demandait si elle aurait le temps de déjeuner ou même de soulager sa vessie. La pratique médicale avait beaucoup changé en l'espace d'un an. La démographie médicale s'estompait déjà dangereusement lors de son installation. Elle avait été la seule généraliste à s'installer en libéral dans son arrondissement depuis plusieurs années, ce qui lui avait valu un entrefilet dans le journal local. Les généralistes du secteur approchant l'âge de la retraite ou ceux l'ayant dépassé mais ayant choisi de faire du zèle car soucieux d'abandonner leur patientèle avaient vu un signe du destin lorsque la pandémie de Covid-19 déferla sur la France. La grande majorité cessa son activité et ne fut pas remplacée. Livia fut donc soulagée de constater qu'elle ne manquerait pas d'occupation et ce, dès le premier jour.

Comme à son habitude, elle décrocha le téléphone en appuyant directement sur la touche du haut-parleur, ce qui lui permit de répondre à sa secrétaire tout en poursuivant la rédaction d'un e-mail adressé à un confrère.

— Comment voulez-vous que je fasse, Anna ? Vous voyez bien que la journée est complète ! s'agaça-t-elle lorsque sa secrétaire essaya de rogner sur sa pause déjeuner.

— Je sais Docteur, mais c'est un bébé de trois mois. Les urgences sont surchargées du fait de l'épidémie de bronchiolite et les parents n'ont pas réussi à contacter SOS médecins. Eux aussi sont débordés paraît-il.

— Soit, je le verrai à 19 heures, soupira-t-elle. Dans ce cas, prévenez le Docteur Cambon que j'aurai du retard ce soir, merci.

— Bien Docteur. Au fait, il y a un Monsieur qui a téléphoné un peu plus tôt dans la matinée et qui souhaitait vous parler. Comme vous étiez en consultation et que ce n'était pas urgent, j'ai pris la liberté de lui communiquer votre adresse mail pro. Je pense que c'est encore un démarcheur publicitaire.

— Il n'a pas laissé de nom ?

— Non.

— Et vous n'avez pas pris ses coordonnées ?

— Non.

— Anna ! Vous ne pouvez pas distribuer mon adresse mail à n'importe qui voyons ! Même si c'est mon adresse professionnelle, vous êtes censée filtrer un minimum.

— Je suis désolée Docteur, répondit la petite voix penaude d'Anna.

— Bon, ça ne fait rien. Si c'est important, il m'écrira ou bien il rappellera. Avons-nous terminé ?

— Oui Docteur.

— Merci Anna.

Livia pressa à nouveau le haut-parleur et se dirigea vers la salle d'attente pour accueillir son prochain patient.

Livia exerçait au sein d'un cabinet de groupe constitué de cinq médecins. En plus de Livia, l'équipe recensait une cardiologue, un dermatologue, un gastro-entérologue et une gynécologue. Mara Cambon était cardiologue et, accessoirement, l'ancienne co-interne de Livia. Elles s'étaient rencontrées en stage d'internat dans un hôpital de la Seine-Saint-Denis. Faire leur première garde aux urgences ensemble avait incontestablement créé des liens et elles avaient sympathisé. Mara était mariée et avait déjà deux enfants. Cela relevait donc de l'exploit de trouver un moment en commun dans leurs agendas pour prendre un verre et parler de tout sauf de médecine.

De nouveau, le téléphone sonna mais cette fois l'appel venait du bureau de Mara :

— Liv, tu es en consult' ?

— Non, j'attends le dernier patient. Une urgence. Tu as fini toi ?

— À l'instant. Anna m'a dit que tu serais en retard.

— Désolée, je pense que j'en aurai pour quinze minutes, grand max'. Je le connais par cœur le petit Octave.

— Ne te casse pas la tête, je ne pourrai pas venir ce soir. Alex vient de m'appeler pour me dire que Jules avait quarante de fièvre. C'est râpé ma biche. Font suer ces mômes !

— Allez, va sauver ton fils. Pas de repos pour les braves !
— À demain.
— Bonne soirée !
— Tu parles…

Livia avait enfin eu raison de son interminable journée et venait tout juste de raccompagner Octave, ses parents et sa gastro-entérite lorsque retentit la sonnerie de notification des e-mails.

De : antoine.marsac@gmail.com
Objet : Désolé…

Chère Livia,

Constatant que tu as tellement apprécié mon humour que tu en es arrivée à bloquer toute tentative d'explication de ma part ce week-end, j'en ai déduit qu'il fallait aux grands maux, trouver les grands remèdes. Voici donc mes excuses, présentées en bonne et due forme. Sache par ailleurs que je suis actuellement sobre et en pleine possession de mes moyens. En d'autres termes : je suis sincèrement navré d'avoir été un abruti.

J'espère que tu ne m'en voudras ni trop, ni trop longtemps. J'avais apprécié te rencontrer…

Réponds « 1 » pour « j'accepte tes excuses » et « 2 » pour « *vade retro Satanas* ».

Bonne soirée, quelle que soit ta réponse.

Antoine

P.S. : tu devrais briefer ta secrétaire. Si la mienne dilapidait mes coordonnées aussi facilement, crois-moi, elle aurait vu du pays depuis bien longtemps.

Antoine Marsac
Cabinet Marsac et Douaumont

En effet, Livia était actuellement partagée entre l'envie de trucider Anna et celle de lui proposer une augmentation. Mais Anna venait à peine de terminer sa formation de secrétaire médicale et il s'agissait là de son premier poste. Ses confrères, qui savaient que la patience n'était pas le fort de Livia, mais qui tenaient à embaucher une jeune secrétaire afin de la fidéliser jusqu'à la retraite lui avaient dit : « Du calme Liv, elle débute. Elle ne peut pas être opérationnelle au bout de deux semaines. Laisse au moins le temps à Fanny de lui expliquer notre mode de fonctionnement. Imagine le gain de temps en définitive ! Si elle se plaît parmi nous, nous aurons deux secrétaires fixes pendant toute la durée de notre carrière ! » Il n'y avait bien qu'un argumentaire aussi solide pour lui rabattre son caquet. Et ça, ses confrères l'avaient bien compris. Fanny, quant à elle, était la secrétaire en poste depuis la création du cabinet médical. La trentaine bien sonnée, elle était rousse, en permanence juchée sur des *stilettos* pour compenser son petit mètre cinquante-cinq et toujours à la pointe de la mode. L'archétype même de la secrétaire des séries américaines. Livia appréciait aussi bien son style que son efficacité et sa vivacité d'esprit. Tout le contraire de la petite Anna qui, pour le moment, donnait davantage l'impression d'une écolière, perdue au milieu des couloirs. Ceci dit, leur activité avait considérablement augmenté et il devenait urgent de recruter une aide pour la pauvre Fanny qui, malgré son expérience et son côté stakhanoviste, n'arrivait mathématiquement plus à faire face à l'afflux de travail des cinq médecins à la fois. Tant et si bien que Livia l'avait vue débarquer dans son bureau l'été dernier, au bord des nerfs, une boîte de Mon chéri à la main, la suppliant d'accélérer les entretiens car : « je vais piquer une crise, je vous préviens ! » Une semaine plus tard, Anna était en période d'essai et Fanny put enfin ralentir la cadence, tant au niveau du rythme de travail que de celui de la liquidation du stock des chocolats à la liqueur de la supérette du coin. Ceci étant, l'inexpérience d'Anna avait été, pour cette fois, bien accueillie par Livia qui, bien que toujours échaudée par la vidéo, n'avait pu s'empêcher de sourire à la lecture du mail. Elle en salua même l'audace. Le talent…

De : docteur.liviadesantis@gmail.com
À : antoine.marsac@gmail.com
Re : Objet : Désolé…

1.

Docteur Livia De Santis
Médecine Générale

Livia cliqua sur « envoyer » et éteignit sa messagerie en même temps que son logiciel de prescription. « La suite au prochain épisode, pensa-t-elle, il est l'heure de rentrer à la maison. »

Sur le chemin du retour, Livia ne put s'empêcher de penser au mail. Cela faisait une éternité qu'un homme ne l'avait pas surprise. En dehors de Max, elle n'avait pas non plus trouvé particulièrement drôles ceux qui l'avaient abordée. Une dizaine de lignes avait pourtant suffi à Antoine Marsac pour qu'il réussisse ce double exploit. Car, oui, elle avait souri en lisant son laïus. Elle avait trouvé sa spontanéité rafraîchissante et cela lui avait fait un bien fou. Elle conservait cependant une part de méfiance à son encontre. Elle n'oubliait pas les « un peu trop » qui finissent généralement en un tas de « tant pis » et de regrets. Or elle n'avait pas de respect pour les regrets. Elle pensait qu'ils étaient l'apanage de ceux qui n'avaient pas le courage d'essayer. Du reste, elle ne tenait pas non plus en grande estime ceux qui manquaient de courage. Elle avait toujours considéré que le risque de se tromper, de perdre ou de souffrir était à prendre lorsqu'elle estimait que l'objectif à atteindre était louable. Quel qu'il soit. Que l'échec faisait partie de la vie. Elle croyait dur comme fer à la réussite par le travail et le mérite. Par le fait d'oser dépasser ses peurs. De tout temps, l'Homme avait dû se lever et se battre, non pas pour ce qui était facile, mais pour ce qui était juste et transcendant et tous les grands hommes avaient échoué une ou plusieurs fois avant d'y arriver. La différence entre celui qui avait réussi la mission qu'il s'était attribuée et celui qui n'avait pas réussi était bien souvent très simple : l'un s'était relevé et avait recommencé autant de fois que nécessaire tandis que l'autre avait tout simplement laissé tomber. Par découragement, par frustration, par peur d'écorner son *ego* ou sa réputation. Il existait mille excuses, mais la pire des raisons à ses yeux était de ne même pas avoir essayé.

Pour la première fois depuis longtemps, elle avait envie de laisser une chance à quelqu'un. Après tout, pourquoi pas ? Sa dernière relation avait pris fin depuis deux années maintenant et la solitude commençait à se faire pesante. Elle avait cessé d'aimer son précédent amour comme l'on se réveille d'un long engourdissement. Du jour au lendemain, la douleur avait cessé et elle ne s'en était même pas rendu compte. Elle qui avait toujours pensé qu'il était plus facile d'aimer les autres que de s'aimer soi-même, avait vécu ce revers comme une preuve qu'elle était bien la seule à penser de la sorte. Sa grand-mère lui répétait souvent que pour connaître quelqu'un, il fallait avoir mangé un quintal de sel en sa compagnie, pincée par pincée. Ô comme elle avait raison ! S'étaient succédées chronologiquement la colère d'avoir été trahie, puis la tristesse d'avoir été abandonnée. Tout ceci laissa progressivement la place au goût amer de la désillusion, du doute mêlé à l'incapacité à faire confiance à nouveau. Quant au fait de se faire confiance à elle-même, là aussi, il allait y avoir du travail. Contrairement aux apparences, Livia n'était pas de ceux qui jouissent d'une haute estime de soi, et le fait d'avoir été rejetée de la sorte, de n'avoir pas été choisie, l'avait profondément atteinte. Elle s'était sentie dépourvue de tout intérêt et s'était même laissée aller à cette terrible réflexion : « s'il ne veut pas de moi, peut-être que c'est parce que je n'en vaux pas la peine ». Elle pensait souvent aux mots qu'il lui avait dits. Mais le temps avait passé et fait doucement son œuvre. De lui, il ne lui restait désormais plus que l'amertume d'y avoir cru. Elle savait maintenant que, si les mots méchants étaient capables de blesser profondément l'âme et le cœur, ces derniers avaient la faculté magique de se réparer. Tout comme la peau qui cicatrise. Elle ne serait plus jamais la même, elle garderait de petites traces mais elle cicatriserait. Et, en bon médecin qu'elle était, elle savait aussi que les cicatrices s'atténueraient avec le temps. Alors, pourquoi ne pas essayer à nouveau ? Livia avait récemment parcouru un livre où il était question d'un art Japonais nommé *Kintsugi*. Le mot signifiait littéralement « jointure en or ». L'art consistait à restaurer des objets cassés, non pas en dissimulant les fêlures, mais en les sublimant avec de l'or. La définition précisait alors que : « Le *Kintsugi* était une ode à l'imperfection et à la fragilité. » Elle aimait cette image et, à la réflexion, elle y voyait maintenant un signe. Un signe semblable à cette petite lueur qui reste, bien cachée au fond de la boîte de Pandore…

Elle referma la porte de son appartement et, tout en marchant, posa son sac à main, ôta son trench et ses escarpins. Elle déposa ses clefs de voiture sur la table basse et rassembla ses longs cheveux en un chignon qu'elle fixa à l'aide d'un pic à cheveux. Elle se dirigea ensuite vers le bar et se servit un verre de Sancerre. Après tout, ce n'était pas parce que Mara lui avait fait faux bond qu'elle devait se priver. Elle s'astreint ensuite à la réalisation de son dîner qu'elle voulait frugal et se concocta une salade dont elle régla le compte en à peine dix minutes, vaisselle comprise. Puis elle se dirigea vers la salle de bains et ouvrit les robinets de la baignoire, le débit de l'eau chaude nettement supérieur à celui de l'eau froide. Le traditionnel coup de fil à ses parents avait duré suffisamment longtemps pour que le bain soit prêt. Livia déposa le dernier Musso et son portable sur le coin de la baignoire avant d'aller enclencher le *Bluetooth* de son enceinte. Enfin, elle se déshabilla complètement et entra dans son bain. La douce chaleur de l'eau et le parfum du bain moussant lui procurèrent un bien-être quasi-instantané qui ne fit que se confirmer lorsque *The Cure* entonna son classique *Lullaby*. C'était parfait. Tellement parfait qu'elle envisagea ne jamais sortir de là. Pour éviter de s'endormir, ce qui aurait été fâcheux, elle ouvrit le moteur de recherche de son IPhone et pianota « Cabinet Marsac et Douaumont ». Apparut alors en tête de liste la page d'un cabinet d'architecture parisien, visiblement de renommée internationale. Celui-ci avait été fondé dans les années quatre-vingt par Paul Marsac, dont la notoriété n'était apparemment plus à faire. Livia apprit que Paul Marsac exerçait essentiellement entre l'Europe et les États-Unis. Il avait participé à de nombreux projets dont le Mémorial du 11 septembre. Ses deux chantiers actuels étaient, excusez-le du peu, la reconstruction de la Cathédrale Notre-Dame de Paris et l'extension du Museum d'Histoire Naturelle de New York. Les affaires étaient donc florissantes. Ce n'était qu'au début des années deux mille que Marsac s'était associé à André Douaumont mais Marsac restait majoritaire. Livia ne comprenait d'ailleurs pas l'intérêt de cette association et elle avait beau chercher sur le Net, aucun indice ne filtrait concernant la fusion des deux cabinets. Côté vie privée, Marsac était marié depuis quarante ans à Cécile Laval, une décoratrice d'intérieur franco-américaine qu'il avait rencontrée lors d'un voyage d'affaires à New York. Cécile n'avait de français que le nom car elle était née et avait vécu toute sa vie aux États-Unis. Ils avaient deux enfants : Antoine et Lila. De ce qu'elle comprit, Lila vivait à Boston et Antoine, qui avait terminé ses études haut la main, avait rejoint le cabinet de son père depuis trois ans. Ainsi se résumait la saga officielle des Marsac. Livia s'orienta ensuite sur Antoine. Google afficha alors pour seules réponses une page LikdIn à laquelle elle n'avait pas accès puisqu'elle ne possédait pas de compte et une photo de lui avec son père, casque de chantier sur la tête, devant Notre-Dame. Elle ouvrit donc Instagram et chercha son profil. Si Max la voyait… après son laïus… Elle se trouva alors légèrement faux jeton aux entournures mais elle décida de ranger ses convictions dans sa poche pendant cinq minutes. Après tout, il avait démarré les hostilités. En guise de punition, elle se retrouva nez à nez avec une page privée. « Bien fait pour toi ma vieille, ça t'apprendra. » Hors de question de le débloquer pour le moment, ce serait trop simple. Elle décida qu'elle avait assez investigué pour ce soir et que si elle avait quelque chose apprendre de lui, elle ferait comme à son habitude : elle lui poserait directement la question. Elle troqua donc son téléphone contre son livre et entama le premier chapitre.

De : antoine.marsac@gmail.com
Objet : Re : Désolé…
4:42am

Chère Livia,

Je suis ravi de constater que tu n'es pas rancunière. Je m'attendais à un 2 assez fulgurant, je dois bien l'avouer.

Puisque nous démarrons sur de nouvelles bases, permets-moi de me présenter : Antoine Marsac, 35 ans depuis peu, architecte et amateur de bon vin. À mes dépens, comme tu as pu le constater, mais passons. Je vis à Paris en compagnie d'un bonsaï qui, par le plus grand des miracles, est toujours vivant malgré mes piètres performances en matière d'horticulture et je pratique régulièrement une activité physique (avec un certain Max d'ailleurs. Je crois que vous vous connaissez vaguement). *Mens sana*… en tant que médecin, tu es censée connaître la suite.

Par peur d'en faire trop et pour garder un peu de mystère, je m'arrêterai là et me contenterai de te demander de tes nouvelles.

Te souhaitant une belle journée,
Antoine

Antoine Marsac
Cabinet Marsac et Douaumont

De : docteur.liviadesantis@gmail.com
À : antoine.marsac@gmail.com
Re : Objet : Désolé…
7:56pm

Bonsoir Antoine,

Je vais bien, merci. Et toi ?

4 heures du matin ? Ou bien tu festoies, ou bien tu es insomniaque. Dans les deux cas, tu mets à mal ton dicton. *Mens sana*, à la limite, mais *corpore sano*, j'en doute. Troisième option : Monsieur l'architecte est à l'étranger.

Autrement, je m'appelle Livia De Santis, nous avons le même âge et je suis généraliste. Je vis à Paris, dans le 6e arrondissement. Je n'ai ni bonsaï ni géranium et je suis nulle en sport, mais je m'y astreins malgré tout. Quant à Max : qui est-ce ?

Bonne soirée,
Livia

Docteur Livia De Santis
Médecine Générale

De : antoine.marsac@gmail.com
Objet : Re : Désolé…

Chère Livia,

Je vais bien aussi. Froidement, mais bien.

La troisième option est la bonne. Je suis à New York pour la semaine. Notre cabinet a été retenu pour le projet d'extension du Museum d'Histoire Naturelle, ce qui m'oblige à y passer au moins une semaine par mois. C'est assez épuisant mais le projet est vraiment sublime et je suis fier de le réaliser avec mon père.

Connais-tu New York ?

Bien à toi,
Antoine

Antoine Marsac
Cabinet Marsac et Douaumont

Livia répondit qu'elle n'avait jamais voyagé en dehors de la France et de l'Italie mais qu'elle adorerait cela. New York faisait d'ailleurs partie de ses destinations phares. Elle félicita Antoine pour son projet et approuva la collaboration avec son père. Elle qui adorait sa famille était bien placée pour comprendre son engouement. Elle décida d'ailleurs de jouer franc jeu et lui avoua avoir fait ses recherches sur Internet, ce qui amusa Antoine. Il n'avait pas l'habitude d'être confronté à tant d'honnêteté et se mit à apprécier cela. Quant à Antoine, il avait beaucoup voyagé à travers le monde que cela soit pour affaire ou bien pour les vacances. Généralement il partait en congés avec ses amis – ceux qu'elle avait entraperçus sur la vidéo – et ils en profitaient bien. Il confessa être assez fêtard mais, étant désormais le seul célibataire de la bande, cela devenait de plus en plus compliqué d'organiser des virées entre potes. L'un de ses meilleurs amis allait d'ailleurs bientôt être papa, ce qui, de l'avis d'Antoine, allait signer la fin des *shooters*. Progressivement, Antoine et Livia faisaient connaissance et, aussi bien l'un que l'autre, en venaient à vérifier leur boîte mail respective plusieurs fois par jour. Livia avait bien entendu débloqué le compte Instagram d'Antoine, ce qui leur permit d'en découvrir un peu plus l'un sur l'autre. Les échanges durèrent un mois et ils s'amusaient beaucoup. Jusqu'au jour où Livia – qui signait désormais ses mails d'un simple « Liv » – se décida à terminer son mail par : « Je t'embrasse, Liv. 06.07.21.30.42 ».

4.
Où il est question de se jeter à l'eau

Antoine étant de retour à Paris depuis quarante-huit heures, Livia reçut son appel moins d'une heure après avoir cliqué sur « envoyer ». Elle décrocha et entendit la voix amusée d'Antoine :

— Et bien ! Il t'en aura fallu du temps !

— J'ignorais que tu étais si pressé.

Elle devinait le sourire d'Antoine de l'autre côté du téléphone qui continua, d'un ton beaucoup plus calme :

— Bonsoir Liv, comment vas-tu ?

— Bien, et toi ? De retour à Paris donc ?

— Oui, depuis deux jours.

— Je suis contente de t'entendre, osa-t-elle

— Moi aussi.

— J'aimerais t'inviter à dîner. Serais-tu d'accord ? reprit-il après quelques secondes d'hésitation

— Avec plaisir.

— Es-tu disponible demain soir ?

— Oui.

— Je passe te prendre à ton cabinet à la fin de ta consultation ?

— C'est parfait. 19h30 ?

— Ça me va.

— Où allons-nous ?

— Ah ça, c'est une surprise ! À demain Liv, bonne soirée.

De nouveaux quelques secondes d'hésitation puis il ajouta :

— J'ai hâte de te voir…

Cette fois-ci, c'est Livia qui marqua une pause mais elle conclut en disant :

— Moi aussi…

Il avait semblé à Livia que ce vendredi avait duré soixante-douze heures tellement le temps lui avait paru long. À croire que Chronos prenait un malin plaisir à la torturer. Elle avait bloqué son planning de consultation à 18 h 45 afin d'avoir le temps de se changer et elle avait réussi à faire battre en retraite Fanny d'un seul regard alors qu'elle tentait de lui ajouter un rendez-vous. Et Mara d'en rajouter : « N'essayez même pas ma pauvre, elle serait capable de vous tuer. Ce soir c'est le grand soir. » Livia se contenta de lever les yeux au ciel alors qu'elle se dirigeait vers les WC, house de robe et paire d'escarpins vertigineux à la main.

Par souci de transparence, elle avait informé Max de son rapprochement avec Antoine et elle lui avait dit qu'elle avait accepté un rendez-vous avec lui ce soir. Il accueillit la nouvelle sans grand enthousiasme mais il savait qu'Antoine, malgré ses grands airs, était quelqu'un de bien et que s'il avait décidé de se ranger, il ne pourrait pas espérer meilleure compagne que Liv. Ceci étant posé, il conservait néanmoins une certaine appréhension car il adorait littéralement Liv et il n'aurait pas supporté de la voir souffrir à nouveau à cause d'un homme. A fortiori s'ils s'étaient rencontrés par son entremise. Liv n'était pas du style à enchaîner les conquêtes. En dehors de quelques flirts adolescents, elle n'avait connu qu'un seul homme jusqu'à présent et leur relation avait duré cinq ans. Elle s'était confiée à Max quant à son envie de se marier et de fonder une famille. Pour elle, c'était le bon. Il était sa personne préférée. Lui, il la trompait depuis six mois déjà. Liv ne le savait pas mais, peu de temps après leur rupture, Max était allé le trouver à la sortie de son appartement et lui avait littéralement fracturé le nez et trois côtes et il n'hésiterait pas à recommencer, même s'il s'agissait de l'un de ses amis. Liv c'était Liv. Un sacré caractère mais une sacrée nana comme on n'en faisait plus. Un ange sur Terre. Il se contenta donc d'un : « T'es vraiment une sale gosse. Allez va, amuse-toi bien. Mais fais gaffe quand même. »

C'est sous les sifflements de ses confrères qu'elle retourna dans son bureau. Évidemment, elle rougit. Évidemment, ils en remirent une couche. Elle accéléra donc le pas, en maugréant un « Oh ça va ! Ce que vous pouvez être agaçants parfois ! ». Évidemment, ils en remirent une autre couche. Livia avait opté pour une robe crayon rouge tout aussi sobre que moulante et des escarpins en daim beige (pour une fois qu'il ne pleuvait pas à Paris !). Ses cheveux, relevés sur un côté, étaient maintenus par une jolie pince dorée mais discrète, ce qui laissait entrevoir une simple paire de boucles d'oreilles en perles blanches. Elle complétait sa tenue d'un manteau long en laine beige assorti à ses chaussures et d'un maquillage léger. Une touche de parfum et Fanny lui annonça via l'interphone que Monsieur Marsac l'attendait à l'accueil. Le moment était venu.

Antoine était là. Accoudé au bureau de l'accueil, une main dans la poche de son pantalon, il scrutait l'écran de son téléphone portable sous le regard béat des secrétaires. L'espace d'un instant, Livia se surprit à être elle-même subjuguée par son élégance. Exit le jean et les boots, cette fois il portait un costume bleu marine, une chemise blanche dont il avait ouvert le premier bouton, une pochette bleu ciel savamment pliée dans la poche de sa veste et des derbies en daim marron. Le tout complété d'un pardessus bleu marine et d'une écharpe en tartan. Dans l'hypothèse où elle aurait oublié à quel point il était beau, la mémoire lui était revenue tout à fait. « Ma fille, tu es cuite », pensa-t-elle avant d'afficher à son tour son plus beau sourire et d'aller à sa rencontre.

***
*

19h30 : dans la tête d'Antoine...

Il s'agaçait tout seul d'être aussi nerveux. « Bon Dieu, un peu de nerf ! T'es quand même pas puceau ! », se répéta-t-il toute la journée. De sa vie, il n'avait jamais été aussi stressé par un rencard. Il avait déjà parlé de Liv à ses amis et lorsqu'il leur avait montré sa photo, tous furent unanimes : « Mazette, la fusée ! », « Et bah mon vieux, tu as décidé de te mettre à chasser dans la cour des grands maintenant ? »... Les commentaires n'avaient pas dépassé le stade de la gentille boutade car tous avaient senti que le premier qui ferait une remarque déplacée aurait droit à un savon d'anthologie. Max, quant à lui, s'était gardé de toute remarque.

Contrairement à celle de Livia, sa journée avait filé à toute allure. Il était encore en proie au *jet-lag* mais il commençait à en avoir l'habitude. Les réunions de chantier s'étaient enchaînées et il avait pris le parti de récupérer Livia directement après son dernier rendez-vous. Celui-ci ayant lieu à Chantilly, il n'aurait pas le temps de passer par chez lui. Tant pis. Arrivé en bas du cabinet médical, il se rajusta brièvement dans la voiture. Il ôta sa cravate pour ne pas avoir l'air trop formel, remis de l'ordre dans ses cheveux, vérifia son haleine et respira un grand coup. Le moment était venu.

Le cabinet de groupe était situé au rez-de-chaussée. Le hall, assez chic, était marqué par un imposant escalier en colimaçon recouvert d'un tapis vert émeraude qui s'enroulait autour d'un ascenseur grillagé typique du début du vingtième siècle. Le sol était pavé d'un carrelage brillant qui dessinait des damiers noirs et blancs. Le tableau de plaques de laiton doré était apposé près de la première porte sur la gauche. Il suivit donc l'instruction affichée sur la lourde porte en bois, sonna et entra directement. Il fut alors projeté dans un *open space* gris et blanc centré par une banque d'accueil où trônaient deux secrétaires – l'une rousse et l'autre brune – captivées par l'écran gris acier de leur IMac respectif. À droite de la porte d'entrée il y avait une salle d'attente spacieuse où les traditionnelles chaises en bois qui garantissaient un lumbago à quiconque aurait le cran de s'y asseoir avaient été troquées contre deux longs canapés et plusieurs *ball chairs* blanches. Une table basse, plusieurs yuccas et un aquarium complétaient le mobilier. Au mur était accrochée une reproduction grandeur nature de la *Peinture, 9 mars 2014* de Soulages. Pour ce qui était des cabinets de consultation, leurs portes étaient alignées en arc de cercle derrière le secrétariat. Le contraste entre le classicisme de l'immeuble haussmannien et la décoration presque futuriste était saisissant. Antoine s'approcha des deux employées. Vêtues de tailleurs, mains manucurées et teint d'albâtre, elles étaient en adéquation avec leur lieu de travail. Sobres, élégantes mais efficaces. Entre deux appels, la rouquine leva les yeux vers Antoine et, le gratifiant d'un sourire qui se voulait accueillant mais professionnel, lui demanda :

— Bonsoir Monsieur. Que puis-je pour vous ?

— Bonsoir Madame. J'ai rendez-vous avec Le Docteur De Santis.

— Monsieur Marsac c'est bien cela ?

— C'est exact.

— Très bien. Je vous prie de bien vouloir patienter quelques instants, je préviens le Docteur. Notre salon est à votre disposition. Souhaitez-vous un rafraîchissement ?

— Non merci.

Antoine eut à peine le temps de vérifier ses mails une dernière fois qu'il vit Livia apparaître dans l'embrasure de la porte de ce qui devait être son cabinet de consultation. Lui qui n'avait jamais cru au coup de foudre, il resta pétrifié tant il la trouva sublime. Elle se tenait debout, à quelques mètres de lui et le regardait en lui souriant. Sa robe rouge suivait délicatement la courbe de ses formes parfaites et elle avait dégagé ses longs cheveux bruns dévoilant son cou fin et délicat. Aucun motif, aucun accessoire. Rien. Mais le rien lui suffisait largement, à elle qui avait déjà tout. À elle qui *était* déjà tout. Livia s'approcha et tendit sa joue :

— Bonsoir Antoine, comment vas-tu ?

Antoine sortit de sa torpeur et l'embrassa, respirant au passage les effluves d'un parfum dont il ignorait encore le nom mais dont il se savait déjà drogué.

— Bonsoir Liv ! Très bien et toi ?

— Parfait !

Elle lui fit signe de patienter quelques instants et se retourna vers les secrétaires :

— Avons-nous des choses à voir ensemble avant que je ne parte ?

— Non Docteur, répondit Anna. Bonne soirée et bon week-end !

— À vous aussi les filles.

Puis, s'adressant à Antoine :

— Il semblerait que je sois toute à toi.

Arriva alors ce qui ne lui était plus arrivé depuis le lycée : Antoine se sentit rougir. Ce qui fendit un resplendissant sourire sur le visage de Livia.

***
*

Offrez-lui des lilas…

Antoine confia sa voiture au voiturier de la Closerie des Lilas, Boulevard du Montparnasse. Plongés dans le décor fleuri du mythique restaurant, ils passèrent une soirée exquise. La conversation était fluide, tantôt comique, tantôt sérieuse. Ils parlaient travail, voyages (Antoine surtout), cinéma, art. S'ils n'avaient pas forcément les mêmes goûts, ils étaient tout aussi ouverts d'esprit l'un que l'autre et avides de découvrir de nouveaux univers. Antoine devait repartir à New York le lendemain. Il y resterait quatre jours puis rentrerait passer les fêtes de fin d'année en famille. Il expliqua alors leurs traditions. Puis, au rythme du vin et du champagne, ils commencèrent à flirter doucement. N'importe quel client du restaurant aurait vu qu'ils se dévoraient du regard. Vint enfin le moment de l'addition.

— Je te raccompagne ? demanda Antoine.

— Volontiers. J'ai laissé ma voiture chez moi ce matin et suis allée travailler en Uber.

— Ton adresse ?

Arrivés en bas de chez elle, Antoine se gara mais laissa tourner le moteur. Livia comprit qu'il avait prévu de faire un sans-faute et l'en trouva d'autant plus adorable.

— J'ai passé une excellente soirée, dit-elle.

— Moi aussi. Bien plus que tu ne peux l'imaginer.

Sans plus de cérémonie, Livia s'approcha doucement de lui et l'embrassa, passant sa main dans ses cheveux bouclés. Avec soulagement, elle constata qu'il lui rendait son baiser. Mon Dieu que c'était agréable. Elle aurait voulu que cet instant ne s'arrête jamais. Et ce parfum… Antoine éloigna ses lèvres de celles de Livia pour semer de doux baisers le long de son cou. Puis il s'écarta vraiment et plongea son regard dans le sien.

— Bonne nuit ma chérie. Dors bien.

— Bonne nuit mon ange, lui dit-elle en lui caressant la joue.

***
*

Bonne nuit…

À peine était-il arrivé chez lui qu'il saisit son portable et envoya un message à Livia :

— Tu me manques déjà.

La réponse fut instantanée :

— Toi aussi mon ange…

— Seras-tu dispo après les fêtes ?

— Oui, j'ai posé une semaine de congé à partir du 31. Et toi ?

— Je reprendrai le travail le 2. Mais je serai sur Paris pendant un mois. Cette fois c'est mon père qui devra se rendre aux US.

— Mais c'est une très bonne nouvelle ça.

— Il va quand même falloir attendre plus d'une semaine pour se revoir…

— Nous survivrons. Difficilement, mais nous survivrons, dit-elle amusée

— M'ouais…

— Arrête de ronchonner, le taquina-t-elle. Et tu as intérêt à être sage en Amérique !

— Alors tu n'as pas compris ?

— Compris quoi ?

— Désormais, je ne veux que toi.

Antoine vit clignoter les petits points lui signifiant que Livia était en train de répondre. Puis les petits points s'effacèrent. Angoisse… Il était allé trop vite ! Réapparition des petits points et d'une réponse qui lui accéléra le cœur :

— Alors tout va bien, puisque je suis à toi. Bonne nuit.

— Bonne nuit ma chérie.

C'était dix jours avant que tout bascule.

DEUXIÈME PARTIE

LA MONTAGNE SAINTE GENEVIÈVE

1.
C'est l'histoire d'un meurtre

Il était 23 h 30 lorsque l'on frappa à la porte. Livia, qui somnolait devant Netflix depuis une bonne demi-heure, sursauta. Elle alluma la lumière, regarda l'heure et, bien entendu, paniqua. Le tout dans cet ordre. Elle qui avait choisi de passer son réveillon tranquillement n'avait certainement pas envie de démarrer ses vacances en compagnie d'un voleur ou d'un assassin. Ni même avec ses voisins de palier d'ailleurs. Un couple de jeunes snobs avec leurs deux enfants. Du genre à manger des graines de chia achetées en vrac à dix euros les cent grammes dans le magasin bio du coin et à faire du compost avec leurs épluchures de carottes mais qui ne donnaient jamais un centime au SDF du coin. Elle ne pouvait pas les supporter, eux et leur petit air supérieur. Ils étaient non seulement voisins de palier mais aussi voisins de parking et elle était convaincue que le mari – qu'elle surnommait « l'autre grande saucisse » – faisait exprès de se garer en biais afin de la gêner dans ses manœuvres. Lors de son emménagement, l'autre grande saucisse lui avait fait remarquer qu'il serait quand même bien « de rouler à l'électrique et d'arrêter de polluer la planète ». Remarque accueillie on ne peut plus chaleureusement par une amatrice de bolides, surtout lorsqu'elle apprit que la grande saucisse roulait certes en Zoé à Paris mais qu'il possédait également une Porsche Cayenne Sport dans sa maison de campagne. Avec quatre quads. Diplomate, comme à son habitude, elle remit l'église au milieu du village un jour de messe – heureux hasard de la vie – et, depuis lors, devait passer dix minutes à se garer sans érafler la Zoé. Blanche, en plus. Quitte à avoir mauvais goût, autant pousser le vice à l'extrême.

Elle se leva donc, enfila un peignoir et se dirigea vers la porte d'entrée, prenant soin d'allumer toutes les lumières sur son passage. S'approchant doucement de la porte, elle sursauta une deuxième fois lorsque le visiteur répéta ses coups. Avec soulagement, elle reconnut Antoine par le biais du judas.

— C'est toi ! Tu m'as fichu la trouille, dit-elle à travers la porte. Attends, je t'ouvre.

À en juger par le nombre de verrous que Livia dut ouvrir, Antoine pensa qu'il était sur le point de pénétrer dans Fort Knox. Une fois la porte ouverte, Livia tomba nez à nez avec le jeune homme, livide et ruisselant. Elle n'aurait pu dire s'il s'agissait de sueur ou de pluie. Les yeux bouffis, à bout de souffle, il tenait une chemise et un gilet coincés sous son bras. Il lui demanda d'un signe de tête s'il pouvait entrer. Elle s'effaça. Sans un mot, il se dirigea vers le canapé et s'y laissa tomber, les mains recouvrant son visage. Livia, qui était restée dans l'embrasure de la porte sans rien comprendre à son comportement, se décida finalement à refermer derrière elle et à s'approcher de lui. Elle s'assit à son tour sur le canapé et remarqua qu'il frissonnait. Il lança alors :

— Je suis dans la merde Liv ! Je n'ai rien fait. Je ne comprends pas ce qui se passe mais je te jure que je n'y suis pour rien. C'était un piège. Antoine enchaînait les mots à la vitesse de l'éclair. Tu me crois ?

— Chut, du calme. Commence déjà par te calmer. Tout va bien. Je te crois.

Elle avait dit cela en passant la main sur le dos d'Antoine et constata qu'il était littéralement trempé.

— Tu vas me raconter ce qui se passe tranquillement mais d'abord tu vas aller te sécher. Viens avec moi.

Elle lui prit la main et se leva, l'entraînant avec elle dans la salle de bains. Ouvrant un placard rempli de linge de maison, elle indiqua :

— Les serviettes sont ici. Je vais te chercher un pull de rechange. Retrouve-moi dans la cuisine quand tu auras fini

Antoine reparut un quart d'heure plus tard parfaitement sec et nettement plus calme. Il trouva Livia assise sur l'un des tabourets de la cuisine, deux tasses de café fumant devant elle.

— À qui appartient ce truc ? dit-il en désignant le sweat d'une mine suspicieuse.

— C'était à mon ex.

La mine suspicieuse s'effaça au profit d'un réel dégoût. Livia esquissa un sourire :

— On se moque du pull. Assieds-toi et explique-moi.

Il tira un tabouret vers lui et s'assit. Il commença par boire une gorgée de café, ce qui eut pour vertu de lui redonner quelques couleurs. Livia l'observait, sans dire un mot. Après s'être réchauffé, il entama son récit :

— Avant tout, je tiens à te présenter mes excuses.

— Pourquoi ?

— Parce qu'en venant ici, je t'ai impliquée dans une affaire qui m'a l'air sordide. Mais, pour te dire la vérité, je n'avais nulle part où aller.

Livia, qui commençait à avoir peur, feignit le courage et l'audace :

— Ne t'en fais pas pour moi.

— Si, justement, je m'en fais pour toi.

Il prononça cette dernière phrase en inclinant la tête et, contre toute attente, se leva, prit le visage de Livia entre ses mains et l'embrassa. Ce baiser n'avait rien à voir avec celui qu'ils avaient échangé dans la voiture. Autant la première fois avait été tendre et romantique, autant cette fois, les lèvres d'Antoine se faisaient dures, sa langue cherchait désespérément celle de Livia, ses mains entamèrent une descente le long de son peignoir pour s'arrêter au niveau de ses hanches, qu'il saisit fermement pour la relever et la plaquer contre lui. Livia ressentit de l'urgence dans ses gestes. Comme s'il s'agissait d'un exutoire ou d'une façon de se reconnecter à la vie. Pour le moment, elle n'en savait rien mais elle avait compris qu'Antoine avait raison et que quelque chose de grave était arrivé. Gentiment, elle le repoussa et le regarda :

— Alors, tu veux bien me dire ce qui se passe ?

Antoine s'appuya contre le meuble de la cuisine et commença :

— Le soir où je t'ai envoyé la vidéo, j'étais en soirée avec mes amis. Je fêtais mon anniversaire. Là-bas, j'ai rencontré une fille. Nicky. Une étudiante américaine de passage à Paris. Bon, je te passe les détails, on a passé la nuit ensemble.

— Une étudiante américaine ? Tu les recrutes au berceau ? dit-elle d'un ton sarcastique.

— C'était avant que l'on s'écrive et je te promets que je ne l'ai pas revue depuis. Jusqu'à hier…

— Hier ? Intéressant…, s'étonna-t-elle alors qu'elle tentait de garder une contenance.

— Liv, fais-moi confiance et écoute-moi s'il te plaît, l'interrompit-il. Elle m'a écrit hier après-midi pour me dire qu'elle avait embarqué des affaires à moi avant de quitter mon appartement. Une chemise et un gilet parce qu'elle était trop légèrement vêtue la veille au soir. Je lui ai dit que cela m'était égal et qu'elle pouvait en faire ce qu'elle voulait mais elle a insisté. J'ai donc dit que je passerai les récupérer en début de soirée. Elle vivait dans le cinquième, à Saint Michel. J'y suis allé vers 21 heures. Quand je suis arrivé, je suis rentré directement dans l'immeuble à la suite de quelqu'un. Sauf que quand j'ai sonné à sa porte, personne n'a répondu. J'ai insisté et j'ai remarqué que la porte était ouverte…

***
*

Viens à Saint Michel…

Téléphone portable dans une main, traînant sa valise de l'autre, Antoine arpentait les derniers mètres qui le séparaient de son immeuble :

— Ça m'est égal je te dis, jette-les si tu veux ! lança-t-il, agacé.

— Je ne vais pas jeter tes affaires quand même. T'as vraiment du fric à foutre en l'air, répondit une voix au fort accent américain.

— Et bien poste-les-moi si tu y tiens.

— C'est ça Rothschild ! Tu crois que j'ai dix euros à dépenser en colissimo ? Mais qu'est-ce que ça peut bien te faire à la fin de passer les récupérer ?

— Ça fait que c'est une perte de temps.

— Pas si tu restes une heure ou deux *honey*[1], dit-elle d'un ton langoureux.

— Écoute Nicky, tu sais très bien que toi et moi c'était l'affaire d'une soirée. On était bourrés tous les deux et on s'est amusés. C'était sympa mais ça s'arrête là.

— Ah mais je t'ai proposé une heure, pas une vie.

— N'insiste pas s'il te plaît. Je passerai récupérer mes vêtements vers 9 heures ce soir. Ça te va ?

— *Alright. But you're funnier when you're drunk*[2].

— C'est ça. Envoie ton adresse par SMS. À ce soir.

« Comme si j'avais besoin de perdre mon temps avec ça ! », maugréa-t-il alors qu'il rentrait dans l'ascenseur. Antoine était d'une humeur massacrante. À la suite d'une énième dispute avec son père, il avait écourté son séjour dans leur maison de vacances et en avait été quitte pour rentrer à Paris un après-midi de Réveillon du jour de l'An. Sous la pluie. Lui qui détestait l'orage se demandait chaque jour un peu plus ce qu'il fichait à Paris. Un jour il plaquerait tout et s'en irait vivre en bord de mer. Loin de toute cette agitation, de tous ces cons de parisiens qui sursautent à chaque fois que vous leur dites bonjour. Comme si vous les agressiez. Ajoutez à cela le chantier perpétuel qu'était devenue la ville depuis quelques années. Sale, embouteillée, impraticable. Vraiment, s'il était encore là, c'était pour

---

1 Chéri.

2 D'accord. Mais tu es plus drôle quand tu es bourré.

Lui. Dès que tout irait mieux, il plierait bagage. Enfin, maintenant qu'il avait rencontré Liv, il était un peu perdu. Sentiment avec lequel il n'était absolument pas familier.

Le seul point positif de cette détestable journée était qu'il allait pouvoir lui faire la surprise de passer le Réveillon à ses côtés. Il se souvint alors qu'égoïstement, il n'avait même pas pensé à lui demander si elle avait quelque chose de prévu. Il faut dire que son voyage en train avait été éprouvant et que son esprit avait été capté par les horreurs qu'ils s'étaient envoyées à la figure son père et lui. C'était de toute façon devenu une routine à chaque fois qu'ils travaillaient sur un projet commun. Antoine ayant maintenant de l'expérience, il considérait qu'il avait désormais le droit d'émettre ses idées et de défendre son point de vue. Mais Marsac Sénior ne l'entendait pas de cette oreille. C'était donc avec soulagement qu'Antoine verrait Paul s'envoler seul vers New York pour, probablement, défaire ce qu'il avait passé trois mois à élaborer. Livia était sa bouffée d'oxygène, son rayon de soleil inespéré. Pas un jour n'était passé sans qu'ils ne s'appellent. Il pensait à elle constamment. De jour, comme de nuit. Peut-être même que ce soir, s'il osait… Le court de ses douces pensées fut interrompu par le message de Nicky, ce qui éteignit définitivement tout espoir de bonne humeur. Elle n'habitait pas très loin de chez Livia, c'était au moins cela.

Antoine vivait dans un loft, au dernier étage d'un immeuble haussmannien du huitième arrondissement. Le salon, la cuisine et la salle à manger étaient réunis pour ne former qu'une seule pièce dont la longue baie vitrée offrait une vue imprenable sur le Parc Monceau. L'absence de vis-à-vis et le calme de la rue Rembrandt avaient eu raison de ses réticences à acheter un appartement en ville. Lui qui avait l'habitude de la vaste propriété avec jardin de ses parents voyait d'un mauvais œil le fait d'être encerclé par des voisins. En l'occurrence, il avait eu de la chance puisque la plupart des appartements de l'immeuble n'étaient que des pied-à-terre pour des propriétaires étrangers absents la quasi-totalité de l'année. Il avait donc réussi à trouver son havre de paix au beau milieu de la jungle urbaine. Paris n'appartenait plus aux Français... La décoration était à son image: moderne et épurée tout en conservant l'esprit *old school* des clubs anglais dont il appréciait le raffinement. Les lignes étaient droites, le sol en béton ciré gris foncé contrastait avec le brun foncé du cuir des fauteuils Chesterfield et l'acajou du bar et de la bibliothèque. Sur la table basse, une maquette de Concorde. Aux murs, des hélices d'avion en acier, une horloge de gare métallique et le portrait en noir et blanc d'une femme, accoudée au garde-corps d'un bateau, son visage reposant sur sa main, le regard planté dans le vôtre. Antoine était maniaque, à tel point que les bouteilles d'alcool et les livres étaient classés par ordre alphabétique et que ses chemises étaient parfaitement alignées dans son dressing. Rien ne traînait. Jamais. Même la seconde chambre qu'il avait aménagée en salle de sport était propre et sentait le parfum. À se demander s'il y pratiquait vraiment une activité physique. Les salles de sport communes l'avaient toujours dégoûté. Il ne supportait ni l'odeur de fennec qui y régnait généralement, ni l'idée de devoir utiliser des douches communes qui devaient probablement avoir été astiquées pour la dernière fois à l'époque d'Hérode. Ce qui lui avait valu les moqueries de ses amis qui le traitaient de précieuse jusqu'au jour où il décida de les inviter chez lui pour leurs séances trihebdomadaires. La pièce parfaitement équipée, le Parc Monceau au bout de la rue pour les jours de *footing*, la liberté dans le choix des musiques, les sanitaires brillants comme des sous neufs et le bar bien fourni pour leurs troisièmes mi-temps leur firent rabattre leurs caquets une bonne fois pour toutes et ils devinrent, à leur tour, légèrement princesses au petit pois aux entournures. Riait bien qui riait le dernier maintenant!

Si sa vie était encore en construction, il n'y avait donc rien dans son intérieur qui pouvait en témoigner.

Ce fut avec soulagement qu'il franchit le seuil de sa porte et retrouva le calme de son appartement. Être à la fois sociable et solitaire, il appréciait tant sa douce solitude que la compagnie de ses proches. Il vaquait de l'une à l'autre des ambiances au gré de son humeur. Son idéal avait toujours été de se tenir proche de la civilisation tout en conservant une échappatoire pour les moments où il avait eu sa dose de foule, de fête et d'agitation. Antoine était du style on/off, extrême en tout. Pour ce qui était de sa journée, entre la cohue dans les gares, le trajet à côté d'un enfant qui chouinait toutes les cinq minutes et la dispute avec son père, il avait effectivement eu son quota de rapports humains pour plusieurs jours. Saupoudrez le tout avec sa sortie forcée chez Nicky… « Sartre avait raison, l'enfer c'est vraiment les autres », pensa-t-il. Encore sur les nerfs, il ôta son manteau dégoulinant de pluie et l'accrocha sur le radiateur mural puis s'extirpa de ses boots pour les envoyer valdinguer sous le radiateur également. Il se dirigea ensuite vers la cuisine pour ouvrir le frigo et attraper une bière qu'il décida de déguster debout devant la baie vitrée. Le ciel était bas et terne, zébré par les éclairs qui fendaient les nuages. L'on n'y voyait pas à dix mètres. Les branches des arbres du parc dansaient au rythme des bourrasques. La seule âme qu'il avait vue passer était une jeune femme qui avait failli s'envoler lorsque son parapluie s'était retourné. Mary Poppins avait donc pressé le pas jusqu'à ce qu'elle s'engouffre dans l'entrée d'un immeuble de la rue. Le décor était décidément apocalyptique. Dire qu'il allait devoir sortir dans cet enfer pour se coltiner Nicky. Comme s'il en avait quelque chose à faire de son stupide gilet ! Bière finie, il saisit sa valise pour la porter à l'étage et ranger ses affaires. Ce qui fut réglé en un tournemain. Même si la météo lui donnait l'impression que la nuit était tombée, il n'était en réalité que 18 heures. Il se ravisa et prit finalement la direction de sa barre de traction plutôt que celle de la salle de bains. Un bon moyen de se défouler et de retrouver son calme. Une pression sur son téléphone enclencha la sono et Antoine cala le rythme de ses mouvements sur le *Lose yourself* de Eminem. La séance allait être rude mais bienfaitrice.

20 heures sonnèrent lorsqu'Antoine sortit de la douche. Il enfila rapidement un jean, un pull, recouvrit le tout d'une épaisse veste en peau retournée et sauta dans une paire de baskets qu'il ne craignait pas de massacrer avec la boue. N'ayant aucune envie de salir sa voiture, il opta pour le métro. Ligne 2, station Monceau jusqu'à Barbès où il enquillerait la ligne 4 jusqu'à Saint Michel. Il connaissait les stations par cœur pour les avoir arpentées des années durant avant de partir terminer ses études à New York. Même s'il préférait désormais le confort de sa voiture, il avait toujours la nostalgie du métro. Cela lui rappelait ses jeunes années d'étudiant où il passait plus de temps en soirées qu'à la bibliothèque et où il rentrait au petit matin avec le premier métro. Au fur et à mesure qu'il descendait les escaliers, les souvenirs, eux, refaisaient immanquablement surface. L'idée d'être libre d'aller n'importe où dans la Capitale sans avoir à résoudre le casse-tête des places de parking lui apparaissait comme un miracle. Ceci étant, il avait été dépité de constater le délabrement des rames depuis son retour des États-Unis. En à peine quelques années, le métro était devenu un endroit insalubre, dangereux et en proie aux *pickpockets*. Le contraste était encore plus flagrant lorsqu'il descendit à Barbès. L'odeur rance de l'urine lui sauta aux narines et la crasse qui se répandait sur les murs lui fit détourner le regard. Les mendiants avaient été rejoints par des migrants accros au crack qui vous suivaient comme des zombies sans réellement vous voir afin de vous soutirer de l'argent pour éviter la prochaine crise de manque. Il avait quitté Paris ville lumière, il avait retrouvé Paris ville pourrie.

Les quarante minutes de trajet avaient permis à la pluie de calmer ses ardeurs. C'était maintenant un crachin mêlé de grêle qui lui souhaita la bienvenue lorsqu'il émergea des entrailles de Paname. Il s'arrêta un instant pour contempler la haute silhouette de Notre-Dame, toujours en chantier. Son chantier. À lui. Il n'était pas fier de grand-chose mais de cela, oui. C'était d'ailleurs grâce à lui que le Cabinet Marsac avait remporté l'appel d'offres. Son projet avait été le seul à proposer la restitution de la cathédrale à l'identique, flèche de Viollet-le-Duc comprise. Antoine avait tenu bon dans ses idées et son obstination avait payé. Il était certes un jeune homme de son temps mais, par on ne sait quelle conjecture, il avait un avis assez conservateur sur bien des points. Le patrimoine en faisait partie. C'était aussi une des raisons qui l'avaient irrémédiablement poussé vers Liv. Il était on ne peut plus moderne et prêt à toutes les expériences possibles tant qu'il s'agissait de prendre du bon temps. L'excentricité ne l'avait jamais rebuté et, pour cela, il était tenu en haute estime par ses amis gais lurons qui lui vouaient presque un culte. Mais depuis quelques mois, il sentait de l'ennui dans l'amusement. Comme s'il en avait fait le tour. Il voulait plus. Il voulait connaître quelque chose de nouveau et force lui avait été de constater qu'il n'avait encore jamais réussi à établir une réelle connexion avec une femme. Il n'était d'ailleurs jamais sorti avec une Femme. Sa rencontre avec Liv lui avait fait l'effet d'un électrochoc. L'air de rien et de tout à la fois, elle lui avait labouré l'esprit, chamboulé les idées, remis le cœur en symbiose avec l'âme. Il regardait Notre-Dame et il pensait à elle. Il était amoureux. Pour de vrai. Comme un adulte. Et c'était d'ailleurs ce qui l'effrayait.

Antoine jeta un rapide coup d'œil à son téléphone afin de confirmer l'adresse de Nicky et entreprit de remonter à pied le Boulevard Saint Michel. Lui qui était allergique aux parapluies commençait à regretter son entêtement pour certaines de ses manies. La jeune femme avait loué un petit deux-pièces idéalement situé face à la fontaine Saint Michel. L'immeuble ne payait pas de mine mais la vue était pittoresque. Les parents de Nicky étaient plutôt fortunés et ils avaient décidé d'offrir le rêve parisien à leur fille le temps de son séjour étudiant. Une version *d'Emily in Paris* tous frais payés pendant six mois. Ce n'est qu'en arrivant devant l'entrée du bâtiment qu'Antoine se rendit compte que Nicky avait oublié de mentionner le code de la porte. Pestant, il dégaina à nouveau son téléphone. Les tonalités s'enchaînaient sans que Nicky décroche. « Elle m'aura fait chier jusqu'au bout celle-là ! », lâcha-t-il tout haut. Il commençait à grelotter et avait maintenant la goutte au nez. Deuxième appel : rien, pas de réponse. Il s'apprêtait à rebrousser chemin lorsque la porte s'ouvrit sur une petite dame au dos voûté qui s'appuyait sur une canne mais qui trottinait étonnamment vite compte tenu de sa morphologie. Un coup de vent aurait fini de faire basculer sa frêle silhouette vers l'avant et elle se serait fracturé le squelette sans le moindre doute. Antoine retint la porte et se faufila dans le hall de l'immeuble, transi de froid. L'endroit était sombre et humide. Une odeur de moisi, typique des vieilles bâtisses des bords de Seine, planait dans l'air. Il avisa l'escalier dont les marches étaient aussi irrégulières en hauteur qu'en largeur, chercha l'interrupteur en vain et se décida à grimper les trois étages à pied, à la lumière de la torche de son IPhone. Si Antoine avait toujours apprécié le charme désuet des cinquième et sixième arrondissements, il en avait en revanche toujours détesté les immeubles qu'il trouvait, pour la grande majorité, étriqués et vieillots. D'apparence charmante, il suffisait d'en franchir le seuil pour se retrouver projeté dans un décor vétuste et moyenâgeux. L'immeuble de Nicky ne dérogeait pas à la règle. Plus il gravissait les marches, plus une curieuse sensation l'envahissait. Tout était étonnamment calme. Pas un bruit ne filtrait sur les paliers. Une maison fantôme aurait produit le même effet. Il imagina alors que tout le monde réveillonnait à l'extérieur. Arrivé au troisième étage, il sonna. Pas de réponse. Il finit par toquer à la porte qui s'entrebâilla en grinçant. Son désagréable pressentiment s'accentua lorsqu'il découvrit l'appartement. Il y régnait un capharnaüm terrible. Tout était sens dessus dessous. À l'évidence, l'endroit avait été fouillé. Il devinait déjà la réponse mais il hasarda tout de même :

— Nicky ? Tu es là ? C'est Antoine.

Bien sûr, elle ne répondit pas. Il entra. La lumière du plafonnier était restée allumée. Une lueur blafarde projetait les ombres du désordre sur les murs. L'appartement s'ouvrait sur un salon plutôt petit mais qui, en temps normal, aurait facilement pu être qualifié de *cosy* compte tenu du canapé en velours beige et des divers poufs en fausse fourrure éparpillés sur le sol. Les deux fenêtres donnaient sur la place Saint Michel.

Antoine avança alors dans le salon, prenant soin d'enjamber les effets personnels de Nicky, disséminés dans la pièce comme si un ouragan venait de frapper les lieux. Que pouvait bien chercher le voleur pour avoir retourné ainsi l'appartement ? Quel secret pouvait détenir une jeune étudiante sans histoire comme Nicky ? Des frissons parcouraient son corps à mesure qu'il progressait de pièce en pièce. Il savait, il sentait que quelque chose de grave venait de se produire.

C'est lorsqu'il arriva sur le seuil de la chambre que son instinct se confirma. Il s'arrêta net et eut un mouvement de recul. La scène était lugubre. Nicky était là, allongée sur le sol, immobile, les bras en croix. Les yeux ouverts et révulsés, elle fixait le plafond dans une expression figée de terreur. Ce qui fut jadis son joli visage était désormais méconnaissable et baignait dans une flaque de sang. Des hématomes violacés entouraient son cou et son front arborait un petit trou net dont les bords étaient complètement noirs. Il n'avait encore jamais été confronté à la mort. A fortiori, s'il s'agissait un meurtre. Il lui fallut quelques minutes, adossé au mur du couloir pour reprendre ses esprits. Que faire ? Appeler la police, évidemment. C'est lorsqu'il s'apprêta à composer le 17 qu'un détail l'interpella. Contrairement au reste de la pièce, ses vêtements à lui étaient impeccablement pliés sur le lit, une enveloppe posée sur sa chemise. Il entra alors pour s'approcher du lit. L'enveloppe portait une inscription manuscrite. Des lignes fines tracées à l'encre rouge : « A.M. ». Il saisit l'enveloppe et la retourna. Aucun expéditeur. Il l'ouvrit. Le message à l'intérieur était sans équivoque :

« Cher Antoine,
Notre bien est précieux.
Nous seuls en somme les maîtres.
Ceci n'est que le début. »

Antoine resta debout, pétrifié. Il s'agissait donc d'un avertissement. On avait cherché à l'atteindre, lui. Nicky avait été tuée par sa faute. Elle n'avait été qu'un pion, qu'un dommage collatéral dans une quête dont il ignorait tout. Et il n'avait pas le moindre début d'explication à ce qui venait de se produire. Il ne comprenait strictement rien au message laissé par le meurtrier. Ses yeux hagards balayaient machinalement le sol jusqu'à ce qu'il trouve le courage de regarder le visage de Nicky. Il ne savait pas grand-chose d'elle. Ils n'avaient partagé que quelques heures et cela avait été son seul tort. Elle portait une nuisette en dentelle noire. Il comprit qu'elle était morte en l'attendant et qu'elle avait prévu de négocier la restitution de ses affaires contre quelques instants de chaleur. Comme le destin pouvait être ironique parfois. La mort avait fauché la jeune femme alors qu'elle n'avait jamais été plus en vie qu'en cet instant de désir. Le désir, ce sentiment féroce et incontrôlable qui peut faire perdre la tête. Antoine connaissait bien cette sensation. Il en savait aussi les risques… Il sourit alors tristement et une larme coula le long de sa joue. C'est alors qu'il remarqua que l'arme du crime était toujours là. Près de la main de Nicky. Mais cette arme, il la connaissait par cœur. Un Glock 17 de neuf millimètres portant un « M » gravé à l'or fin sur la crosse. C'était le pistolet de son père.

— Putain qu'est-ce que ça fout là ça ? pensa-t-il tout haut.

En une fraction de seconde, la tristesse et les frissons laissèrent place à la panique. Il fallait quitter cet endroit et vite. Après tout, peut-être que l'assassin était toujours là, en embuscade, et qu'il attendait le bon moment pour lui régler son compte, comme à la pauvre Nicky. Il récupéra ses vêtements, l'enveloppe et, après une seconde d'hésitation, se pencha vers le pistolet. Un éclair de lucidité lui fit enfiler sa paire de gants avant de ramasser l'arme et de la glisser dans la poche de sa veste. Il se dirigea ensuite vers la sortie en essayant d'être le plus discret possible. Il referma la porte de l'appartement, essuya la poignée après avoir vérifié qu'il était seul sur le palier et descendit les marches. Par chance, il ne croisa personne. Ni voisin, ni assassin.

Le vent qui n'avait pas cessé ses assauts sur Paris lui donna un coup de fouet immédiat, ce qui eut pour effet de le sortir de sa torpeur. Il ne s'attarda pas devant l'immeuble, sans trop presser le pas non plus, de peur d'attirer l'attention des éventuels passants. Il remonta le boulevard Saint Michel en direction des quais puis, s'estimant suffisamment loin de chez Nicky, il se mit à courir. Il ne savait pas encore où aller mais il savait qu'il n'avait pas envie de rentrer chez lui. Si le meurtrier connaissait suffisamment sa vie pour savoir qu'il avait passé une nuit avec Nicky, il ne faisait aucun doute qu'il connaissait son adresse. Soudain il pensa à ses proches. Eux aussi couraient un danger. Antoine se rassura aussitôt se souvenant qu'ils étaient en Province, tous ensemble. Mais quid de Liv ? Il n'avait aucune idée de ce qu'elle avait prévu pour les fêtes. Son rythme cardiaque fit un bond et il accéléra sa course.

Les rues de Paris étaient désertes. La nuit glacée et la brume humide qui envahissaient le Quai Voltaire conféraient à la ville une atmosphère de mauvais polar. Haletant et en sueur, il reprenait sa respiration sur le Pont Royal. Comment tout cela avait-il bien pu arriver ?

2.
Confessions à Sainte Geneviève

Livia était assise en tailleur sur le canapé, sa tasse de café à la main. Antoine venait de terminer son récit.

— Tu n'as croisé personne de louche ces derniers temps? s'inquiéta-t-il.

— À part toi ? Non.

— Tu crois que c'est le moment de plaisanter? lança-t-il en s'asseyant à côté d'elle.

— Prouve-moi que j'ai tort.

— C'est malin tiens, s'agaça-t-il.

Livia lui sourit et il se renfrogna de plus belle. Un air de gamin qui, malgré les circonstances, fit fondre Livia qui ne put s'empêcher de déposer un baiser sur sa joue.

— Je pense que ça ne sera pas suffisant pour me remonter le moral..., dit-il en lui attrapant la nuque.

— Je pense qu'il faudra t'en contenter pour le moment, dit-elle en s'écartant. As-tu appelé la police ?

— Non.

— Tu as toujours l'arme avec toi ?

— Ouais. Dans ma poche, dit-il en désignant du menton sa veste.

— Il faut appeler la police. C'est la meilleure chose à faire.

— Je préfère aller au commissariat directement, dit-il. J'ai déjà assez merdé comme ça.

— Ils vont te prendre pour le suspect numéro un, tu le sais ?

— Je sais. Mais je n'ai rien fait.

— Je t'accompagne, dit-elle.

— Hors de question !

— J'ai dit : je t'accompagne.

— Et moi j'ai dit non ! Ce n'est pas un endroit pour toi. C'est sinistre là-dedans.

— Qu'est-ce que tu en sais ? Tu as déjà fréquenté les commissariats toi ?

— J'ai fait quelques bêtises étant jeune, oui…

Livia souleva un sourcil mais Antoine balaya sa question avant même qu'elle n'eût le temps d'ouvrir la bouche.

— Je préfère que tu restes ici, c'est tout.

Livia se leva et s'agenouilla devant lui. Elle le fixa et reprit :

— Écoute-moi bien, j'irai avec toi que tu le veuilles ou non. Je ne te laisserai pas affronter ça tout seul, tu m'entends ?

Antoine ne sut quoi répondre devant le ton calme et déterminé de Liv. Jamais personne en dehors de ses parents ne lui avait tenu tête avec autant d'aplomb. Pour toute réponse, il colla son front au sien et reprit :

— Je ne sais pas dans quoi je suis embarqué mais je sens que ça va être compliqué et dangereux.

Il marqua une pause et dit en fermant les yeux :

— J'ai peur pour toi Liv.

— Raison de plus pour que nous restions ensemble, non ?

***
*

Une nuit en cellule…

Le cadavre de Nicky avait été découvert une heure plus tôt par la gardienne de l'immeuble qui avait reçu un coup de fil de la part des parents de la jeune fille. Ils s'inquiétaient de ne pas réussir à la joindre. Contrairement à Antoine, la gardienne avait donné l'alerte. Tout le Boulevard Saint Michel ainsi qu'une partie du cinquième arrondissement étaient bouclés. La nouvelle avait déjà fait le tour de la Capitale et vu la quantité de journalistes qui faisaient le pied de grue devant les rubalises, le monde entier n'allait pas tarder à être au courant non plus. BFM et CNews allaient pouvoir s'en donner à cœur joie : « Meurtre d'une jeune New-Yorkaise venue faire ses études à Paris », « Paris, ville coupe-gorge : que font nos élus ? », « Oh là là, mais que fait donc la police ? ».

Antoine avait au préalable appelé ses parents pour les prévenir et, à l'heure qu'il était, ils devaient probablement déjà être sur la route. En bon père de famille qu'il était, la première pensée de Paul fut pour ses affaires :

— Antoine, j'en ai assez de tes frasques ! fulmina-t-il. Tu t'imagines la réputation que tu nous fais ? Nous allons perdre nos chantiers et tout ça pour quoi ? Parce que tu sautes sur tout ce qui bouge ! J'espère vraiment que tu n'as rien à voir dans cette affaire. Autrement c'est la ruine.

— C'est ton Glock que j'ai retrouvé sur place, Papa. Tu es plus suspect que moi, alors lâche-moi ! lui balança-t-il avant de lui raccrocher au nez.

Lorsqu'Antoine et Livia arrivèrent au commissariat, ils furent reçus par le capitaine Théo Ducret. On lui aurait donné vingt ans à tout casser. Il avait l'air d'un jeune *geek* mais avec des muscles. L'Agent Q qui mélangeait des protéines en poudre à son smoothie matinal. Ils furent introduits dans son bureau par un brigadier qui, quant à lui, avait l'air d'avoir douze ans compte tenu du duvet qui lui mangeait la lèvre. Contrairement à ce dont ils s'attendaient, Livia et Antoine avaient été plutôt bien accueillis. Le capitaine faisait les cent pas dans son bureau, téléphone à l'oreille. Il leur fit signe de s'asseoir. Livia constata que le bureau était à mille lieues du cliché qu'elle avait d'un bureau de policier. Bien rangé, pas d'affiche de mauvais goût sur les murs. Même Jean-Paul Belmondo n'avait pas obtenu droit de cité.

— Je te tiens informé dès que j'en sais plus. À plus tard commissaire.

Ducret posa son portable sur le bureau et baissa le volume de la télévision qui diffusait déjà les images de l'immeuble du boulevard Saint Michel.

— Bonsoir, dit-il d'un ton plutôt chaleureux. Je suis le capitaine Ducret. Vous avez une déposition à faire concernant le meurtre de l'Américaine c'est ça ? demanda-t-il sans préambule.

— Oui, répondit Antoine.

Ducret regarda la fiche que le brigadier avait laissée sur le bureau.

— Monsieur Antoine Marsac c'est bien cela ? Antoine acquiesça. Et vous, vous êtes Madame Livia De Santis ?

Livia répondit par l'affirmative.

— J'accompagne mon ami.

— Eh bien je vous écoute.

Le capitaine prit place sur son fauteuil qu'il fit rouler d'un coup sec sous le bureau pour atteindre son clavier d'ordinateur. Après quelques secondes de silence, il leva les yeux vers Antoine :

— Vous avez le trac ? interrogea-t-il en souriant.

— En réalité, un peu. C'est moi qui ai découvert le corps de Nicky.

Le capitaine Ducret se positionna en face d'Antoine pour le regarder droit dans les yeux.

— Ah tiens ?

— Oui. J'avais rendez-vous chez elle vers 21 heures hier soir. Je devais récupérer des affaires. Elle était déjà morte quand je suis arrivé.

Antoine enchaîna en déroulant le même récit qu'il avait fait à Livia auparavant. Ce qui, quelque part, la rassurait. Après tout, ils ne se connaissaient presque pas…

— Pourquoi vous ne nous avez pas appelés ? s'étonna le policier.

— Parce que j'ai paniqué.

Sur ces paroles, Antoine tendit l'enveloppe à Ducret.

— C'était posé sur mes affaires.

Ducret parcourut le message et leva à nouveau les yeux vers Antoine qui continua :

— Ce n'est pas tout capitaine. L'arme qui a servi à tuer Nicky est celle de mon père.

— L'arme du crime n'a pas été retrouvée, le corrigea Ducret.

— Si… par moi, dit-il en sortant le pistolet de sa poche.

Le capitaine fronça les sourcils et prit un air mauvais qui, d'un seul coup, le rendit nettement moins *geek* et franchement plus flic.

— Que faites-vous avec ça ? dit-il sèchement

— Je vous l'ai dit, j'ai reconnu le Glock de mon père, j'ai paniqué et je l'ai embarqué.

Sa tentative de justification échoua pitoyablement et le capitaine reprit, sur le même ton :

— Obstruction d'enquête et détention de pièce à conviction, vous risquez gros mon ami ! Sans compter que vous êtes pour le moment notre principal suspect.

Antoine était devenu livide. Presque gris. Livia lui prit discrètement la main. Elle était gelée.

— Vous avez touché l'arme avec vos mains ? enchaîna le policier.

— Non. J'ai toujours gardé mes gants.

— Ça va, c'est déjà ça. Vous êtes con mais vous avez des limites.

Sur ces paroles, il prit le pistolet à l'aide d'un mouchoir, sortit un sac en plastique de son tiroir et y glissa l'arme.

— Confisqué, dit-il

— Capitaine, tenta Livia, je sais que Monsieur Marsac a commis de grosses erreurs ce soir mais quel intérêt aurait-il eu à venir vous trouver maintenant s'il avait tué Nicky ?

— Aucune. Mais apparemment votre ami n'est guidé que par sa connerie. La logique et lui, ça fait deux.

— Capitaine, reprit Antoine, je suis disposé à vous aider du mieux que je le peux.

— J'espère bien ! Vous n'avez de toute façon pas tellement le choix.

Le jeune capitaine se leva, fit quelques pas et alluma une cigarette avant de venir s'asseoir sur le bord de son bureau. Il enchaîna, les sourcils froncés :

— Vous dites que vous avez connu la victime lors d'une soirée c'est bien cela ?

— C'est exact. Ma soirée d'anniversaire.

— Vous la connaissiez bien ?

— Non. Je vous l'ai dit, je faisais la fête avec mes amis, j'avais bu. J'ai rencontré Nicky, on a sympathisé et nous avons terminé la soirée chez moi.

— De quoi avez-vous parlé ?

Antoine, qui arbora subitement un joli teint rouge tomate, jeta un coup d'œil en biais vers Livia qui, parée dans sa dignité, resta stoïque et fit semblant de ne rien remarquer.

— C'est-à-dire que nous n'avons pas tellement parlé, capitaine.

— Je vois. Vous a-t-elle dit qu'elle vivait à New York ? poursuivit-il.

— Oui.

— Que savez-vous d'elle exactement ?

— Pas grand-chose…

Ducret, pensif, fit des volutes avec la fumée de sa cigarette :

— Le coup d'un soir quoi. Dites toujours.

Antoine recula sur son siège, s'appuya contre le dossier et croisa les bras.

— Voyons, je sais qu'elle avait vingt-quatre ans et qu'elle étudiait l'histoire. Elle m'a dit qu'elle était venue à Paris pour un semestre d'Erasmus à la Sorbonne et qu'elle devait retourner à New York dans deux mois. Je n'en sais pas plus.

— Son nom de famille ?

— Je n'en sais rien, avoua-t-il en toute franchise.

— Duncan. Nicky Duncan… Ce nom vous dit quelque chose Monsieur Marsac ?

Antoine leva le menton vers l'officier :

— Duncan, comme James Duncan ? questionna-t-il.

— Exact. Nicky était la fille du conservateur du Museum d'histoire naturelle de New York.

— Je l'ignorais.

La nouvelle semblait lui avoir fait l'effet d'un électrochoc.

— Il me semble que c'est votre cabinet qui s'occupe du chantier d'extension du musée ?

— Oui. Nous avons remporté l'appel d'offres il y a un an. Nous devons créer une nouvelle aile dédiée à l'histoire des sciences.

S'éloignant quelques instants de la rigueur de l'interrogatoire dont il était la proie depuis presque une heure maintenant, il afficha une mine sincèrement dépitée.

— Je suis vraiment désolé pour James, c'est un type formidable…

Ducret qui, lui, paraissait hermétique à toute sensiblerie, poursuivit sans ménagement :

— Et vous dites que vous n'avez jamais croisé Mademoiselle Duncan auparavant ?

— Non. Je n'ai eu affaire qu'à son père. Je ne savais même pas qu'il avait une fille.

— Vous pensez qu'elle savait qui vous étiez ?

— Aucune idée. En tout cas, même si elle le savait, elle ne m'en a jamais parlé.

Le flic tira une dernière fois sur sa cigarette et l'écrasa dans un cendrier métallique. Il se leva et se mit à faire les cent pas dans son bureau, les mains dans les poches de son jean.

— Le chantier avance comme vous le souhaitez ? reprit-il.

— En dehors des accrochages avec mon père, oui.

Antoine, qui commençait à voir où le capitaine voulait en venir, poursuivit spontanément :

— Mais il n'y a jamais eu aucun souci avec James. Il n'est d'ailleurs pas au courant que mon père et moi sommes souvent en conflit. Nous réglons nos histoires entre nous et les travaux n'ont, pour le moment, aucun retard.

— Quand vous êtes-vous rendu pour la dernière fois à New York ?

— J'y ai fait un saut avant les fêtes de fin d'année.

— Après votre rencontre avec Nicky, donc ?

— Oui.

— Et vous ne vous fréquentiez plus du tout ?

— Je vous ai dit que non. Nous avons passé une nuit ensemble et c'est tout. Je n'ai eu de ses nouvelles qu'hier lorsqu'elle m'a appelé pour me rendre mes vêtements.

Le capitaine marqua une pause dans ses allées et venues :

— Pourquoi, subitement, a-t-elle eu envie de vous les rendre ?

— Je n'en sais rien !

Antoine commençait à s'agacer de toutes ces questions. Il ne connaissait pas cette fille, point barre. S'il avait fallu l'interroger à propos de toutes ses conquêtes d'un soir, autant louer une cellule au commissariat !

Ducret continua, impassible :

— Elle ne vous a rien demandé d'autre ?

— Si. Elle voulait qu'on passe la nuit ensemble, répondit-il franchement.

— Et donc ?

— Et donc : quoi ?

— Avez-vous passé la nuit avec elle ? précisa le capitaine.

— Je vous ai dit qu'elle était déjà morte quand je suis arrivé et la nécrophilie n'est pas mon truc, lança-t-il du tac au tac.

Chassez le naturel… Puis, en direction de Livia :

— De toute façon je n'avais pas prévu de faire quoique ce soit avec elle.

— Trop aimable, lui décocha-t-elle à voix basse.

Pour la première fois de la soirée, Antoine esquissa un sourire. L'attention de Ducret se porta furtivement sur Livia :

— Vous m'avez l'air d'un sacré cadeau vous, ironisa-t-il.

— Je vous demande pardon ? répondit-elle.

Ducret retourna prendre place dans son fauteuil en pouffant de rire. Il se cala contre le dossier et s'adressa à Antoine :

— Monsieur Marsac, vous avez gagné le gros lot avec le sale caractère de votre amie.

Livia, qui n'avait pas ouvert la bouche depuis une heure, ne put se retenir :

— Je ne vous permets pas, capitaine. Je n'ai pas un sale caractère, j'ai du caractère. C'est différent.

Ducret éclata de rire et dit à Antoine :

— Je vous plains, mon pauvre.

Pour toute réponse, Antoine haussa les épaules en signe de reddition. Livia, quant à elle, leva les yeux au ciel. Elle pensa : « ah le voilà finalement ce gros lourdaud de flic avec ses blagues machistes à la con… » Ducret qui, heureusement, ne lisait pas dans les pensées, finit par en revenir à l'enquête :

— Monsieur Marsac, reprit-il, à quelle heure Mademoiselle Duncan vous a-t-elle contacté ?

Antoine consulta la liste des appels récents de son portable :

— Il était 17 heures lorsqu'elle m'a appelé.

— C'est la dernière fois que vous avez eu de ses nouvelles ?

— Non, elle m'a envoyé son adresse par SMS environ dix minutes après que nous ayons raccroché.

— Pouvez-vous me montrer votre téléphone s'il vous plaît ? demanda-t-il en tendant la main.

Il consulta la liste des appels, les SMS, ouvrit WhatsApp et jeta même un œil aux mails. Antoine le laissait faire. Il n'avait rien à cacher.

— Vous avez tenté de la joindre à 21 heures ? souligna le policier sans même lever les yeux de l'écran.

— Oui c'est exact. J'étais arrivé en bas de chez elle et je me suis aperçu qu'elle avait oublié de me donner le code d'entrée de son immeuble.

— OK. Elle n'a pas décroché ?
— Non.
— Comment êtes-vous entré dans ce cas ?
— À la suite d'une dame qui sortait de l'immeuble.
— Que faisiez-vous hier, avant que Nicky vous appelle ?
— Je rentrais de province.
— Seul ?
— Oui.

Antoine enchaîna directement :

— J'ai passé les fêtes de Noël en famille, dans notre maison de Sainte Maxime, dans le Var. Mon père et moi avons eu une dispute et j'ai décidé d'écourter mon séjour et de rentrer à Paris.
— Comment ?
— En train.
— À quelle heure êtes-vous arrivé à Paris ?
— J'étais à la Gare de Lyon à 16 h 30 il me semble.
— Qu'avez-vous fait dans l'intervalle ?
— Je suis rentré chez moi, j'ai défait ma valise, fait du sport et je me suis douché. Une vie palpitante comme vous pouvez le constater.
— Quelqu'un peut confirmer vos dires ?
— Capitaine, trancha Antoine, si vous me demandez si j'ai un alibi pour la soirée d'hier entre 17 heures et 21 heures, la réponse est non. J'ai mon billet de train chez moi si vous le souhaitez et je suis rentré de la gare en taxi. J'étais seul pendant tout ce temps et je n'ai croisé personne en dehors de la petite vieille de l'immeuble.

Ducret écoutait Antoine raconter sa soirée et, après quelques secondes de réflexion, lui dit en toute simplicité :

— Vous êtes d'une honnêteté rare, Monsieur Marsac.
— Je vous dirais bien merci mais j'avoue que la perspective de passer les prochaines heures en garde à vue me freine dans mon élan, ironisa-t-il.
— Vous seriez quand même un drôle de suspect !
— C'est ce qu'on me répète depuis ma naissance, capitaine.

Ducret éclata de rire :
— Mais d'où sortez-vous ?
— Si vous avez un peu de patience, mes parents sont en route.
L'ambiance dans le bureau se détendait certainement un peu trop pour le capitaine Ducret qui, consciemment ou non, décida d'enchaîner avec le sujet qui fâche :
— Votre père, justement, vous dites que cette arme est la sienne ?
Il manipulait le sachet contenant le pistolet et s'attarda sur la crosse. Antoine opina du chef :
— Le M gravé à l'or fin, c'est l'emblème de ma famille. Mon grand-père a offert ce pistolet à mon père pour son trentième anniversaire de mariage.
— C'est une plaisanterie ? demanda-t-il interloqué.
— Non. Enfin, si vous voulez, c'en est une en quelque sorte, oui. Mon grand-père et ma mère ne s'entendaient pas tellement. Jusqu'au décès de mon grand-père, ils se sont efforcés de maintenir une entente cordiale et respectueuse mais on ne peut pas considérer que ma mère ait été acceptée par le clan Marsac. Mon grand-père ayant beaucoup d'humour, il saisissait la moindre occasion pour rappeler gentiment à mon père ses soi-disant fautes de goût. En voici une preuve, dit-il en désignant le sachet de l'index.
— Et comment votre mère a-t-elle pris cet affront ?
— Mes parents étant toujours mariés, je dirais donc que ma mère est pourvue d'une bonne dose de second degré.
— Où avez-vous trouvé l'arme ?
— Elle était par terre, à côté de la main de Nicky.
Théo Ducret posa l'arme sur le bureau.
— Et en règle générale, où est-elle rangée ?
— Je sais que mon père la garde dans son bureau, dans notre propriété de Chantilly.
— En libre accès ? s'étonna Ducret.
— Bien sûr que non. Elle est dans une vitrine, sous clef.
— Savez-vous qui garde la clef ?

Antoine fit la moue et dit :

— Mon père je présume. Mais je n'en sais rien en réalité.

— Supposons que vous n'ayez rien à voir avec ce meurtre, savez-vous qui souhaiterait vous nuire ?

— Je n'en ai aucune idée.

— Reconnaissez-vous l'écriture sur la lettre ?

— Non plus.

— Et vous, Madame De Santis, avez-vous quelque chose à ajouter à tout ceci ? enchaîna le policier en attribuant finalement son attention à Livia.

— Non, capitaine. Je n'ai malheureusement pas d'alibi à fournir à Antoine… Pour ce que je sais, tout ce qu'il vous a dit est vrai.

— Très bien, dit-il.

Le capitaine Ducret recula son fauteuil et étira ses bras au-dessus de sa tête et ses longues jambes sous le bureau.

— Monsieur Marsac, je crois en votre histoire ainsi qu'en votre innocence. Mais tant que je n'aurai pas d'argument tangible de votre innocence, je vais devoir vous placer en garde à vue.

La garde à vue d'Antoine avait commencé le premier janvier à 2 h 00. Livia avait récupéré ses effets personnels ainsi que les coordonnées de ses parents. Paul s'était chargé de contacter l'avocat de la famille qui réveillonnait en Bretagne mais qui avait promis d'arriver au plus vite à Paris. Il ne lui restait plus qu'à attendre. Elle était fourbue de fatigue et ses yeux cernés lui donnaient l'impression de s'être enfoncés dans son crâne. Pourtant, elle n'avait aucune envie de rentrer chez elle et de le laisser seul ici. Après deux heures en salle d'attente sans aucune nouvelle, elle se dirigea vers les toilettes pour se rafraîchir le visage puis décida d'accorder une chance à la machine à café de l'entrée du commissariat. Elle y inséra des pièces et commanda un double expresso. Pendant que la machine lui préparait sa dose de caféine, elle acheta un paquet de madeleines au distributeur d'à côté. Commande en main, elle retourna dans la salle d'attente. La première gorgée de café lui arracha une grimace. Pour le coup, il collait parfaitement au cliché : il était infect. Quant aux madeleines, elles étaient à moitié rassies. Décidément, l'année commençait bien.

— Ne buvez pas ce truc, vous risquez d'y laisser votre peau.

Le capitaine Ducret se tenait en face d'elle, une tasse de café dans chaque main. Elle ne l'avait même pas entendu arriver.

— Goûtez plutôt celui-là. Réserve perso.

— Merci capitaine. Vous avez des nouvelles ?

Ducret s'assit à côté d'elle et lui proposa de trinquer. Il avait raison, son café était nettement meilleur que l'espèce de liquide infâme qu'elle s'apprêtait à avaler. Des notes épicées et un arrière-goût de cacao amer lui envahirent les papilles. Un délice aussi bienvenu qu'impromptu dans ce bâtiment austère et vide. Un morceau de paradis en plein milieu de l'enfer. À se demander d'où le flic avait sorti ce doux breuvage. Comme s'il avait entendu la question de Livia, il commença :

— C'est un Harrar d'Éthiopie. Je le fais torréfier rue du Cherche-Midi et j'ai ma cafetière italienne dans mon bureau. Hors de question de boire cette merde du distributeur.

— Amateur de café ?

— Plutôt oui. C'est un truc de famille.

Il but une gorgée et soupira en dépliant ses jambes devant lui. Il glissa légèrement sur le siège de manière à y faire reposer sa tête. Lui aussi avait mauvaise mine. Une barbe rousse de trois jours, des cernes encadrant ses yeux bleus et les cheveux en bataille, le jeune capitaine avait l'air de ne pas avoir dormi depuis des lustres. D'où l'addiction à la caféine, probablement. Il n'était pas désagréable à regarder. Grand et solide, de petites taches de rousseur disséminées de-ci de-là, un nez fin mais cassé, il aurait presque pu avoir des allures de Viking s'il n'était pas habillé comme un adolescent qui enfile les premières fringues qui lui tombent sous la main. Impossible de faire plus basique : jean droit brut remonté sur des boots Timberland, t-shirt noir qui n'avait probablement jamais croisé un fer à repasser de sa vie, gilet sweat gris à capuche. Simple et efficace. Il était paré pour la chasse à l'homme. Livia avait eu le temps d'observer les faits et gestes de chacun des membres du commissariat. Alors que certains lambinaient ouvertement, Ducret n'avait pas chômé une seconde. Entre les appels, la paperasse administrative et ses allées et venues entre Saint Michel et la rue de la Montagne Sainte Geneviève, il n'avait pas volé sa pause. Quasiment allongé, les yeux clos et les mains jointes autour de sa tasse de café qui refroidissait sur son abdomen, il avait l'air de s'être endormi. Livia hasarda doucement :

— Capitaine, vous avez du nouveau ?

Il répondit d'une voix claire qui confirma à Livia qu'il reposait simplement ses yeux et son corps, mais absolument pas son cerveau :

— J'ai eu l'avocat en ligne, il est en chemin. Ça prend du temps parce qu'il vient en voiture. Mais de prime abord, ce type est un sacré requin. Quant au reste, j'attends que le légiste et que la scientifique m'envoient leurs conclusions. Ça ne devrait plus tarder.

— Vous croyez qu'Antoine est innocent n'est-ce pas ?

Il ouvrit les yeux et tourna la tête vers Livia :

— Et vous ?

— Bien sûr ! J'en suis convaincue.

— Vous vous connaissez depuis longtemps tous les deux ?

— Je ne suis pas certaine que cela concerne l'enquête…

— Je pense que si.

— À peine trois mois.

— Comment pouvez-vous être aussi convaincue de l'innocence de quelqu'un que vous ne connaissez pas ?

— Je le sens, c'est tout.

La réponse de Livia fit sourire le policier qui fixait maintenant le plafond.

— Les femmes et leur sixième sens à la con…

— Et le sixième sens du flic, vous en faites quoi ?

Théo Ducret se tourna à nouveau vers Livia qui poursuivit :

— Vous m'avez l'air sacrément jeune pour être capitaine. Pour être aussi gradé à votre âge, soit vous êtes pistonné, mais vu votre dégaine je ne pense pas, soit vous avez fait vos preuves en en faisant qu'à votre tête et, pour le moment, vous avez toujours eu raison.

Un long silence s'en suivit durant lequel Livia regretta sa franchise. Après tout, jeune ou pas, c'était Ducret qui détenait le trousseau de clefs de la cellule où était enfermé Antoine. Toujours à demi étendu, le policier tourna à nouveau son visage vers Livia. Le regard pétillant d'humour, il lança :

— Mon sixième sens et moi avions raison tout à l'heure. Vous êtes une sacrée casse-couilles. Je plains ce pauvre type en cabane.

— Docteur casse-couilles, s'il vous plaît capitaine.

Livia put se détendre. Théo Ducret était de son côté.

— Jusqu'à quand durera sa garde à vue ?

— Elle peut durer vingt-quatre ou quarante-huit heures. Moins si l'on me donne des éléments qui innocentent formellement votre Don Juan.

— Et vous, Capitane, qu'en pensez-vous ?

— Je pense que votre ami est innocent, dit-il d'un ton soudainement très sérieux. Mais j'ai l'intime conviction que nous avons mis le doigt dans une sale histoire. Une très sale histoire…

Puis il se leva, termina cul sec son café et retourna dans son bureau. Livia se sentit subitement très seule et, pour la première fois de la soirée, elle avait peur.

***
*

Au pain sec et à l'eau…

À l'étage inférieur, il régnait un calme olympien. Toutes les cellules de garde à vue étaient vides à l'exception d'une. Le surveillant tentait de résoudre des sudokus pendant que le poste de radio diffusait les sempiternels chants de Noël. Antoine était étendu sur le banc de sa cellule, les mains croisées derrière la tête. Il avait sérieusement envisagé de se pendre au dernier *All I want for Christmas*. Heureusement qu'il n'avait plus ni lacets, ni ceinture. Il réfléchissait à la succession d'évènements à laquelle il venait d'être confronté. Il revivait les scènes en essayant d'y trouver une explication rationnelle mais il n'en voyait aucune. Le visage de Nicky le hantait. Celui de James aussi. Cet homme avait toujours été adorable avec lui, presque paternel. Il aurait aimé avoir un père comme lui. Tout aurait été différent. Enfin, peut-être pas. Au fond, qui sait ? Il songeait à sa soirée d'anniversaire, lorsqu'il avait rencontré Nicky. Elle était si vivante. Drôle, souriante, elle passait la soirée avec ses amies. Elles dansaient, chantaient, se prenaient en photos comme toutes les jeunes femmes du vingt et unième siècle. Elle vivait ses derniers instants et elle ne le savait pas encore. C'étaient peut-être même les meilleurs moments de son existence mais elle n'en avait pas conscience. On ne le sait jamais à l'avance, ça… Il n'y a que le temps qui nous l'apprend en nous prodiguant une leçon assez cruelle. Ce n'est que lorsque l'on a fait un bout de chemin et que l'on décide de jeter un coup d'œil en arrière que l'on peut se dire : « finalement, c'était bien ». Ce n'est que lorsque l'on a perdu les choses que l'on tenait pour acquises que l'on se dit : « si j'avais su… ». Antoine avait toujours pensé que le « si j'avais su… » était une vaste connerie. Il était convaincu que l'on sait toujours, que l'on sent toujours, au fond de soi. On décide simplement de passer outre parce que l'on s'imagine que c'est probablement mieux ailleurs, autrement, avec quelqu'un d'autre. Mais on se leurre. La vérité c'est que l'on a peur d'être heureux. Peur de se laisser aller et de faire confiance. Parce que l'on croit que le risque du bonheur, c'est de le perdre. Or c'est faux. Le risque du bonheur, c'est de ne pas le tenter. Antoine avait également compris que les choix faciles n'étaient pas vraiment des choix. Il les voyait plus comme des évidences. En revanche, les choix difficiles, ceux qui vous font douter, ceux qui vous mettent en danger, ceux qui vous remuent, qui vous demandent de la volonté, de la persévérance et du courage, ceux-là sont de vrais choix. Il avait déjà appris au cours de sa jeune existence à ne jamais dire jamais. Il ne disait jamais non plus toujours. Car il n'existe pas de jamais et pas de toujours. Enfin, tant que l'on est en vie… Les toujours ne s'apprécient qu'à la fin de la vie. Comme les jamais d'ailleurs.

— T'as faim p'tit gars ?

José, le surveillant, le tira de sa contemplation philosophique. C'était un gentil bonhomme grassouillet aux joues rouges qui avait tout du bon vivant et qui l'avait traité avec humanité dès le début de la garde à vue.

— J'ai un petit creux, oui. J'ai surtout soif…

— Qu'est-ce que tu veux que je t'apporte ?

— Ce que vous voulez. Merci José.

— De rien p'tit gars. Je reviens. Attends-moi ici, dit-il en ponctuant sa blague d'un clin d'œil.

Antoine avait perdu la notion du temps. Il s'était levé pour se dégourdir les jambes et en profita pour enfiler sa veste. Il faisait sacrément froid ici. Que pouvait-il bien détenir qui ne soit pas à lui ? La lettre qu'on lui avait adressée n'avait aucun sens. Et pourtant, tout cela devait avoir un lien. Mais lequel ? Au bout de quelques instants, des pas résonnèrent dans les escaliers. Antoine, qui s'attendait à voir débouler José, fut surpris de reconnaître le capitaine Ducret.

— Ça va Marsac ? Vous tenez le choc ?

— Parfaitement oui. C'est mieux qu'un cinq-étoiles ici.

— Désolé de vous décevoir dans ce cas, mais vous êtes libre.

Joignant le geste à la parole, il ouvrit la cellule et fit un signe de tête à Antoine.

— Allons-y que je vous explique.

Ils croisèrent José qui descendait les marches, une bouteille de coca et un sandwich sous vide à la main.

— Tiens p'tit gars.

— Merci José. Je vous rembourserai dès que j'aurai récupéré mon portefeuille.

— T'inquiète pas va, c'est cadeau.

Et le pépère s'en retourna à son bureau et à ses sudokus.

— Il est adorable ce type, dit Antoine. Qu'est-ce qu'il fiche dans une prison ?

— Aucune idée, répondit Ducret. Il traite tous les détenus de la même façon. Il pense qu'on a tous droit à l'erreur et à une seconde chance. La bonté faite homme. Pire qu'un curé. On l'appelle d'ailleurs tous Padre ici.

En effet, ça lui allait comme un gant.

Il faisait désormais jour et la lumière éclaboussait le commissariat. Une horloge affichait 13 h 00. Arrivé devant le bureau, Antoine remarqua la silhouette de Livia. Elle lui tournait le dos, assise à la même place que la veille.

— Elle est restée là toute la nuit ? demanda-t-il au jeune capitaine.

— Elle n'a pas bougé, répondit-il. Je me demande ce qu'elle vous trouve…, ajouta-t-il en le détaillant de la tête aux pieds.

Antoine éluda la question et réprima sa soudaine envie d'assommer le flic et de faire sortir Liv du commissariat. Assis près d'elle, son père, Paul. Appuyé contre un mur, Maître Simonot.

Livia fut la seule à se lever pour accueillir Antoine et le serrer dans ses bras. Paul ne bougea pas d'un iota et se contenta d'un « bonjour, fils », qu'il avait balancé sans lever le nez de son téléphone. Antoine s'assit sans même répondre et s'adressa directement à Ducret :

— Je suppose qu'il y a du nouveau ?

— Trois éléments, oui. Le premier est que le légiste m'a envoyé sa conclusion. Nicky Duncan est morte entre 17 heures et 18 heures. Puisque vous l'avez eue au téléphone à 17 heures, elle est donc morte tout de suite après votre coupe de fil.

— N'oubliez pas qu'elle m'a écrit à 17h10, ajouta Antoine.

— Non Monsieur Marsac. Vous avez reçu un SMS depuis son téléphone à 17h10. Mais rien ne prouve qu'elle l'ait envoyé elle-même, nuança Ducret.

— La seconde info ? questionna Antoine.

— On a retrouvé la petite dame que vous avez croisée en rentrant dans l'immeuble. C'était une voisine de Mademoiselle Duncan et elle vous a reconnu. Cette femme est pire qu'une tour de contrôle. Elle passe le plus clair de son temps à espionner les faits et gestes de tous ceux qui s'approchent, entrent ou sortent de « son » immeuble. Elle a confirmé vous avoir croisé en bas de l'immeuble à 21 heures et affirme ne vous avoir jamais vu avant. Par ailleurs, aucune des empreintes relevées sur le pistolet ne correspond aux vôtres.

— Du coup… ?

— Du coup nous avons dérangé Maître Simonot pour rien et tu vas pouvoir rentrer te changer et te raser. Tu ressembles à un clodo, fils.

Livia ne connaissait pas Paul Marsac et ignorait tout de la relation qu'il entretenait avec Antoine mais elle s'étonna de la froideur avec laquelle il avait répondu à son fils. Ses parents à elle l'avaient déjà appelée cinq fois depuis hier soir et lui avaient même proposé les services de leur propre avocate. Tout le monde n'était visiblement pas doué pour la paternité.

Pourtant, leur première rencontre avait été des plus charmantes…

***
*

Entretiens généalogiques…

Deux heures plus tôt, Paul Marsac était arrivé en compagnie de son avocat. Son Aston Martin DBX avait fait fureur devant le commissariat. La soixantaine bien sonnée, un mètre quatre-vingt, les cheveux grisonnants, il ne s'était jamais senti aussi bien dans sa peau que maintenant que son père s'en était allé *ad patres*. Il se sentait enfin patron. Enfin à sa juste place. Il était libre de prendre ses propres décisions et de mener la vie qu'il voulait auprès de sa femme sans que ni lui, ni elle, n'ait à supporter les moqueries du vieux schnock. Fils unique, il avait hérité de tous les biens de ses parents et, cumulés à ce qu'il avait bâti lui-même, cela représentait une petite fortune. Et tout ceci reviendrait un jour à ses enfants. De cela, il était fier. Pour couronner le tout, il venait de passer son examen de santé annuel et les médecins lui avaient dit qu'il était en pleine forme. « Un vrai jeune homme, Monsieur Marsac », lui avaient-ils annoncé en lui remettant son dossier médical. Tout roulait donc pour lui. Enfin, presque tout… Paul aimait ses enfants. De ça, il en était certain. Mais si Lila avait été du genre tranquille et docile, Antoine était une vraie tête de mule qui passait le plus clair de son temps à le provoquer et à lui tenir tête. Et ce, depuis qu'il savait tenir debout. Le môme était un coriace qui leur en avait fait voir de toutes les couleurs durant son adolescence. Combien de fois avaient-ils dû, Cécile et lui, aller le récupérer en cellule de dégrisement ? Combien de fois l'avait-il vu congédier des jeunes femmes au petit matin sans même un « au revoir » ? Il n'avait jamais rien compris à son enfant. Ni avant, ni maintenant. Il n'avait eu de cesse de lui offrir tout ce qu'il voulait mais ce n'était jamais assez. Antoine n'avait jamais été satisfait de rien et Paul était triste de constater que son fils était plus proche de ses amis que de lui-même. Jusqu'au jour où Antoine décida, à la grande surprise de son père, d'entamer un cursus d'architecture. Paul y avait entraperçu un signe de rapprochement père-fils. Antoine avait toujours été très doué à l'école. Doué mais fainéant. Môsieur faisait ce qu'il voulait, quand il voulait. Et il avait malgré tout un niveau supérieur au reste de la classe. Les études d'architecture avaient été une promenade de santé pour lui et il sortit major de sa promotion. Son année d'échange universitaire à Columbia l'avait profondément changé. Paul avait quitté à l'aéroport de Roissy-Charles-de-Gaulle un garçon torturé et rebelle et il y avait récupéré un homme beaucoup plus serein et élégant. Mais curieusement, malgré son apparence apaisée, Paul avait senti qu'un gouffre affectif s'était creusé entre eux lorsqu'il avait enlacé son fils le jour de son retour en France. Rien n'avait changé depuis qu'il était parti, sauf lui. Et il n'en avait toujours pas saisi la raison.

Malgré ses supplications, Paul avait déposé Cécile dans leur propriété de Chantilly avant de se rendre au commissariat du cinquième arrondissement. Maître Simonot l'attendait dans le parking.

— Vous avez des informations Maître ? s'enquit-il en serrant la main de l'avocat.

— Votre fils sera libre d'ici une heure, répondit-il simplement.

Maître Simonot n'était pas du genre bavard. Pour un baveux, il faisait exception à sa profession. Lui, son truc, c'était l'efficacité. Il ne parlait que si nécessaire et, en règle générale, quand il l'ouvrait c'était pour clore un débat. Un type à l'ancienne. Un type à la Audiard.

— Vous devrez par contre répondre aux questions du petit flic. Avant de rentrer dans ce taudis, vous avez des choses à me confesser, Monsieur Marsac ?

L'avocat avait une réputation de requin. Il n'avait aucun souci à défendre l'indéfendable et ne supportait pas de perdre. Pour cela, il estimait que ses clients lui devaient une transparence absolue. Comme dans un confessionnal. Ceci étant, les Marsac avaient toujours été blancs-bleus. Des clients limite ennuyeux. C'est donc sans étonnement que Paul lui répondit :

— Je ne sais même pas ce que je fais ici, pour tout vous dire. Allons récupérer Antoine et fichons le camp d'ici.

Il était 11 h 15 lorsque Paul Marsac rencontra Livia pour la première fois. Il l'avait vue à travers la vitre d'une salle d'attente miteuse où, en toute sincérité, elle n'avait pas sa place. Il l'avait eue au fil quelques heures auparavant pour la prévenir de leur arrivée en région parisienne à lui ainsi qu'à Cécile. Il s'arrêta un instant et fit signe à Maître Simonot de continuer sans lui. Paul observa Livia faire les cent pas. Sa voix calme et posée lui avait plu. Son apparence lui plaisait encore plus. Elle déambulait de manière féline dans la pièce. Un port de reine mais le regard triste. Elle lui faisait penser à Cécile à l'époque de leur jeunesse. Mon Dieu qu'elle était belle. Il pensa alors : « Regarde-moi ça... Fils, cette fois ça ne plaisante plus... ». Il se trouva alors partagé entre la stupéfaction de découvrir une femme élégante et non pas une énième greluche comme Antoine avait l'habitude d'en faire défiler et l'agacement de la voir, à l'évidence amoureuse, souffrir à cause de son abruti de fils. Paul Marsac prit alors la résolution que, d'une manière ou d'une autre, cette femme ne serait pas le joujou d'Antoine. Elle ne méritait pas ça. Non, pas elle. Il entra alors dans la salle d'attente :

— Mademoiselle De Santis ?

— C'est moi. Vous êtes le père d'Antoine ?

— Paul Marsac, enchanté, dit-il en lui tendant la main.

Devant la mine inquiète de la jeune femme, il précisa doucement :

— Antoine sera libéré d'ici peu, ne vous en faites pas. Puis-je vous offrir quelque chose ?

— Surtout pas, merci, dit-elle en souriant. Tout ce qui sort de ces machines a un goût immonde.

— Je vous crois volontiers, dit-il en jetant un rapide coup d'œil aux machines du diable. Vous pouvez rentrer chez vous, vous devez être exténuée. Nous prenons le relais.

— Non merci. Je préfère attendre que la garde à vue soit levée.

— Très bien, je n'insiste pas. C'est très courageux de votre part d'avoir patienté ici toute la nuit. Mon épouse et moi-même ne savons comment vous remercier d'avoir pris soin de notre fils.

— Il m'était impossible de le laisser seul...

Après quelques instants de silence, Paul reprit :

— Je pense que le capitaine m'attend. Si vous permettez...

Et il s'éclipsa en direction du capitaine Ducret qui, effectivement, patientait sur le pas de son bureau.

— Bonjour Monsieur Marsac, dit-il. Si vous voulez bien me suivre.

La simple présence de Paul Marsac avait suffi à rendre le bureau de Ducret minuscule, pour ne pas dire minable. Marsac sénior avait des airs de Ventura. Un costume croisé trois pièces bleu marine, une paire de Berluti aux pieds et un trench beige. Il ne lui manquait plus que le chapeau. Ducret était intimidé par cet homme qui respirait la sérénité de ceux qui étaient désormais arrivés là où ils avaient décidé d'arriver et qui n'avaient donc plus rien à prouver. L'espace d'un instant, il regretta de ne pas être un peu plus habillé. Mettant de côté sa gêne, il entama la litanie des questions typiques d'un interrogatoire de police : « Où étiez-vous ? que faisiez-vous ? avec qui ?… » Paul Marsac répondit à toutes les questions sans le moindre signe d'inconfort. Sa version des faits corroborait parfaitement avec celle de son fils.

— Vous reconnaissez cet objet ? demanda Ducret.

— Oui, c'est mon pistolet. Un cadeau de famille.

— Savez-vous comment il a pu se retrouver dans les mains du meurtrier ?

— Hélas non.

— Où est-il conservé habituellement ?

— Chez moi, à Chantilly. Il est exposé en vitrine la plupart du temps mais il arrive que je m'en serve. Je prends des leçons de tir sportif.

Il sortit sa licence d'abonné au stand de tir de Gouvieux ainsi que son permis de port d'arme en bonne et due forme. Tout était en règle.

— Il était à Chantilly lorsque vous êtes descendu dans le Sud ?

— Oui. Je l'avais rangé à sa place.

— Qui avait la clef de la vitrine ?

— Moi.

Après un instant de réflexion, il ajouta :

— Mon majordome en a un double. Mais Firmin est au-dessus de tout soupçon.

— Je vais devoir perquisitionner chez vous, Monsieur Marsac. J'en suis désolé.

— Quand bon vous semble, capitaine. Je n'ai pas l'intention de faire entrave à la bonne marche de votre enquête. James est par ailleurs un bon ami et nous sommes sincèrement dévastés par ce qui est arrivé à sa petite.

— Je vous remercie.

Théo Ducret expliqua à Paul les dernières conclusions de ses collègues scientifiques et lui annonça qu'aucune peine ne pesait sur son fils.

— Bien, il est temps que j'aille libérer Marsac junior.

***
*

— Du coup, reprit Ducret, nous avons la preuve de votre innocence. Vous êtes libre. Ceci étant, je vous place sous surveillance, sait-on jamais.

En les voyant quitter le poste de police, le capitaine Ducret pensa : « Vous êtes libre, mais l'enquête ne fait que commencer. »

3.
Liberté chérie

L'orage avait laissé place à un magnifique soleil d'hiver. Il faisait froid mais Livia s'en fichait. Antoine était innocent et libre, c'était tout ce qui lui importait. Elle avait pris le volant et se dirigeait vers son appartement. Il était prévu qu'elle y récupère quelques affaires et qu'elle passe ensuite un peu de temps chez Antoine. La durée de son séjour n'avait pas encore été fixée. C'était là tout le mystère du début de leur relation. Antoine, quant à lui, ne paraissait ni choqué, ni ému de ce qui venait de se produire. Il n'avait pas quitté son téléphone des mains depuis sa sortie du commissariat. Entre ses amis et ses clients, tout le monde avait appris la nouvelle et s'inquiétait. Ses amis de sa santé. Ses clients de leur chantier. Au bout d'un moment, il raccrocha et mit son portable en silencieux.

— Je n'en peux plus, dit-il.

— Je sais. Tu as une petite mine. Mais c'est fini maintenant.

— Non Liv, je ne pense pas.

Le feu rouge lui permit de regarder Antoine pour lui poser la question qui la taraudait :

— Toi aussi tu veux comprendre ce qui se trame ?

— Oui. J'ai un mauvais pressentiment. Je pense que, même si ce flic est malin, il ne s'en sortira pas sans moi. On me vise directement pour récupérer quelque chose et je dois comprendre de quoi il s'agit. Autrement, il pourrait y avoir d'autres victimes.

— Alors quoi ? Tu vas enquêter dans ton coin ?

— Je vais proposer mon aide à Ducret.

— Nous ne sommes pas policiers, il n'acceptera jamais de nous laisser travailler avec lui.
— Toi tu restes en dehors de ça.
— Dans tes rêves !
— Liv…
— « Liv » rien du tout ! Liv fait ce qu'elle veut.

Elle se gara en bas de son immeuble et monta récupérer quelques affaires. La voiture de police banalisée s'était garée à l'angle de sa rue. Elle fit rapidement une valise pour la semaine, ferma son appartement à clef et alla prévenir la gardienne qu'elle s'absentait pour la semaine sans donner de détails. Tout fut réglé en une demi-heure. Un exploit pour elle qui avait pour habitude de préparer ses valises au minimum une semaine à l'avance ! De retour sur le trottoir, elle trouva Antoine adossé à la voiture, coffre ouvert et warning allumés. Il l'aida à déposer sa valise dans le coffre en jetant un œil agacé vers les policiers en planque.
— Je sens que ça va me plaire ça, dit-il.
— Idem, répondit Liv. Mais ça me rassure quand même de les savoir présents.
Antoine prit un air comiquement offusqué :
— Voyons cela, Madame n'est pas rassurée par ma simple présence ?
— Euh… si. Mais tu n'es pas armé chéri.
Il lui lança un regard éloquent. Elle comprit que la semaine allait s'annoncer palpitante à tous les niveaux…
Puis, brusquement, il redevint sérieux :
— Tu tiens vraiment à participer à l'enquête ? dit-il inquiet.
— Oui. Vraiment.
À quoi bon lutter ? Le capitaine Ducret avait raison : Liv avait un caractère bien trempé. C'était un sacré cadeau que le destin lui avait fait. Il s'installa au volant d'autorité, ce qui fit ronchonner Livia. Elle détestait que l'on conduise sa voiture. Antoine ne l'écouta même pas :

— Il va falloir t'y faire ma cocotte.

— Ma cocotte ? Non mais ça va oui ? Tu prends déjà des libertés toi ?

— Comme tu vois, dit-il en démarrant le moteur de la Jaguar.

— Laisse-moi te dire que tu files un mauvais coton, jeune homme, dit-elle en riant.

— Il a un mode sport ton tank ?

— Mon quoi ? Pardon ?

— Chérie, c'est un mammouth ton truc.

— N'insulte pas mon bébé ! Autrement je t'en fais sortir de force.

Antoine souleva son sourcil droit et répondit en s'esclaffant :

— Sois sérieuse voyons. Tu t'es vue ? Tu es épaisse comme une allumette. D'ailleurs, j'ai une salle de sport à la maison.

— Bof, dit-elle.

Petites secondes d'hésitation puis il compléta :

— J'ai une grande baignoire aussi, ceci dit.

Livia esquissa un sourire et, pour la première fois, lui prit la main.

Le reste du trajet avait été bref mais parfait. Ils n'avaient plus parlé de l'enquête, préférant faire une pause avant de s'engager dans ce qu'ils avaient deviné être un vrai bourbier. Comme si les Cieux avaient décidé de leur accorder cette parenthèse enchantée, la voiture avait pu rouler pratiquement sans s'arrêter dans les rues désertes d'un Paris qui n'était pas encore rétabli des festivités du nouvel an. Ils avaient la sensation que la ville leur appartenait. Que, pour se faire pardonner de cette nuit horrible qu'elle leur avait fait endurer, elle leur octroyait le privilège d'en être désormais les seuls maîtres. Ce fut alors une vraie visite guidée des plus beaux endroits de Paris qu'ils s'offrirent. Antoine avait pris la rue Bonaparte pour déboucher face à la Seine. Il longea le fleuve Quai Voltaire, passa tout près du Musée d'Orsay et tourna à droite sur le Pont de la Concorde pour rejoindre la Rive Droite. Son quartier à lui. Le décor changea du tout au tout. L'immense obélisque avala tout crus les petits bouquinistes de la Rive Gauche et la façade de l'hôtel de Crillon remplaça les hôtels particuliers de Saint-Germain-des-Prés. Pour chasser l'image du commissariat, Liv avait voulu poursuivre le trajet en musique et, dans le but de rendre la pareille à Antoine qui venait d'insulter son bolide, elle avait choisi le fameux titre de Mariah Carey.

Lorsqu'Antoine lui avait dit : « pitié, éteins-moi ça tout de suite ! » : elle avait ri.

Quand il avait essayé de lui arracher le téléphone des mains et qu'il n'avait réussi qu'à le faire tomber entre le fauteuil et le levier de vitesses : elle avait ri.

Quand il s'était contorsionné pour le rattraper : elle avait ri.

Quand il lui avait dit en grimaçant : « tu trouves ça drôle ? » : elle avait dit oui.

Quand il lui avait rendu son portable : elle l'avait embrassé sur la joue.

Avenue Matignon, Boulevard Haussmann, Rue de Courcelles, Rue Rembrandt. Fin du voyage en voiture. Un autre voyage allait démarrer.

TROISIÈME PARTIE

LE JOYAU DE LA COURONNE

1.
Cœurs et âmes

Antoine venait de terminer de dresser la table lorsque le livreur déposa le déjeuner. Arancini, burrata et culatello complétaient un assortiment d'antipasti commandés une heure plus tôt dans le restaurant italien d'un ami de Livia. La journée de la veille avait été une journée de carême pour l'un comme pour l'autre et ils étaient affamés. Liv découvrait la cuisine d'Antoine. Elle était neuve et, tout comme la vaisselle et les couverts, elle n'avait à l'évidence jamais vraiment servi. Ceci étant, il ne manquait rien. Installés face à face, ils dégustaient leur repas, picorant chacun dans l'assiette de l'autre. Antoine n'était pas fin gastronome mais il appréciait la découverte de nouvelles saveurs. A contrario, Liv avait toujours été frileuse en matière d'expériences culinaires mais elle avait le palais plutôt fin. Elle avait donc opté pour un repas transalpin, commandé chez un vrai italien et elle s'était d'ailleurs appliquée à mettre l'emphase sur « vrai ». L'objectif était de faire découvrir à Antoine des spécialités un tantinet plus chiadées que la pizza et les pâtes.

— Non ce n'est pas du jambon de Parme. C'est du culatello, ça n'a rien à voir ! s'offusqua-t-elle.

— Je ne sais pas comment ça s'appelle mais c'est succulent, en effet, dit-il en attrapant une fine tranche directement avec les doigts.

— Et les arancini, qu'en penses-tu ?

— Pas mal non plus. Un peu bourratifs ceci dit.

— Tu vois, l'Italie c'est autre chose que la pizza et les pâtes…

— La prochaine fois, je te fais découvrir Jap'.

— Je déteste la nourriture crue. Dieu a inventé les poêles à frire, ce n'est pas pour rien.

— Il y a plein de plats cuits.

— Ah oui ?

— Ah, tu pars de loin, en effet…, se moqua-t-il.

— Puisque je te le dis ! répondit-elle franchement.

Il se leva et se dirigea vers le bar. Il pressa une télécommande et la partie droite du meuble s'éclaira d'une lumière bleue. La cave à vin apparut. La nourriture n'était peut-être pas son domaine de prédilection. Le vin, en revanche… Une sélection de grands domaines blancs et rouges, des grands crus et même quelques grands crus classés étaient alignés dans les étagères. Chaque bouteille avait une place définie selon sa température de conservation optimale. Sans hésitation, il choisit une bouteille de Château Margaux. Il la déboucha et remplit à moitié deux verres qu'il venait de décrocher du bar. Liv le rejoint pour trinquer.

— À nous, dit-il.

— À nous, répondit-elle simplement.

Liv s'approcha de la baie vitrée, verre à la main. La pluie avait repris son cours. En bas, la voiture banalisée était toujours là. Les deux policiers en civil qui avaient pris soin de fouiller l'appartement d'Antoine avant de le laisser rentrer chez lui avaient été remplacés par une nouvelle équipe, mixte celle-ci. Liv eut de la peine pour les deux malheureux qui devaient probablement geler dehors mais pour rien au monde elle les aurait invités à se joindre à eux. C'était leur première nuit seuls.

***
*

Les pensées d'Antoine…

Elle déambulait, pieds nus, dans son appartement. En jean clair et pull blanc. Pas de maquillage. Pas d'escarpins. En cet instant, elle avait l'air d'une gamine. Depuis qu'elle avait franchi le seuil de son loft, tout était plus lumineux, plus chaud, plus doux. Comme apaisé. Les murs résonnaient désormais de son rire, l'atmosphère était empreinte de son parfum. En l'espace d'un instant, elle avait transformé son lieu de vie aseptisé en foyer. Elle avait apporté une âme, un cœur, une vie. Mieux, elle avait allumé la vie. Antoine la regardait aller et venir dans la cuisine pour l'aider à débarrasser, nettoyer et ranger la vaisselle. Elle lui parlait de tout et de rien, de l'Italie, de ses projets. Il était captivé par son intelligence et sa joie de vivre. Par quel phénomène étrange réussissait-elle à prendre possession de son repaire sans qu'il s'en sente dépossédé pour autant ? Il se souvenait pourtant de l'envie qu'il avait de raccompagner à la porte ses conquêtes d'un soir, de la sensation d'étouffement que lui procurait leur présence lorsqu'elles s'éternisaient un peu trop. Avec Liv c'était tout l'inverse. C'est en imaginant son appartement sans elle que cette vieille oppression refit brièvement surface. Peut-être qu'en ses longues années d'errance, son corps tentait de lui signifier physiquement qu'il faisait fausse route. Peut-être est-il vrai qu'au fond de nous, nous savons. Il y a mille mauvaises raisons qui font que nous choisissons d'ignorer les signaux : ce n'est pas le bon moment, nous nous focalisons sur notre carrière, nous sommes trop jeunes et préférons prendre du bon temps… En réalité, toutes ces raisons trouvent leur essence en une unique racine : nous ne nous sentons tout simplement pas à la hauteur et, en notre for intérieur, nous en avons conscience. Vient alors un jour où l'on comprend. Celui où la maxime « les plus belles rencontres sont celles que l'on n'attend pas » prend tout son sens. Ce jour-là, le jour du *Kairos*, tout devient limpide. Nous ne sommes pourtant ni plus sage, ni plus intelligent, ni plus riche, ni même plus courageux. Nous sommes tout simplement face à l'évidence, implacable et logique. Celle qui apporte la clef. Celle qui chasse les nuages. Celle sans qui tout s'obscurcirait à nouveau. De même que l'on a toujours su que l'on faisait fausse route, cette fois, on sait que l'on n'a plus le choix. Mort de peur, on choisit de se lancer. Ce n'est d'ailleurs plus un choix, c'est une question de survie.

Si l'enjeu et l'engagement sont effrayants, la peur de tout perdre l'est encore plus. Jusqu'alors, son loft n'avait été qu'une succession de pièces élégantes et de meubles luxueux, rien de plus. Une jolie coquille en or massif, froide et silencieuse, remplie de futilités et de vide. Et tout s'éteindrait à nouveau si toutefois elle ne voulait pas de lui dans sa vie. Il avait enfin trouvé la pièce maîtresse du puzzle de sa tumultueuse existence. Où était-elle pendant toutes ces années ?

Il avait choisi un Château Margaux car il avait voulu lui faire goûter son vin préféré. Elle le dégustait en flânant dans l'appartement. Elle découvrait les meubles, s'attardait sur les livres dont elle lisait les titres en penchant la tête sur le côté. Puis elle s'arrêta devant le portrait de la femme.

— C'est sublime, dit-elle. Qui est-ce ?

— Je crois que c'est toi.

Livia lui sourit et se dirigea vers la baie vitrée. Antoine la rejoint, la débarrassa de son verre et se colla contre son dos pour l'enlacer et poser sa tête sur son épaule. Ils restèrent une éternité à contempler le soleil se coucher sur le Parc Monceau. Sans un bruit, sans un mot. Puis il se décida enfin. Un baiser dans le cou qui la fit frémir aussitôt. Un autre qui accéléra sa respiration. Puis un troisième au creux de son oreille qui l'invita à lui faire face pour l'embrasser. Il s'enivra de son parfum, se drogua à sa peau, goûta ses lèvres, passa sa main dans ses longs cheveux bruns et tira doucement dessus. Livia répondait à tout, calait son rythme sur le sien. Elle fut la première à le déshabiller. De sa vie, il n'avait encore jamais ressenti une telle excitation. De sa vie, il n'avait jamais aimé aussi fort et cela avait un goût de paradis.

***
*

Inspecteur Livia...

Allongés à même le sol, ils venaient de faire l'amour pour la première fois. Livia regardait Antoine respirer calmement. Il dormait. Il avait l'air si paisible. Comme si les évènements de la veille n'avaient été qu'une mauvaise farce. Les flashs de leurs caresses ne cessaient de l'assaillir. Elle résista à l'envie de le réveiller pour recommencer et se contenta de caresser son visage, baigné par les rayons de la lune. Elle se leva et le couvrit avec le plaid jeté nonchalamment sur une partie du canapé. Elle se dirigea ensuite vers la chambre pour enfiler un pyjama et alluma son ordinateur portable. L'enquête devait débuter.

Les différents entretiens au commissariat avaient mis en lumière plusieurs questions. La première, celle sur laquelle reposait toute l'affaire, était sans aucun doute : que possédait Antoine qui était si cher au meurtrier ? Résoudre ce mystère reviendrait quasiment à boucler l'enquête. La seconde question : le meurtrier avait-il choisi Nicky au hasard ? D'ailleurs, Nicky était-elle seulement victime ou bien avait-elle été une complice pour qui les choses avaient mal tourné ? Pourquoi avoir utilisé l'arme de Paul et comment l'assassin avait-il pu se la procurer ? À l'évidence, rien de tout cela n'était dû au hasard. Il allait falloir démêler les pistes une par une. Comme elle l'avait fait il y a quelques semaines, Liv pianota sur Google : « cabinet Marsac et Douaumont ». Elle entreprit un listing des différents chantiers qui avaient été ou qui étaient encore menés par le cabinet d'Antoine. Il fallait bien commencer quelque part et, force était de constater que la seule chose qui reliait Antoine, Paul et Nicky était le cabinet d'architecture. A fortiori, leur récent projet transatlantique.

Le chantier de New York avait débuté en 2018 et les travaux avaient été suspendus au début de la pandémie pour reprendre une année plus tard. Le site internet du musée présentait en avant-première le projet d'un nouvel espace entièrement dédié aux sciences. Il serait conçu comme un terminal d'aéroport : un gigantesque îlot central entièrement vitré posé au milieu d'un jardin botanique et dont irradieraient plusieurs ailes, chacune dédiée à un domaine scientifique particulier. Physique, chimie, astronomie, biologie, mathématiques, géologie et médecine étaient les disciplines mises à l'honneur. La Direction du musée annonçait que le but de cette extension était de faire découvrir les liens qui existaient entre les disciplines fondamentales et comment l'Homme en était le fruit tant au niveau de sa constitution moléculaire que de son quotidien. « L'Homme, pur produit de la science » affichait la page d'accueil du *Science Center*. Liv cliqua sur la page dédiée à la médecine et il apparut que le projet avait été modifié depuis la Covid-19. Non seulement il était prévu de présenter l'histoire de la médecine et d'en retracer les progrès au fil des siècles, mais il était aussi désormais question d'une salle futuriste dédiée aux biotechnologies. Cœurs artificiels, exosquelettes, chirurgie robotique, analyse du microbiote, nouveaux vaccins universels et machines d'imagerie du corps entier avec screening sanguin intégré faisaient entrer le visiteur dans un univers surréaliste où la vie était en passe de rattraper la fiction. L'Humain 2.0 serait, grâce au génie scientifique, plus performant et plus sain, les maladies seraient dépistées plus rapidement et soignées sans souffrance. Tout tendrait vers le non invasif, vers l'efficacité, vers le plus de confort possible. Si la construction du *Medical District* avait initialement pris du retard au profit du *Star Dictrict*, il s'avéra qu'elle était la première à être quasiment terminée. L'inauguration du *Science Center* dans sa globalité devrait avoir lieu d'ici moins d'un an. Quant aux fonds, ils provenaient de l'État de New York et de mécènes parmi lesquels certaines universités de la *Ivy League*, de grands groupes pharmaceutiques et de quelques magnats de la finance. Jusque-là, rien de suspect.

Elle enchaîna ensuite sur le site de la Cathédrale Notre-Dame. Là, elle fit chou blanc. Les Français étant nettement moins loquaces que les Américains, elle n'apprit rien sur l'avancement des travaux. Internet l'informa seulement que « depuis l'incendie du 15 avril

2019, la Cathédrale est fermée. Nous préparons activement sa réouverture ». Pour en savoir plus, il faudrait poser les questions à Antoine directement.

Elle se dirigea enfin vers Nicky. Les réseaux sociaux lui présentèrent une très jolie jeune femme pour laquelle, malgré les circonstances, elle ressentit de la jalousie. L'amour a ses raisons que la bienséance ignore, visiblement. Elle chassa honteusement ce sentiment misérable et fit défiler les photos de sa page Instagram. Étudiante, globe trotteuse, sportive, une vie sociale bien remplie. Elle avait tout pour elle. La dernière image qu'elle avait postée la représentait justement le soir de l'anniversaire d'Antoine, posant devant l'un des restaurants branchés de la Capitale. Situé non loin de l'Arc de Triomphe, le restaurant proposait une ambiance festive dès le jeudi soir et le chemin des uns y croisait celui des autres, les rencontres se faisaient et se défaisaient au rythme de la musique. L'on y mangeait, l'on y buvait, l'on y consommait tout et rien. La nourriture, le vin, la drogue, les gens, la vie. Antoine connaissait tous ces endroits. Ceux où les habitués viennent tous les week-ends parce que personne ne les attend chez eux. Livia ne les fréquentait quasiment pas, s'y sentant systématiquement mal à l'aise et en décalage. Elle buvait rarement, ne s'était jamais droguée, n'avait même jamais fumé une cigarette de sa vie. Au milieu de cette foule, elle se sentait ovni, objet de curiosité démodé et dépassé par les mœurs soi-disant modernes de son époque. Elle n'avait aucun sujet de conversation en commun avec les habitués des lieux. Lorsqu'elle s'y retrouvait, elle réussissait à donner le change une heure ou deux puis son esprit se fermait, elle devenait spectatrice de la soirée, présente physiquement mais tellement loin spirituellement. Elle déconnectait, installait un mur de verre entre elle et les autres. Elle partait ailleurs, laissant voguer son imagination vers ses livres, son métier et, surtout, sa chère Provence. Elle regardait ses contemporains s'amuser et tout ce que cela lui inspirait c'était une folle envie de s'en aller. Ses parents l'avaient toujours surnommée « la sauvage », se moquant gentiment de son côté solitaire et difficilement abordable. Le paradoxe de tout ceci était que les autres vivaient dans la jungle urbaine alors qu'elle la fuyait de tout son Être.

Nicky faisait donc partie de ces autres. De ceux qui vivent pleinement leur époque. En cela, elle était nettement plus semblable à Antoine. Au bout de combien de temps, d'ailleurs, se lasserait-il d'elle ? Liv s'attarda sur une photo de Nicky et de ses parents devant le musée. James était un grand bonhomme aux allures de nounours qui chaussait de petites lunettes rondes. Il se tenait entre sa femme et sa fille et souriait à pleines dents. Tous trois portaient une casquette des Knicks et la légende mentionnait fièrement : « *we won !* »[3]. Dernière image d'une famille brisée… En remontant le temps, Nicky apparaissait souvent en compagnie d'un jeune homme. Un beau gosse brun du nom de Thomas Jane dont les traits évoquaient vaguement ceux d'Antoine. La miss Nicky avait donc son type d'hommes et n'en démordait pas. Le petit copain avait disparu de la circulation un mois avant les premières photos françaises. Même son compte avait été supprimé. C'était une première piste qu'elle décida de creuser mais ce fut en vain. Le moteur de recherche ne lui donna pas plus d'informations. Jane était jeune et ne travaillait probablement pas encore, exit LinkedIn donc. Liv était dans une impasse. Ducret leur avait laissé son numéro de portable. Un capitaine de police dort-il à 3 heures du matin ?

***
*

« Bonne nuit, fais de mauvais rêves »…

Il courait sous la pluie. Il avait froid. Il avait peur. Un homme était à sa poursuite mais il n'arrivait pas à distinguer son visage car il était cagoulé et il faisait nuit. Soudain, ses jambes se firent

3 On a gagné !

lourdes. Désobéissant à sa volonté, elles s'enclavaient dans le bitume et il courait maintenant au ralenti. Il redoubla d'effort mais c'était déjà trop tard. Une main puissante le saisit à l'épaule. L'homme cagoulé l'avait rattrapé et plaqué violemment au sol. La main serrait maintenant sa gorge. S'il se laissait aller, bientôt, tout serait fini. Se profilait enfin la libération qu'il avait tant attendue mais qu'il n'avait pas eu le courage d'obtenir par ses propres moyens. « Pourvu qu'il aille vite », pensa-t-il à bout de souffle. Puis il vit Livia de l'autre côté de la rue. Il se débattit, tenant de repousser l'homme en noir mais toutes ses forces l'avaient abandonné. Il était paralysé et sans défense. Il voulait lui crier de s'en aller mais aucun mot ne sortait. Un second homme apparut derrière Livia qui fixait la scène sans bouger. Elle aussi allait mourir.

Il ouvrit les yeux et se redressa tel un diable en boîte. Il était en sueur et son cœur battait tellement fort dans sa poitrine qu'il lui semblait qu'il allait en sortir. Un brin désorienté, durant un quart de seconde, il se demanda ce qu'il fichait nu sur le sol de son salon. Les verres de vin, les vêtements éparpillés par terre… il se souvint. Livia. Leur première fois. C'était tellement bon. Où était-elle ?

— Liv ?

La question resta sans réponse. Le cauchemar était-il vrai ? Il avait tellement peu dormi ces derniers jours qu'il peinait parfois à distinguer le faux du vrai. Mouvement de panique, douleur thoracique, angoisse… Ses démons refirent surface.

— Livia ! paniqua-t-il.

— Je suis dans la chambre, mon ange.

Il se dépêtra de la couverture et fonça directement à l'étage. Il trouva Liv, en pyjashort et en chaussettes, assise en tailleur sur son lit, son MacBook sur les jambes et le téléphone à la main.

— Tout va bien ? demanda-t-elle devant son air inquiet.

Jamais personne ne l'avait regardé avec autant de tendresse. Jamais personne ne lui avait parlé avec autant de douceur. Son rythme cardiaque se calma, la douleur disparut. Il respirait déjà mieux. S'accoudant à la porte d'entrée de sa chambre, il tenta un air faussement réprobateur :

— Alors comme ça tu me fais faux bond ?

— Je n'arrivais pas à dormir. J'ai commencé à faire quelques recherches sur l'enquête. Tu penses que Ducret dort à cette heure ? C'est un policier et…

Ignorant son sérieux, il l'interrompit, grimpa sur le lit, poussa l'ordinateur, posa le téléphone sur la table de nuit et se plaça au-dessus de Livia :

— Si ce n'est que ça, je peux te fatiguer un peu plus.

Fin des recherches pour cette nuit.

2.
Associés pour le meilleur et pour le pire

La lumière filtrait doucement à travers les rideaux. Antoine venait de se réveiller mais cette fois, le retour à la conscience avait été nettement plus agréable. Il avait dormi d'un sommeil récupérateur et se sentait maintenant en forme. Livia, quant à elle, était toujours endormie. Elle était blottie contre lui et son souffle régulier lui caressait le torse. Sa présence l'apaisait. Il la scruta, détailla son corps, grava ses courbes dans sa mémoire. S'il se targuait d'avoir un physique d'éphèbe, il pouvait affirmer que la femme qu'il tenait dans ses bras était une pure merveille. Elle n'était pas parfaite, personne ne l'était, et certainement pas lui. Mais ils étaient parfaits l'un pour l'autre. Esprits, âmes et corps s'entrelaçaient comme s'ils avaient été créés l'un pour l'autre. Qu'en était-il des cœurs ? Le sien avait été marqué au fer rouge et ne s'en sortirait de toute façon pas indemne. Du bout du doigt, il caressa son front, descendit le long de son nez, de ses lèvres… sa progression fut interrompue par les dents de Liv qui le mordait en souriant.

— Il n'y a pas moyen de dormir dans cette maison ? dit-elle en libérant Antoine.

— Tu as assez dormi, dit-il en l'embrassant.

— Quelle heure est-il ?

— 11 heures.

Elle s'étira puis dit d'un air sérieux :

— Je crois qu'il est temps de s'y mettre.

La table du petit déjeuner avait été transformée en bureau d'investigation : ordinateurs allumés, dossiers et derniers contrats éparpillés, plans des chantiers de Paris et New York étalés entre les bols de café au lait et les croissants. Antoine avait préféré attendre avant de contacter Ducret. Il voulait tenter de faire le tri entre les diverses informations qu'il possédait. Puisqu'il était visé, forcément, la résolution du mystère dépendait de lui. Livia lui avait fait part des recherches qu'elle avait effectuées la veille au soir. Le nom de Thomas Jane ne disait absolument rien à Antoine. Son visage non plus d'ailleurs.

— Au fait, qui est André Douaumont ? demanda-t-elle.

— L'associé de mon père.

— Ça fait longtemps qu'il travaille avec vous ?

— Depuis 2001.

— C'est un ami de ton père ?

— Pas vraiment, non.

— Alors pourquoi a-t-il accepté de s'associer avec lui ?

— Question d'argent je pense.

— Ah oui ? Pourtant j'ai eu l'impression que votre cabinet fonctionnait déjà très bien, même avant 2001.

— J'en sais rien, j'étais au collège.

Livia avait noté la pointe d'agacement dans le ton d'Antoine.

— Ça t'ennuie que je te pose des questions à son sujet ? risqua-t-elle.

— Non, dit-il plus calmement. C'est juste que je n'aime pas ce type.

— Raison de plus pour se pencher sur son cas, tu ne crois pas ?

— Sans doute, dit-il sans conviction.

— Pourquoi tu ne l'aimes pas ?

— Parce que c'est un arriviste qui a plus d'argent que de talent.

— Ça, c'est fait, dit-elle en grimaçant.

— Je te l'ai dit, je ne l'aime pas.

Il marqua une pause puis reprit :

— Pour être honnête, je ne sais pas pourquoi mon père a accepté de lui vendre une partie de ses parts. Le cabinet a toujours bien fonctionné. Nous n'avions pas besoin de lui. D'autant qu'il ne ramène pas énormément de chantiers et que, plus ça va, plus son style s'éloigne de l'esprit de notre entreprise.

— C'est-à-dire ?

— Il suit la mouvance écolo. Il veut moderniser systématiquement tous les projets qu'on nous apporte. Ça me gonfle, tu n'as pas idée !

— Et ? C'est plutôt une bonne chose l'écologie, non ?

— Oui, en soi l'écologie est une bonne chose et c'est vilain de polluer la planète. On le sait, dit-il en levant les yeux au ciel. Ne te méprends pas, nous nous appliquons à utiliser des matériaux nobles et à investir dans les constructions durables. Mais lui, si tu l'écoutes, tu fous des éoliennes dans tous les parcs des châteaux de France !

— Tu ne peux pas nier l'originalité du concept, dit-elle en riant.

— Dis-toi que l'autre jour on nous a contactés pour faire quelques travaux d'entretien dans l'Auberge du Jeu de Paume…

— L'hôtel de Chantilly ? l'interrompit-elle.

— Oui. Tu le connais ?

— Bien sûr, j'y séjourne souvent !

— C'est drôle ça. C'est notre cabinet qui l'a construit.

— On était vraiment faits pour se rencontrer toi et moi !

— Le destin ma chérie, le destin ! dit-il en clignant d'un œil. Bref, le bureau de l'Aga Khan nous a contactés il y a quelques mois pour nous demander un devis pour des travaux de rafraîchissement de l'hôtel. Crois-le ou non, mais André a proposé de poser des panneaux solaires sur les toits de l'hôtel…

— On peut faire ça sur des monuments historiques ?

— Bien sûr que non ! Encore heureux ! Mais il s'en fiche. Il pense que le futur prime sur le passé et que, tant que c'est bon pour la planète, alors il faut se lancer. Quitte à défigurer notre patrimoine. Ça tu vois, c'est un truc que je n'admets pas.

Antoine s'était levé et faisait les cent pas, en caleçon, bol dans une main, tartine dans l'autre. Il parlait en agitant sa tartine dans les airs pour ponctuer ses phrases. Agiter le bol, quoique plus audacieux, aurait aussi été nettement plus périlleux. Livia le regardait s'énerver tout seul et, pour la première fois, lui trouvait un côté comique. Il pestait contre « cet abruti d'André qui ne connaissait rien à l'architecture et qui n'était qu'un sale bobo ! »

— Tu m'écoutes ?

Sa phrase la tira de sa rêverie.

— Hmm ? dit-elle.

— Tu ne dis rien depuis cinq minutes. Avoue que c'est inhabituel.

Pour toute réponse, il reçut un quignon de pain en pleine face, ce qui fit tanguer le bol.

— C'est malin tiens ! Tu as conscience qu'on a failli frôler la catastrophe ?

— Voyons, je n'ai jamais douté de ton sens de la maîtrise, mon ange.

Antoine posa le bol et la tartine sur la table. Il approcha son visage de celui de Livia :

— Tu as bien raison. Veux-tu que je te montre à quel point je suis expert en maîtrise ?

La situation n'était plus du tout comique. Livia déglutit mais opta pour une stratégie de repli :

— Tu me montreras ça tout à l'heure. Pour le moment, nous devons avancer.

— Rabat-joie et lâche… Qui l'eût cru ! ironisa-t-il en retournant s'asseoir.

— Tu ne m'auras pas à ce petit jeu. Allez, concentrons-nous. Ton père est d'accord avec toi concernant André ?

— C'est bien la seule chose sur laquelle nous nous accordons.

— Alors pourquoi ne s'en sépare-t-il pas ?

Une minute de réflexion passa. Puis, la mine sombre, Antoine répondit :

— Je ne sais pas.

***
*

Fin de l'été 2001...

Paul Marsac déambulait nerveusement dans sa chambre d'hôtel new-yorkaise. Une heure plus tôt, le destin de l'Amérique venait de sombrer. Des avions de ligne avaient été détournés par un groupe de terroristes islamistes et avaient percuté le World Trade Center. La tour sud s'était effondrée comme un vulgaire château de cartes faisant des milliers de victimes. La tour nord menaçait elle aussi de s'écrouler d'une minute à l'autre et l'on avait demandé à Paul si, en sa qualité d'architecte de renommée internationale, il connaissait une solution pour éviter ce énième drame. Il avait beau consulter les plans, s'entretenir par téléphone avec les pompiers qui luttaient sur place, l'impact avait été tel que l'intégralité de la structure du bâtiment était endommagée. Même les fondations avaient tremblé. La chaleur qui régnait dans la tour était entretenue par le kérosène qui continuait de brûler, faisant fondre le ferraillage des murs détruits par la violence du choc et ainsi ployer sols et plafonds. Les gens se retrouvaient donc littéralement coincés dans une gigantesque fournaise en plein ciel. Certains, désespérés, préféraient se jeter par les fenêtres que de mourir brûlés vifs. Les anges sont pourtant censés avoir des ailes... La scène était insoutenable. Paul avait beau réfléchir, il ne voyait pas comment la tour nord pourrait rester debout. Il savait que ce n'était qu'une question de temps. Il donnait donc des indications quant aux issues de secours potentielles qui pourraient hâter la libération du plus grand nombre de personnes avant qu'il en soit fini du bâtiment.

— Paul, crois-tu que ce soit une bonne idée de démolir ce mur ?

André Douaumont était un jeune architecte fraîchement diplômé qui avait rencontré Paul quelques années plus tôt. De caractères trop éloignés, ils n'avaient développé aucune affinité et ne s'étaient donc pas revus depuis lors. C'était le hasard qui les avait à nouveau réunis à New York. André représentait le cabinet de son oncle, en concurrence avec le cabinet Marsac, pour la refonte de l'hôtel cinq étoiles dans lequel ils séjournaient tous les deux. Paul n'était pas inquiet, il remporterait le chantier haut la main. André était un gentil gars mais son travail était médiocre et il n'avait pas fait mouche lors de sa présentation. Trop peu sûr de lui, trop hésitant. Ses idées étaient d'ailleurs assez farfelues et ne collaient pas avec l'esprit du bâtiment. Il était encore en rodage. Son oncle l'avait envoyé sur un chantier qu'il qualifiait de « mineur » pour qu'il se fasse la main. Paul avait entendu parler du cabinet Douaumont. Il se trouvait en province, près de la ville du même nom. Les Douaumont étaient riches et n'hésitaient pas à le faire sentir, quitte à mépriser certaines opportunités et à rabaisser la concurrence. André, quant à lui, paniquait d'un rien et doutait en permanence. Le moins que l'on pouvait dire, c'est qu'il ne collait absolument pas avec l'image de son ascendance.

— Il n'est pas porteur et donne directement sur un escalier de service. Une simple percée suffirait.

— Mouais… Quand même, la chaleur a sacrément fragilisé les murs.

— Tu as une meilleure idée ?

— Non.

— Alors écoute, petit, au lieu de rester là à attendre que le pire se produise, tu ferais mieux de faire marcher ta cervelle pour trouver une solution. En attendant, laisse-moi faire mon travail.

10 h 28, soit 102 minutes après l'impact, la tour nord s'effondrait portant le total des victimes des attentats à 2 977 morts et 6 291 blessés. Le quartier de Manhattan resta enseveli sous une épaisse couche de poussière pendant plusieurs jours. Les issues indiquées par Paul avaient sauvé quasiment quatre cents personnes. Il avait fait de son mieux. On l'avait remercié en haut lieu. Il pensait que ce n'était pas nécessaire. Vraiment pas nécessaire.

À cette époque, Lila et Antoine étaient encore petits et Cécile tenait à s'occuper personnellement de l'éducation de ses enfants. Ils n'avaient donc jamais eu de nounou. En contrepartie, Cécile suivait son mari en déplacements uniquement lorsqu'ils coïncidaient avec les vacances scolaires. Or, Paul avait beaucoup de déplacements et les enfants avaient peu de vacances. Elle se partageait donc entre son bureau et sa famille et elle s'en sortait à merveille. Ce jour-là, Cécile n'avait pas pu se défaire de la chaîne d'informations. L'hôtel de Paul était en plein cœur de Manhattan. Sa famille vivait à New York et certains de ses proches travaillaient dans le quartier des affaires. Si Paul et ses parents allaient bien, elle venait de perdre un frère dans l'attentat. Elle était dévastée. Tout ce qu'elle savait c'est qu'il avait succombé dans l'effondrement de l'un des murs de la tour. Un pompier avait tenté de creuser un trou dans le mur en question afin de libérer l'accès vers un escalier de service. Malheureusement, la charpente était trop fragile pour résister aux coups de masse et il n'y eut aucun survivant à cet étage.

Paul avait sauvé quatre cents personnes. Il en avait tué trente, dont son beau-frère.

Devant André.

Le « petit » André qui en avait assez de sa famille de royalistes qui votent FN à chaque élection. Le « petit » André à qui l'on ne prêtait aucune attention au cabinet.

Le « petit » André dont on moquait les idées.

Le « petit » André qui avait pourtant de grands projets pour lui et pour le monde.

S'ils ne comprenaient rien à rien, il allait leur montrer.

Le cabinet Marsac s'associa avec André Douaumont début novembre 2001. Officiellement, le cabinet Marsac était devenu trop gros pour un seul dirigeant et André était un jeune architecte prometteur dont les talents à New York avaient subjugué Paul.

***

*

2 novembre 2001, quelque part au-dessus de l'Atlantique...

Le jet était en vol depuis quatre bonnes heures maintenant. Le chèque d'André avait indéniablement apporté du beurre dans les épinards. Assis face à face, Paul et André signaient un contrat.

— Tu ne le regretteras pas, Paul. Nous allons faire de ton cabinet un exemple de modernité.

André affichait une mine réjouie. Paul avait envie de balancer cet arriviste par le hublot mais il se contenta d'une gorgée de single malt.

— Tu sais très bien que je n'en ai rien à foutre de ta modernité, André. Je me saigne pour que tu la boucles. Rien de plus.

— Attention, Paul, reste aimable...

— Désolé, ce n'est pas dans le contrat.

Il parapha la dernière page et signa. Puis il décrocha sa ceinture et regagna son siège.

3.
Rue Rembrandt au sommet

Antoine venait de présenter ses condoléances à James. Bien sûr, il évoqua sa rencontre avec sa fille comme une rencontre purement platonique. James était dans un état second et parlait à peine. L'appel fut donc de courte durée. Les parents de Nicky devaient arriver à Paris dans quarante-huit heures. D'ici-là, Antoine et Liv avaient bon espoir d'y voir plus clair.

Livia avait pris le parti de contacter Ducret :

— Bonjour capitaine. Vous avez du nouveau ?

— Rien pour le moment. Nous avons perquisitionné chez les Marsac et nous n'avons rien trouvé d'inhabituel en dehors de la vitrine ouverte sans effraction et de l'arme manquante. Pas d'empreintes inconnues au bataillon non plus. Le type avait donc des gants ou bien c'est quelqu'un de la maison qui a fait le coup.

— Ou encore quelqu'un de la maison qui portait des gants.

— Aussi.

— Vous avez une idée de ce que recherche l'assassin ?

— Ça, c'est à votre copain qu'il faut poser la question. D'ailleurs, je suis en route. J'ai quelques questions à lui poser à ce sujet.

Une demi-heure plus tard, Théo Ducret était assis dans le canapé, une bière à la main.

— Vous buvez de l'alcool pendant le service ? s'était étonnée Livia.

— Si vous imaginez que c'est une bière qui va me rétamer, vous êtes loin du compte !

Elle ne prit pas cette boutade comme une référence et se contenta d'un éloquent :

— Ah.

Ducret continua :

— Vous ne travaillez pas Docteur De Santis ?

— J'avais pris ma semaine de congé.

— Pour des congés, c'est réussi, ironisa-t-il.

— N'est-ce pas ?

Antoine interrompit cet échange de banalités qu'il jugea inutile :

— Vous vouliez me poser des questions, capitaine ?

— Exact.

— Je vous écoute, dit-il en prenant place dans le fauteuil en face du policier.

— Vous n'avez toujours aucune idée de ce que cherche à récupérer le meurtrier ?

— Non. Mais j'allais effectuer des recherches à ce sujet.

— Comment comptiez-vous vous y prendre ?

— J'avais bêtement pensé à un inventaire.

— Un inventaire de tous vos biens ?

— Je n'en ai pas tant que ça vous savez.

— Alors allons-y.

— Quoi ? Maintenant ?

— Vous avez mieux à faire ?

— Mes biens sont privés, capitaine. Je n'ai pas à vous exposer ma vie.

— Lorsque l'on est mêlé à un meurtre, on expose tout ce que la police demande à voir, répondit Ducret avec condescendance.

— Autrement quoi ? s'agaça Antoine.

— Autrement on devient suspect.

— Allez vous faire foutre !

Ducret s'était levé, menaçant :

— Je vous demande pardon ?

— J'ai dit : allez vous faire foutre ! rétorqua Antoine sans même se lever de son siège.

— Vous voulez que je vous coffre ?

— Pour quel motif ?

— J'en sais rien : insulte à agent, par exemple ?

Livia, qui commençait à se lasser de ce cirque, se décida à intervenir :

— Dites, au lieu de faire vos malins, vous n'avez pas plutôt envie d'avancer sur l'enquête ?

— Perso, je suis venu pour ça, rétorqua Ducret.

— Chéri ?

Antoine soupira, résigné :

— Soit. Fouillez ce que vous voulez.

Théo Ducret avait pris place près d'Antoine :

— Monsieur Marsac, je comprends que la situation vous perturbe. Ceci dit, je n'ai pas l'intention de violer votre intimité. Ça m'est égal de savoir que vous avez des millions sur votre compte en banque ou un château en Patagonie ! Nous cherchons tous les deux la même chose.

— Si tu veux, poursuivit Liv, je peux te laisser voir ça avec le capitaine.

Antoine la fixa, les sourcils froncés, comme si elle venait de sortir une énormité :

— Pourquoi partirais-tu ?

— Et bien, nous ne nous connaissons pas depuis longtemps et je comprendrais parfaitement que tu veuilles garder, disons, tes affaires, pour toi.

— Liv, c'est à lui que je n'ai pas envie de montrer mes affaires, dit-il en désignant Ducret d'un geste du pouce. Toi tu fais partie de ma vie. Je n'ai rien à te cacher.

C'était typiquement le genre de phrase que Livia avait toujours rêvé d'entendre. Cela la changeait tellement de sa précédente relation où tout n'était que mystères et suppositions. Le silence devenant pesant et Ducret se sentant légèrement de trop, il brisa le romantisme ambiant d'un :

— Dites, je vous laisse une petite heure et je reviens ou on s'y met ?

Antoine n'était pas milliardaire mais il était très confortable. Propriétaire de son loft et d'un chalet à Courchevel, il avait par ailleurs en location une dizaine d'appartements répartis entre la banlieue parisienne et le sud de la France. Sa voiture était une collection : une Ford Mustang de 1966. Sans compter les liquidités dont il avait, pour le coup, refusé de révéler le montant au capitaine. Son salaire était équivalent à celui de Livia à la différence près qu'il percevait le même montant en net, puisqu'il était salarié de son cabinet. À cette somme venaient s'ajouter les primes de déplacement, les frais de représentation et, évidemment, le chiffre qui figurait au bas de chaque contrat dont on lui reversait un pourcentage honorable. De quoi motiver les troupes. Dans chacune des propriétés il y avait quelques œuvres d'art mais rien qui n'ait, a priori, une valeur suffisante pour motiver un meurtre. Elles avaient toutes été acquises légalement, à titre personnel et sans qu'Antoine ait dû batailler avec un autre client intéressé. Tous ses biens avaient été amassés grâce à ses heures de travail, à des opportunités saisies au bon moment ou alors moyennant quelques prises de risque s'étant finalement révélées judicieuses. Vraiment, du point de vue privé, Antoine était irréprochable. Au bout d'une heure à labourer les moindres recoins de la vie d'Antoine, Ducret changea son fusil d'épaule :

— Et vous n'avez rien pris sur un chantier ?

— Volé, vous voulez dire ? précisa Antoine.

— Non, pas forcément. Juste emprunté. Même pour une étude, pour une restauration, n'importe quoi ! se désespéra-t-il.

Antoine écarquilla les yeux. « Emprunté pour une restauration »…

***
*

17 avril 2019...

Les pompiers charriaient des débris de bois calciné dans une valse ininterrompue depuis des heures. Bancs, porte de confessionnal, poutres, œuvres d'art, la Cathédrale Notre-Dame de Paris avait été victime d'un terrible incendie deux jours plus tôt. La France avait été émue aux larmes de voir le symbole d'une religion partir en fumée. Certains y voyaient la fin d'une époque, d'autres imaginaient ce désastre comme un signe de Dieu. Un mauvais signe de Dieu.

Achevée en 1345 sous le règne de Jean II, la première pierre de l'édifice avait été posée par le Pape Alexandre III, 182 ans plus tôt. En 1163, la volonté royale était de se rapprocher de Lutèce. Or, pour cela, il fallait un lieu de culte suffisamment grand pour pouvoir accueillir tous les parisiens en même temps les jours de messe. C'est donc tout naturellement que le roi Louis VII le Jeune et l'Évêque Maurice de Sully décidèrent de la construction d'une cathédrale dans la nouvelle ville-capitale. Ils la firent bâtir sur une ancienne église construite par Childebert le Mérovingien et les restes d'un temple d'Apollon, datant du quatrième siècle. Y étaient conservées quelques reliques telles que la Sainte Couronne d'épines, un clou de la Passion et un morceau de la Croix du Christ. Notre-Dame de Paris était dédiée à la Sainte Vierge, allégorie d'une mère veillant sur les reliques de son fils. Une première flèche ayant fonction de clocher y avait été initialement apposée mais elle fut démontée en 1792 devant son état de délabrement avancé. La flèche que nous lui connaissions était, quant à elle, beaucoup plus récente puisque construite par Viollet-le-Duc au dix-neuvième siècle lors des travaux de restauration de la cathédrale. Ce géant de plus de sept cents tonnes de plomb et de bois n'avait pas résisté à l'incendie et s'était effondré parmi les décombres d'une Vieille Dame ravagée par les flammes, ouvrant ainsi un trou béant dans les entrailles de la chrétienté.

Depuis le temps que les repères de notre civilisation s'effilochaient, Notre-Dame avait toujours su garder sa place centrale. Gardienne des valeurs que certains jugeaient désuètes, la Madone faite pierre veillait malgré tout sur ses ouailles, espérant qu'un jour, ils la regarderaient à nouveau avec attention et tendresse et pas simplement comme un musée biblique instagrammable. Mais il faillait croire que le destin en avait décidé autrement. Le feu du Diable avait réussi à s'immiscer tout près des Cieux, décapitant le symbole d'une Société qui ne serait plus jamais pareille.

Sur le parvis, Paul et Antoine constataient les dégâts. Plus que tout autre sentiment, ils éprouvaient de la tristesse. Antoine pensa alors à cette phrase de Richard Burton : « Plus j'étudie la religion, plus je suis convaincu qu'un homme n'a jamais vénéré personne excepté lui-même ». Triste maxime, mais tellement vraie au fond. Le cabinet Marsac avait été missionné pour effectuer un état des lieux et établir un devis. La tâche s'annonçait colossale et coûteuse. Les menuisiers, les vitraillistes et les ferronniers d'art avec qui ils travaillaient étaient compagnons du Tour de France et meilleurs ouvriers de France, chacun dans sa discipline. Au-delà d'artisans, ils étaient des artistes. Idem pour les maçons et les charpentiers. La clef du succès du cabinet Marsac résidait dans la qualité de ses relations. Paul et Antoine aimaient l'artisanat et ses valeurs. Ils respectaient non seulement le savoir-faire des ouvriers mais les ouvriers eux-mêmes. Aller sur le terrain et se salir les chaussures n'avait jamais été un souci pour eux. Au contraire. Ils sortaient grandis de chaque entretien. Ils apprenaient de tous et multipliaient les idées au fil des chantiers. Chacune étant d'ailleurs consignée précieusement. En retour, la plupart de leurs contacts leur avaient juré fidélité. Rares étaient les architectes qui démontraient une telle gentillesse et une telle humilité envers les ouvriers qu'il s'agisse du chef de chantier, comme du manœuvre.

L'accès à l'intérieur de la Cathédrale prit facilement une heure. Chaque personne devait non seulement montrer son habilitation mais également subir une rapide fouille au corps. La théorie criminelle n'était pas écartée et il était hors de question de prendre le moindre risque d'une nouvelle attaque potentielle. Par ailleurs, si les soldats du feu avaient accompli un travail formidable, de nombreux recoins de l'église n'étaient pas encore sécurisés. Un drame à la fois, donc. Sur le pas de la porte, Paul resta pétrifié. Non par l'étendue des dégâts mais par ce qu'il appela immédiatement un miracle. Il donna un coup de coude à son fils :

— Fils, regarde ça…

Devant eux, parmi le chaos, la suie et l'eau boueuse, apparurent intactes, l'autel, la statue de la Vierge et la Croix du Christ. Le mysticisme fut à son comble lorsqu'un rayon de soleil frappa de plein fouet la Croix qui se mit à briller, comme pour leur souhaiter la bienvenue. Instinctivement, ils se signèrent. Le personnel présent sur le chantier n'en revenait pas. Le rayon de soleil s'était infiltré par le trou laissé par le passage de la flèche à travers la charpente et il était parfaitement dans l'axe de l'autel. Comme si le Divin, quel qu'il soit et quel que soit son nom, voulait rappeler aux petits humains quels qu'ils soient et quels que soient leurs noms, qu'Il était là et que l'espoir naissait toujours de la boîte de Pandore. Que la Lumière vaincrait toujours sur le chaos. Parfois, les maux n'avaient pas de mots. Parfois les mots avaient des maux. Antoine murmura :

— Papa, je veux ce chantier. Quoiqu'il en coûte.

Paul n'avait plus remarqué cette étincelle dans le regard de son fils depuis de nombreuses années. Il répondit alors :

— Nous allons tout faire pour, fils.

Ici, en cet instant, naquit la guérison de la Cathédrale.

Les restes de la flèche de Viollet-le-Duc trônaient au centre de la nef. Elle était trop abîmée pour être restaurée. Il allait falloir en fabriquer une nouvelle. Déjà, l'idée d'affubler la Cathédrale d'une flèche plus moderne avait été lancée. Antoine avait répondu du tac au tac :

— Alors là, même pas en rêve ! La flèche sera refaite à l'identique et c'est non négociable.

C'est d'ailleurs un peu grâce à son entêtement à rendre à l'église son image originale que le cabinet Marsac avait remporté le chantier. Ça ainsi que des promesses de délais qui avaient semblé tellement farfelues aux concurrents qu'ils s'étaient retirés de la course en traitant Antoine de « complètement cinglé ce gars ! ». Antoine chérissait ce projet. Rien que pour cela, toutes les difficultés du monde en vaudraient la peine. Il savait que cela serait comme toutes les belles choses : cela prendrait du temps et cela serait difficile... jusqu'à ce que cela ne le soit plus. Et ce jour-là, le travail serait accompli et il en serait fier. Contrairement à la médiocrité qui était facile et gratuite, les belles choses et les beaux instants avaient toujours un prix et demandaient beaucoup d'implication et de patience. Mais ils en valaient la peine.

Contrairement aux idées reçues, le plus gros des négociations n'avait pas eu lieu pour la course à l'obtention du défi. C'était maintenant, face à Michel Minchella, le chef de chantier désigné volontaire – un concept labellisé par les Marsac père et fils – que les choses allaient se gâter. Antoine avait été « désigné volontaire » – oui, parfois il existait une justice sur cette Terre – pour aller annoncer à Michel, le meilleur chef de chantier de France qu'il serait responsable de la restauration de Notre dame de Paris et qu'il allait falloir également s'occuper de la flèche. Michel était Italien. Originaire d'un petit village au nord de Naples, il avait débarqué en France à la fin des années 70 avec sa famille et sans un sou en poche. Il avait commencé comme manœuvre sur les chantiers et il avait fini par se faire repérer par ses supérieurs tant son travail était irréprochable. Cinquante ans plus tard, sa société de bâtiment prospérait, sa famille était à l'abri du besoin et il était devenu meilleur ouvrier de France. Lui, le petit immigré napolitain. S'il était fier de sa réussite, il ne le montrait pas. Il était né humble, et il mourrait humble. C'était un bonhomme trapu d'un mètre soixante-dix, dégarni et moustachu. Aussi doux et gentil que colérique, il avait le caractère des hommes du Sud. Combiné à sa force de bûcheron, autant dire que les rares personnes qui s'étaient moquées de lui à cause de sa taille ou de son accent y avaient laissé quelques dents. Il passait ses journées en marcel et pantalon de peintre où il avait réussi à caser toute sa caisse à outils. On ignorait si les bretelles étaient là pour le style ou pour éviter au pantalon de se faire la malle. L'hiver, il ajoutait une veste bleue. Fin de l'équipement. Cet homme n'avait jamais froid et n'était jamais malade non plus. Une force de la nature. Quand Antoine toqua à la porte de son bureau, Michel le scruta des pieds à la tête et lui dit :

— Hmm, toi *piccolino*[4], tu as quelque chose à me demander et vu ta tête, je sens que ça ne va pas me plaire.

— Tout de suite… Pourquoi tu envisages toujours le pire ? tenta de se dérober Antoine.

— Je te connais depuis que tu portes des couches. T'étais pas plus gros qu'un gnocchi. Alors je la connais ta tête de *furbo*[5]. Vas-y, annonce la couleur. Je t'écoute.

Le *piccolino* d'un mètre quatre-vingt se lança donc dans les explications, en prenant bien soin d'éviter les sujets qui fâchent. Évidemment, Michel prit la nouvelle assez bien :

— Mais ça va pas la tête ?

Déjà, son visage était devenu rouge *pomodoro*[6] :

— Quels délais tu leur as donnés ? enchaîna-t-il sans reprendre son souffle.

Antoine tentait de prendre ça à la rigolade mais cela ne fonctionnait pas. Prudent, il recula d'un pas :

— J'ai dit quatre ou cinq ans grand max'. Avec Papa on a tout calculé et…

— Et mes genoux ouais ! *Porca miseria*[7] t'as pas vu le bordel que c'est toi là-dedans ! Je ne sais pas dire si c'est plus cramé ou mouillé.

---

4 Petit.
5 Coquin.
6 Tomate.
7 Bon sang.

Les pomplards l'ont arrosée au Canadair *'sta povera chiesa*[8]. Rien que pour tout déblayer il va nous falloir des mois. T'as qu'à voir !

— Pour ça on sera aidés.

— Ah *si* ? Et par qui ? *Sant'Antonio*[9] ?

— T'inquiète pas, Michel. Je te dis que nous ne serons pas seuls sur ce plan-là.

— Et qui finance ?

— Essentiellement des donateurs.

Michel s'esclaffa.

— On n'est pas dans la *merda*[10].

— Pourquoi ?

— Parce que quand ils auront fini de donner et qu'on n'aura pas fini les travaux : on fera comment ?

— Les travaux ne commenceront que lorsque les fonds seront suffisants. Nous avons négocié ça avec papa.

Michel prit sa respiration mais Antoine le coupa dans son élan :

— En tenant compte des retards et des impondérables, oui !

Le maçon ferma la bouche, soupira et dit :

— Bon, admettons. Tu as déjà contacté les équipes habituelles ?

— Évidemment !

Une petite seconde de pause avant de reprendre :

— Au fait, tu sais, la flèche qui s'est écroulée... ?

Michel souleva un sourcil :

— Ouiiiii ?

— Et bien, nous allons la reconstruire à l'identique.

Antoine hésita à ponctuer sa phrase d'un « tadaaaaam ! » mais, étant donné l'air courroucé du Napolitain, il opta pour l'abstinence, une fois n'était pas coutume dans son cas.

— *Tu si' pazz' gualio'*[11], avait-il lancé en riant.

---

8 Cette pauvre église.

9 Saint Antoine.

10 Merde.

11 Tu es fou gamin.

— Ce n'est pas une blague. Nous tenons à hisser une flèche identique au sommet de la Cathédrale lorsque les travaux seront finis.

Contre toute attente, Michel acquiesça. Ce qui, curieusement, dérouta Antoine qui avait déjà préparé un discours convaincant, digne de la cérémonie des Oscars.

— Sérieusement ? Tu ne trouves rien à redire ?

— J'ai dit que j'étais d'accord sur le concept. Si on la refait, on la refait pareille. Sinon c'est pas la peine. Si je défigure une cathédrale avec une espèce d'antenne parabolique, je me fais excommunier par Padre Lorenzo, le curé de mon village. Par contre je trouve à redire.

— Ah ?

— Pour en refaire une identique, il va nous falloir le modèle original. Et regarde l'état dans lequel il est ! En plus ce truc pèse presque une tonne, comment tu veux qu'on le transporte jusqu'à l'atelier ?

Le fait que Michel discutait signifiait qu'il avait accepté. Lorsqu'un chantier ne l'intéressait pas, il refusait catégoriquement et vous fichait à la porte. Antoine était si heureux qu'il se détendit et blagua sur la situation :

— Ne t'en fais pas, Michel, tu vas bien nous trouver une solution, s'amusa Antoine en passant derrière le fauteuil et en attrapant ce pauvre Michel par les épaules.

— Ouais bah Michel il en a marre de tes excentricités mon p'tit pote !

— On t'aime Michel ! se moquait Antoine.

— C'est ça, fous-toi de ma gueule en plus… Déjà môme, tu venais me faire *cagare*[12] sur les chantiers. Qui aurait parié que tu continuerais trente ans plus tard ? *Che rompiscatole*[13]… !

— Et ça n'est pas près de s'arrêter mon bon Michel, riait Antoine.

12 Chier.

13 Quel casse-pieds !

Michel avait l'âge de Paul. Il avait l'habitude de voir traîner Antoine sur les chantiers depuis qu'il avait appris à marcher. Il avait quatre enfants et un cinquième d'adoption. Le plus casse-pieds des cinq. Mais il l'aimait bien, le *piccolino*. Comme lui, il avait un caractère de cochon et du répondant à vous en faire perdre votre latin. Antoine se permettait de répondre de travers à ses parents. Jamais il n'avait osé avec Michel. La peine encourue aurait été trop lourde : il aurait perdu son amitié et, pire, son respect.

Michel avait trouvé une solution pour apporter la flèche dans les ateliers des Compagnons, en banlieue parisienne.

Antoine possédait donc quelque chose qui ne lui appartenait pas.

***
*

Fiat lux…

— Vous pensez qu'il peut s'agir de ça ?

Antoine venait de terminer son récit. Livia et Ducret l'avaient écouté sans l'interrompre.

— C'est un truc de valeur, plutôt mystique. Ça pourrait coller, avait répondu Ducret.

— C'est une piste à explorer en tout cas, avait ajouté Livia.

— Mais qu'est-ce qu'ils pourraient bien en faire ? questionna Antoine.

— Alors ça, c'est ce qu'il va nous falloir élucider.

Théo Ducret enchaîna :

— Dites, vous parlez du chantier de Notre-Dame comme d'un chantier Marsac. André Douaumont ne fait pas partie du jeu ?

— Non, dit Antoine, André n'a rien à voir dans ce projet. Nous avons chacun nos dossiers et nous n'interférons jamais dans le travail de l'autre.

— Quand même, ça ne lui a posé aucun problème de se voir exclu de l'une des plus grandes restaurations que la France ait jamais connue ? C'est aussi son cabinet…

— Il nous a dit texto : « Je m'en fous, je ne restaure pas des reliques ». Il nous a même traités de dingues d'avoir voulu un chantier pareil. Ce serait un gouffre financier et ça ne nous rapporterait rien. Ce sont ses mots.

— Il est particulier votre gus…

Pour toute réponse, Antoine haussa les épaules. Ducret continua :

— Bon, mettons que le meurtrier veuille récupérer la flèche. Que ferait-il d'un machin aussi énorme ?

— Pour le symbole ? hasarda Antoine. Ça ne serait pas la première fois qu'on verrait un détraqué en plein délire mystique.

— Et il la planterait dans son jardin pour y danser la danse de la pluie, genre totem ? pouffa Ducret.

— J'en sais rien moi ! Vous êtes mieux placé que moi pour savoir que tout est possible avec les barjots.

— Non, ça ne colle pas. La lettre était trop élégante pour qu'il s'agisse d'un illuminé. En plus il s'agit d'un groupe. N'oubliez pas qu'ils disent « rendez-nous »…

Livia, qui avait gardé le silence depuis le début de leurs échanges, sortit de son mutisme :

— Peut-être qu'ils ne sont intéressés que par une partie de la flèche.

Ducret fit volte-face :

— Développez.

— J'ai lu récemment que des reliques avaient été cachées dans le coq en métal qui était perché au sommet de la cathédrale. Peut-être qu'il y aurait quelque chose caché dans l'épine ?

Ducret se tourna vers Antoine :

— Vous avez trouvé quelque chose ?

— Non. Mais nous n'avons rien cherché non plus.

— Où est la flèche ?

— Dans un hangar sous scellés, dans l'un de nos ateliers de Seine Saint Denis.

— On y va.

4.
Escapade bucolique à La Courneuve

La 3008 de Ducret filait à toute allure, sirène en marche. Elle avait avalé le périphérique en à peine dix minutes. La Porte de la Villette était encombrée de toiles de tentes et les migrants erraient autour de la colline du crack. Un spectacle de désolation. Le rond-point de la place Auguste Baron n'avait jamais aussi mal porté son nom. L'endroit n'avait rien d'auguste et les seuls barons que l'on pouvait y croiser étaient sans doute les pires barons de la drogue. Suivant les indications d'Antoine, le flic enquilla le quartier des Quatre Chemins, passa sous un pont bordé de magasins de fripes, d'agroalimentaire et de restaurants de poulet frit bon marché. Il dut freiner à plusieurs reprises car la lubie des piétons était de traverser la route Nationale 2 au niveau du pont en enjambant la séparation bétonnée qui cloisonnait les deux sens de circulation. Il passa devant le théâtre équestre Zingaro et tourna à gauche pour franchir une cité gris terne au pied de laquelle des vendeurs de maïs chaud et de brochettes de viande alpaguaient les passants qui frôlaient leurs caddies pour descendre les escaliers du métro Fort d'Aubervilliers. Les hangars étaient situés à La Courneuve, dans une rue longeant le stade omnisports.

— Ne me dites pas que vous entreposez la flèche de Notre-Dame là-dedans ? s'étonnait Ducret.

— Et pourquoi pas ?

— C'est la zone ici, Marsac !

— Contrairement à ce que vous pensez, l'endroit est plutôt calme.

— C'est pas ce que disent les collègues du 93.

— Vous pensez que les types du coin sont intéressés par le vol d'un machin en bois qui pèse une tonne ? À moins que le truc soit rempli de coke, croyez-moi, ils s'en foutent complètement.

— Si vous le dites. Bon, où est-ce qu'on va ?

— Garez-vous ici.

Les friches Babcock représentaient des hectares d'infrastructures laissées à l'abandon depuis la fermeture du site. Les bâtiments de briquettes rouges aux toits arrondis avaient été divisés en parcelles et loués aux entreprises qui avaient besoin de lieux de stockage. Le cabinet Marsac y avait installé une succursale pour leur atelier de menuiserie et avait loué deux hangars gigantesques où l'on aurait facilement pu faire tenir des avions. Les promoteurs immobiliers lorgnaient déjà sur le site dans l'idée d'y construire des logements. Les prix exorbitants de la Capitale et les Jeux Olympiques qui s'approchaient avaient conféré à la banlieue des perspectives attrayantes dont elle n'avait plus été l'objet depuis les années 90. De plus en plus de jeunes cherchant à devenir propriétaires avaient jeté leur dévolu sur des villes telles qu'Aubervilliers, Pantin, La Courneuve ou même le dix-neuvième arrondissement de Paris. En visionnaire flairant les bonnes opportunités, Antoine était déjà sur place et en pourparlers avec les promoteurs immobiliers.

Ducret coupa le moteur sur le parking du cinquième hangar. Il n'y avait aucun panneau indiquant que des artisans travaillaient ici toute la journée.

— Pour vivre heureux, vivons cachés, n'est-ce pas Marsac ?

Antoine répondit d'un clin d'œil. Tous trois descendirent du véhicule et se dirigèrent vers une porte métallique dont la fermeture avait été solidifiée grâce à une épaisse chaîne en acier, elle-même maintenue par un cadenas. Antoine sortit un trousseau de clefs de sa poche et déverrouilla le cadenas. Il déroula la chaîne et accéda à la porte blindée dont il dut ouvrir trois serrures avant de pouvoir accéder à l'intérieur du hangar. La flèche reposait là depuis des années. Elle était fractionnée en plusieurs morceaux, chacun reposant sur des chariots à roulettes et protégés par de solides bâches blanches. Son accès était réservé aux seuls artisans qui tentaient d'en reproduire la copie exacte dans le hangar voisin. Antoine referma la porte derrière eux et la verrouilla. L'atelier était fermé pendant les fêtes de fin d'année et seul le gardien effectuait ses rondes. Aussi bien lui que le veilleur de nuit savaient que des ateliers avaient élu domicile ici mais aucun n'était au courant pour la flèche. L'endroit était donc désert et personne ne souhaitait attirer l'attention. Antoine et le capitaine Ducret retirèrent les bâches.

— Voilà le chef-d'œuvre, lança Antoine.

— Voilà le massacre vous voulez dire !

— Ce que j'apprécie chez vous, capitaine, c'est votre sens de la mesure.

— Vous voulez rire ? C'est une ruine !

— Elle est abîmée, c'est certain. Mais nous avons suffisamment de détails pour la reproduire à l'identique.

— Comment allez-vous réussir à l'accrocher au sommet de la cathédrale ? questionna Livia.

— À vrai dire, il y a deux possibilités. Soit nous la fabriquons ici, nous la transportons avec un semi-remorque et nous la hissons au sommet avec une grue spéciale. Soit nous utilisons notre prototype en bois comme modèle pour la création finale qui se fera sur place directement.

— Vous n'avez pas encore commencé ? s'étonna Ducret.

— La maquette est finie depuis deux mois. Elle est à l'échelle mais nettement plus légère. Quant à la flèche définitive, il faudrait déjà que la Cathédrale soit finie, non ?

Ducret balaya la réplique d'un revers de la main et retourna à ses moutons :

— Bon, est-ce que vous avez trouvé quelque chose d'anormal là-dessus lorsque vous l'avez étudiée ?

— Pas que je sache.

Livia scruta la flèche avec attention et fut forcée d'admettre que Théo Ducret avait raison : c'était un massacre. Un morceau de bois calciné à moitié emprisonné dans le plomb fondu. Sans compter que la flèche était loin d'être complète. Une grande partie avait été complètement détruite lors de l'incendie. Elle alluma la torche de son téléphone et explora les recoins de l'épave.

— Je peux toucher ? demanda-t-elle à Antoine.

— Oui mais fais attention, certains endroits sont coupants et il n'est pas impossible que tu gagnes une ou deux échardes.

— Au pire, elle a un médecin avec elle, lança Ducret.

— C'est drôle, on ne me l'avait jamais faite celle-ci, répondit-elle sans même lever le nez de la flèche.

Antoine et le capitaine, chacun devant un chariot, détaillaient également les débris. Tous trois en décortiquaient chaque recoin, passant la main sur la surface calcinée ainsi que dans les interstices. Ils ne trouvèrent rien. Livia s'attarda sur le sommet de la flèche qui, curieusement, était restée intacte. La couronne de roses et de lys, pourtant située à la pointe extrême du chef-d'œuvre, ne portait aucun stigmate de brûlure. Était-ce un miracle ? Livia hasarda :

— Elle est creuse ?

Antoine se redressa :

— De quoi ?

— La couronne, tu sais si elle est pleine ou creuse ?

— C'est une excellente question.

Il s'approcha :

— Je n'en ai aucune idée.

— Comment se fait-il qu'elle n'ait pas été touchée par le feu ?

— Nous n'avons pas d'explication pour ça non plus. Mais ce qui nous a le plus étonnés, c'est qu'elle n'ait pas été détruite dans sa chute.

— À quoi pensez-vous ? demanda Ducret qui s'était approché à son tour.

— À rien de particulier. Je me dis juste que c'est étrange que cette partie, si petite et si fragile, ait été épargnée.

Livia toqua contre la couronne. De prime abord, elle semblait creuse. Mais c'était difficile à dire.

— Vous avez des scanners ou des radios ?

— Pas à dispo. Pourquoi, tu veux la passer aux rayons X ?

— Je pense que c'est une piste. Je vais appeler Mara, avec un peu de chance, elle est de garde aujourd'hui.

— Quoi, là maintenant ?

— Oui, pourquoi ?

— Liv, on ne peut pas déplacer ça comme ça ! paniqua Antoine.

— Les appareils de radiologie portables, tu connais, chéri ? lui sourit-elle.

— Regardez-moi cette petite maligne…

Antoine n'avait pas fini sa phrase que Liv était déjà en ligne avec son amie cardiologue.

— Salut Mara, ça va ?

— Ça va et toi ma biche ?

— Tu ne serais pas de garde aujourd'hui ?

— Si, je suis au SMUR. Pourquoi ?

— Tu n'aurais pas un appareil de radiographie portable par hasard ?

— Oh là tu m'inquiètes. Que veux-tu faire d'un truc pareil ?

— Je ne peux pas t'en dire plus. Mais je te promets que ce n'est pas médical.

— D'où ma question !

Livia se tourna vers Ducret, qui hocha de la tête. Elle reprit la conversation :

— C'est pour une enquête de police.

— Je savais que tu allais finir par tuer quelqu'un…

— Je ne blague pas. On a vraiment besoin d'un coup de main.

Mara hésita…

— Je peux m'arranger avec les radiologues pour leur en piquer un une petite heure. Mais si je déserte, je vais me faire trucider par le chef.

— Beaucoup de boulot ?

— Même pas. Calme plat.

— Du coup, c'est jouable ?

— C'est jouable. Mais si je me fais serrer, je te mets tout sur le dos !

Livia fixait Ducret qui tentait de suivre leur échange tant bien que mal :

— Ne t'en fais pas, tu n'auras aucun souci, au contraire…

— Comment ça ?

— Fais-moi confiance. Je suis à La Courneuve, dans les hangars des friches Babcock. Je t'envoie l'adresse. Tu penses pouvoir être là dans combien de temps ?

— Mais qu'est-ce que tu fous là-bas ?

— Un pique-nique, ironisa Liv. Tu seras là dans combien de temps ?

— Attends… Vingt minutes, ça te va ?

— Parfait. Merci ! Je t'en dois une.

— Ça ma vieille, c'est sûr et certain que tu ne t'en tireras pas comme ça. Bon, à tout de suite.

Livia raccrocha et annonça :

— Elle arrive dans vingt minutes. Ceci dit, capitaine, vous allez devoir la réquisitionner.

— Quoi ? Pourquoi je ferais ça ?

— Pour lui éviter des ennuis.

— Je ne lui ai rien demandé moi. C'était votre idée.

— J'essaie de faire avancer votre enquête je vous signale ! s'agaça-t-elle.

— Parfait. Si la radio nous révèle quelque chose, je fais la réquisition. Sinon, vous vous débrouillerez toutes les deux.

— Ah oui ? Dites, si on vous donnait votre salaire uniquement lorsque vous résolvez des enquêtes, vous ne seriez pas payés souvent, s'esclaffa-t-elle.

— Qu'est-ce que ça veut dire ? avait demandé le capitaine en haussant le ton.

— Que vous m'avez l'air d'être meilleur goûteur de café qu'enquêteur, voilà ce que ça veut dire.

Ducret avait fait un pas en avant et se tenait maintenant tout près du visage de Livia :

— Attention à ce que vous dites, Madame De Santis.

— Docteur De Santis s'il vous plaît, surenchérit Livia qui n'avait pas reculé d'un iota.

— Dites, quand vous en aurez marre, vous pourrez peut-être venir m'aider, avait lancé Antoine, toujours planté devant la couronne. Je crois que Liv a raison, je vois une petite encoche qui ne correspond pas au reste de la structure.

La remarque d'Antoine avait calmé l'animosité entre Livia et Ducret. Ils se dirigèrent vers le morceau de bois en question.

— Vous voyez, là ?

Il pointa sa torche sur l'un des lys de la couronne. Un carré d'un centimètre de côté environ se creusait en son centre et, Antoine avait raison, on ne retrouvait cette encoche nulle part ailleurs. Leur contemplation fut interrompue par Mara, qui prévenait Livia de son arrivée devant l'entrée des friches. Une minute plus tard, Mara Cambon, petite blonde au nez en trompette franchissait le seuil du hangar, accompagnée de Livia qui l'aidait à pousser la machine à radiographie. Mara portait le traditionnel pyjama blanc des médecins urgentistes avec un gilet sans manches estampillé SMUR 75. Dehors, ses collègues l'attendaient dans le camion. Antoine pestait :

— C'est discret ça, tiens !

— Ah oui, je suis désolée mais le taxi n'a pas réussi à faire rentrer la machine dans le coffre, ironisa Mara.

Puis elle s'arrêta un instant et dévisagea Antoine :

— Vous êtes Antoine je suppose ?

— C'est moi, oui.

Mara tourna la tête vers Livia :

— Ça ne m'étonne pas. Bien joué, ma biche.

— On parlera de ça plus tard, Mara, l'interrompit Livia.

— Ça c'est sûr. Bon, vous voulez bien m'expliquer ce que je fais ici pendant ma garde ?

Ducret s'avanca et tendit la main :

— Je suis le capitaine Théo Ducret. Nous vous avons demandé de nous rendre un petit service car nous enquêtons sur la disparition d'un objet précieux.

— Un objet qui vous appartient ? demanda-t-elle en regardant alternativement Livia et Antoine tout en serrant distraitement la main du capitaine.

— En quelque sorte, répondit Liv.

— Bon, j'ai compris : vous ne pouvez pas m'en dire plus.

— Tu me fais confiance ?

— Bien sûr que oui.

Puis elle changea de sujet :

— Alors, qui a besoin d'une radio ici ?

— Pas qui. Quoi.

Mara fronça les sourcils :

— Comment ça « quoi » ?

— Je voudrais radiographier ça, dit Livia en désignant la tête de la flèche.

Mara s'approcha du chariot et dit :

— Qu'est-ce que c'est que ça ? C'est un édifice religieux ?

— Oui, répondit Ducret.

— Qui a brûlé apparemment.

— Vous êtes perspicace.

— C'est la flèche de Notre-Dame que j'ai devant moi, n'est-ce pas ?

Ducret opina du chef :

— Vous êtes tenue au secret. Vous n'en parlez à personne, vous m'entendez ?

— Bien reçu capitaine, se moqua-t-elle. Liv, je sens que tu t'es fourrée dans de beaux draps. Moi qui pensais que j'allais chercher des paquets de cocaïne dans le colon de ton mec… Bon, allons-y.

Elle tira l'appareil vers le chariot et expliqua aux messieurs qu'il allait falloir soulever la flèche pour pouvoir placer la plaque radiographique dessous.

— Encore heureux que ça ne soit qu'un petit morceau de la flèche ! soupira Ducret.

— Pour une fois, capitaine, je suis d'accord avec vous, confirma Antoine.

Antoine et Ducret soulevèrent avec précaution le morceau de bois tandis que, d'un côté du chariot, Mara faisait glisser la plaque et que Livia, de l'autre côté, l'ajustait précisément au-dessous de la couronne. Mara enfila ensuite le gilet de protection anti-rayons X et invita tout le monde à s'éloigner au maximum. Le cliché fut pris en moins de deux secondes. Mara se retourna pour faire face à l'équipe, massée devant la porte du hangar :

— C'est ça que vous cherchez ? dit-elle en tournant l'écran de son appareil.

Apparut alors, au centre de la couronne, un objet métallique qui avait tout l'air d'une boîte. Ducret prit la parole :

— Bien. Docteur Cambon, vous pouvez dire à vos supérieurs que vous avez été réquisitionnée.

***
*

Ouvrir la couronne...

Mara venait de quitter le hangar en laissant le cliché de la radio sur la flèche.

— On lui doit une fière chandelle, reconnut Ducret.

— Je lui dois un restau, dit Livia en riant.

— On lui doit un restau, précisa Antoine en direction de Livia.

— Bon, vous arrangerez votre planning plus tard s'impatienta Ducret. Essayons d'ouvrir la couronne.

La nuit commençait à tomber et il faisait froid. L'objectif était de réussir à extraire la petite boîte de la couronne avant qu'il ne fasse nuit noire. Antoine s'assit sur un tabouret poussiéreux qui traînait là. Sans hésiter, il se concentra directement sur la petite encoche qu'il avait remarquée une heure plus tôt. Il appuya une fois dessus, sans succès. Jugeant que la pulpe de son doigt n'était pas assez petite, il renouvela l'expérience avec une clef. Une petite pression : rien ne se produisit. Une nouvelle pression, plus longue, resta elle aussi sans succès. Antoine examina alors de plus près l'encoche. Dans son coin supérieur droit figurait un minuscule poinçon en forme de fleur de lys. La clef ne serait d'aucun secours. Il se leva et alla fouiller dans les étagères pour en revenir cinq minutes plus tard avec une tige métallique dont le diamètre correspondait à la taille de la fleur. Il renouvela l'expérience en visant le centre du poinçon et cette fois l'on entendit un « clic ». La couronne se fendit en deux laissant apparaître une boîte métallique enclavée dans une espèce de cocon beige et fibreux.

— Je comprends pourquoi la couronne n'a pas brûlé, dit Antoine.

— Grâce à ça ? demanda Livia en désignant le mystérieux matériau.

— Exact. C'est de la laine de roche. C'est un excellent isolant ignifuge.

Antoine tira doucement sur la boîte qui sortit sans résistance. Elle devait mesurer une dizaine de centimètres sur cinq et était complètement scellée. Une fleur de lys était gravée sur trois faces. La quatrième était décorée d'un phénix.

— Le phénix qui renaît de ses cendres…, murmura Livia.

Tous trois restèrent abasourdis devant leur découverte. Que contenait cette boîte ? Qui l'y avait placée ? Pourquoi ? Pourquoi avoir prévu un matériau anti-flammes ? Pourquoi un phénix ? L'oiseau de feu n'aurait pas pu trouver meilleur emplacement. C'était une formidable coïncidence. Les questions fusaient et les réponses se trouvaient probablement devant leurs yeux, dans une petite boîte sans âge qui venait de traverser les siècles pour dévoiler ses mystères.

— Je propose que nous l'apportions au poste, annonça Ducret.

— Je propose que nous l'emmenions chez moi et que nous l'ouvrions là-bas, proposa Antoine.

— C'est une pièce à conviction.

— Je ne dis pas le contraire mais qui se chargera de l'ouvrir ? Il est tard et je suis sûr que vous n'avez personne de compétent sous le coude un lendemain de fêtes. Elle finira entre les grosses pattes d'un type qui n'y connaît rien et qui la déglinguera en moins de deux.

— Vous avez ce qu'il faut chez vous ?

— J'ai un petit fer à dessouder chez moi, oui.

— Je prends quelques photos et on file chez vous.

5.
Auriez-vous un ouvre-boîte ?

Le retour vers Paris fut un peu plus long que prévu. Fin des vacances scolaires oblige. Tous les axes principaux étaient bouchés aussi bien dans le sens Paris-province que dans l'autre sens. Pendant que le capitaine Ducret essayait tant bien que mal de se frayer un chemin au milieu du trafic, Livia contemplait la petite boîte. Elle l'avait déjà secouée plusieurs fois près de son oreille et elle avait entendu un objet bouger.

— À votre avis, depuis quand cette boîte est-elle cachée là ?

— Pas avant le dix-huitième siècle en tout cas, répondit Antoine.

— Comment le sais-tu ?

— Parce que la laine de roche a été inventée au dix-huitième siècle par Réaumur.

— Tu m'épates. Tu sais comme dans le film *Le Corniaud*: « tu m'épates, tu m'épates, tu m'épates ! ».

— Qu'est-ce que tu crois ? Je ne suis pas si kounkoun que j'en ai l'air ma p'tite dame !

— Mais qui en doutait ? s'esclaffa-t-elle.

— Ceci dit, enchaîna Ducret, il est tout à fait possible que la boîte et ce qu'elle contient datent d'avant le dix-huitième siècle.

— C'est exact. Tu me la donnes s'il te plaît ?

Antoine détaillait à son tour le mystérieux petit objet. L'air pensif, il dit :

— Et on aurait tué Nicky pour ça ?

— On ne sait pas encore ce qu'elle contient…, avait répondu Ducret.

Il était 19 heures lorsqu'ils arrivèrent Porte de Champerret. D'un commun accord, ils décidèrent d'une halte restaurant. Ducret se gara rue de Chazelles et ils s'installèrent dans une brasserie à l'angle du boulevard de Courcelles. L'endroit était typique des restaurants de la Plaine Monceau. Un décor se voulant chic avec des moulures au plafond mais où la gouaille des serveurs parisiens annihilait d'avance toute l'élégance qui aurait pu y régner. Ils commandèrent trois entrecôtes, des frites, des légumes et trois verres de vin. Simple mais efficace. Antoine gardait la boîte dans la poche de sa veste.

— Alors capitaine, quel âge avez-vous ? avait demandé Livia de but en blanc.

— Trente-sept ans.

— On vous en donne facilement dix de moins.

— Je sais.

— Vous avez toujours voulu devenir policier ?

— Autant que je me souvienne, oui. Mon père l'était.

— Était ?

— Il est mort en service il y a vingt ans.

— Je suis désolée.

— Voyez-y ce que vous voulez y voir.

Un silence gêné s'installa, rompu aussitôt par Antoine :

— Vous avez du nouveau concernant la lettre ?

— RAS. Pas d'empreinte, nada. Les équipes scientifiques travaillent sur le papier en lui-même et l'encre utilisée.

— Ça ne donne rien ?

— Pas pour le moment.

— Et concernant Nicky ?

— Elle a été étranglée mais c'est le coup de feu qui l'a tuée.

Les plats furent enfin apportés. Ils passèrent le repas à échanger sur tout et rien. Une manière de se changer les idées. Antoine racontait le chantier de Notre-Dame, les artisans, la difficulté à trouver les mêmes matériaux que ceux utilisés à l'époque, son étonnement devant la Croix restée en place… Ducret relata quelques anecdotes cocasses sur ses dernières arrestations. Livia parla des cas cliniques marquants qu'elle avait rencontrés au cours de sa jeune carrière. Le dîner était placé sous le signe du rire. Ils avaient l'air de trois amis de longue date qui passaient une énième soirée ensemble. Ils étaient fromage, elle était dessert. La suite fut donc plateau de fromages pour les uns et salade de fraises pour l'autre. Trois cafés et le tour était joué. Ducret paya l'addition qu'il passa en note de frais, puis ils se levèrent et mirent un terme à la petite heure de détente qu'ils venaient de s'accorder.

De retour dans l'appartement, Antoine sortit une caisse à outils de l'un des meubles de la salle à manger. Il en tira son fer à dessouder qu'il brancha. Il chaussa une paire de lunettes de protection et entama l'ouverture de la boîte. Ducret et Livia assistaient au spectacle, impatients. Le couvercle sauta enfin. Un livret minuscule recouvert de cuir apparut. Antoine prit le livre avec d'infimes précautions et constata que la couverture était en parfait état. Les pages, quoiqu'un peu jaunies, étaient, elles aussi, parfaitement conservées. Livia prit place à côté d'Antoine et Ducret s'installa en face d'eux. Un phénix était incrusté dans la couverture. Le livre était en fait un manuscrit de parchemin. Il n'était constitué que d'une dizaine de pages reliées entre elles par du fil. Sur la première page figurait une représentation de la Cathédrale de Notre-Dame en proie aux flammes. Le titre était inscrit sur la seconde page, ainsi que le nom de l'auteur : *Paris ardet* : *omne initium finis est, XV.IV.MMXIX*, Michel de Nostredame. Quant à la date de parution : *MDLV*. Ce fut un choc pour tous les trois. Livia fit appel à ses vagues souvenirs de latin et sa traduction était : « Paris brûle : tout commencement est une fin », 15 avril 2019. Le livre datait de 1555. Quant à l'auteur, c'était clair : ils venaient de découvrir un manuscrit de Nostradamus oublié depuis des siècles dans la flèche de Notre-Dame. La suite de l'ouvrage était écrite en vieux français mais se comprenait facilement. Nostradamus avait écrit de nouvelles prophéties concernant les années 2020.

Cinq mois avant, loin du parvis, le feu brûlera
Du peuple jaune, toute la colère retentira
Contre son Pharaon, la guerre entamera
Du haut de Notre-Dame, le coq contemplera
Soulèvement et guerre civile éclatera
L'aube d'un tout nouveau jour éclaboussera
Avant la Pâques de l'an de grâce deux mille dix-neuf
Basculera quand Notre-Dame s'embrasera
Valeurs perdues s'évanouiront avec reliques
Par ordre martial, Pharaon établira
Maladie mortelle orientale provoquera
Enfermé et séquestré le peuple tremblera
Partout sur la Terre maladie se répandra
Pour oublier codes et valeurs d'autrefois
Avènement monde nouveau entamera
Un genre humain ou aucun sera nouvelle loi
Des tables, savoirs et connaissances effacera
Nuage invisible fait roi conservera
Mémoire de l'Homme et ce qui en restera
Remède universel trouvera qui lira
Parchemin préservé du Malin devant soi
Voyage où la Liberté illusion fera
En tout temps, en tout lieu, Lumière triomphera.

Les trois dernières pages représentaient chacune un schéma. Le premier était une sphère recouverte de petites dents au-dessous de laquelle était inscrit : « ennemi ». Le second dessin représentait la vue d'un bâtiment futuriste en plein milieu d'un jardin. Quant au troisième, il décrivait grossièrement la pyramide du Louvre. Détails encore plus curieux : l'écriture et l'encre étaient les mêmes que celles de la lettre retrouvée sur la scène de crime. Livia parla la première :

— Impossible que ce soit une blague ?

Antoine fit la moue :

— C'est peu probable. Personne n'est monté en haut de la flèche depuis sa reconstruction.

— Dans ce cas, vous comprenez ce que je comprends ?

— Oui oui, répondit Ducret. En gros, Nostradamus a vu le mouvement des Gilets Jaunes, l'incendie de Notre-Dame, la pandémie de Covid-19 et tout un tas de bouleversements de notre Société en 1515. Et il nous dit que tout s'arrangera quand on aura trouvé le remède contre le méchant Ramsès. En plus, vu que c'était un chouette type le Michou, il a indiqué à un pote à lui qui vivait trois cents ans plus tard où nous planquer sa boîte pour qu'on tombe dessus facilement. Plus ou moins, avait résumé dans un flot ininterrompu le policier qui était devenu franchement nerveux.

— Ça va capitaine ?

Ducret était livide. Ses mains tremblaient. Il s'allongea sur le canapé.

— Je déteste tous ces trucs paranormaux, dit-il.

— Ne me dites pas que vous avez la trouille ? ricana Antoine.

— Non je n'ai pas la trouille ! Je ne suis pas à l'aise, c'est tout.

Livia alla chercher un verre d'eau et une serviette humide qu'elle déposa sur le front du capitaine. Elle entrebâilla l'une des portes-fenêtres pour laisser l'air frais requinquer le pauvre Théo Ducret, en pleine crise d'angoisse.

— N'importe quoi, je ne fais pas de crise d'angoisse ! J'ai une tête à faire des crises d'angoisse ?

— Tête ou pas tête, je vous confirme que vous faites bien une crise d'angoisse, répondit tout simplement Livia. Alors respirez calmement, buvez un coup et mettez cette serviette sur votre front. Croyez-moi, ça va passer.

Antoine, quant à lui, pleurait de rire dans son fauteuil :

— Pauvre petit Théophile qui n'avait peur de Madame Irma…

— Je vous emmerde Marsac ! avait fulminé Ducret dont seul le menton dépassait de sous la serviette.

Livia, qui se mordait la lèvre pour ne pas rire à son tour, fit signe à Antoine de se taire :

— Allez, laisse-le sinon tu vas empirer son cas, dit-elle en lui chuchotant dans l'oreille. On a du travail je te rappelle.

— C'est ça, on a du travail je vous rappelle ! répéta Ducret.

Le policier, qui avait émergé de ses linges, avait commencé par envoyer gentiment paître Livia qui lui proposait un anxiolytique puis s'était levé pour faire quelques pas sur la terrasse et s'oxygéner. Livia, quant à elle, en profita pour se rapprocher d'Antoine et déposer un baiser dans son cou :

— Pour une première journée en amoureux, on a fait fort, hein mon ange ? sourit-elle dans le cou d'Antoine.

— J'ai toujours su que ce serait épique avec toi.

À peine le temps d'échanger un baiser et Ducret reparut dans le salon :

— Ah d'accord, vous êtes en rut en fait ?

Antoine détourna le visage de Livia, soupira et dit d'un air profondément las :

— Capitaine, je ne me souviens plus de la dernière fois où je ne vous ai pas vu.

— Ah Ah Ah, très drôle. Quand vous n'étiez pas soupçonné de meurtre ?

— Tout est dans l'usage de l'imparfait, justement.

— Vous en avez une belle de tête d'imparfait tiens.

Pour toute réponse, Antoine mima une crise d'angoisse et Ducret lui envoya la serviette à la figure.

— C'est une manie de me balancer des trucs ? dit-il en réceptionnant la serviette au vol.

— Toi qui maîtrises tout, ça ne te pose pas de problème, n'est-ce pas chéri ? avait répondu Livia d'un ton entendu.

Ô comme Antoine avait subitement envie de flanquer Ducret à la porte pour se retrouver seul à seul avec Liv…

— Vous allez mieux, capitaine ? demanda-t-elle.

— C'est passé oui, merci, répondit-il sérieusement. C'est insupportable ces crises, admit-il tout bas.

— Vous avez besoin de quelque chose ?

— Non, merci. Je sais gérer ça. Question d'habitude.

La manière dont il s'était exprimé traduisait une réelle souffrance qui n'inspirait plus du tout la taquinerie. Au fond, chacun a ses failles. Il alla se servir un nouveau verre d'eau et reprit sa place dans le canapé. Visage baissé, fixant les mouvements de l'eau, il commença :

— Je fais des crises d'angoisse depuis la mort de mon père. J'ai déjà suivi plusieurs thérapies mais, vous savez, tous les psys se valent. Vous les payez à vous raconter les sempiternelles mêmes conneries. Il paraît que je n'ai pas fait mon deuil et que j'ai une phobie de l'abandon.

Il pouffa de rire :

— Quelle bande de tocards.

Antoine osa :

— Et le coup des trucs paranormaux, ça vous vient d'où ?

— J'en sais trop rien. Il paraît que j'aurais rencontré mon père juste après son décès. C'est ma mère qui m'en a parlé. Perso, j'ai tout oublié.

Sur cette dernière phrase, il termina son verre d'une traite et changea de sujet :

— Donc mon résumé est bon, n'est-ce pas ?

— J'ai compris la même chose, confirma Livia.

— Pendant que vous étiez, disons, fatigué, j'ai fait quelques recherches sur la couleur rouge du texte. Au Moyen Âge, les scribes utilisaient essentiellement de l'encre noire. Sauf pour ce qu'ils appelaient la rubrication. Il existait des scribes spécialisés dans les ajouts qu'on appelait les rubricateurs. Ils recevaient le texte original et y ajoutaient des notes en rouge pour les mettre en valeur. Regardez, c'est la même teinte, non ?

En effet, la couleur était identique à celle du parchemin et de la lettre. En l'espace d'une soirée, l'enquête avait pris un tournant inattendu et bien plus mystérieux qu'ils ne l'auraient soupçonné. Les faits les dépassaient mais il était hors de question de passer la main à qui que ce soit.

— Vous croyez au hasard ? demanda Antoine.

— En général non. En particulier ici : encore moins.

— Je ne suis pas flic mais moi non plus, conclut Antoine. Je crois que nous avons trouvé ce que cherchait l'assassin de Nicky.

— Ce qui veut dire qu'il va falloir s'attendre à ce qu'il sorte de sa cachette…

Livia était restée assise, silencieuse. Elle parcourait le livre et le détaillait sous toutes ses coutures.

— Vous pensez qu'il ne s'intéresse qu'au livre ou bien ça va au-delà ?

— À quoi pensez-vous ? demanda Ducret.

— Eh bien je ne sais pas. Il pourrait vouloir le livre pour ce qu'il représente. Un original de Nostradamus qui a traversé les siècles dans la couronne de la flèche de Notre-Dame ça doit valoir son pesant d'or. En plus, les prédictions semblent vraies pour la plupart. Mais supposons que le type ne soit pas intéressé par l'argent mais plutôt par le contenu du livre. Imaginons qu'il croie à tout ce qui est écrit et qu'il veuille trouver le fameux remède universel. Ou, au contraire, empêcher celui qui tombera sur livre de partir à la recherche du remède.

— Ça supposerait qu'il connaissait non seulement l'existence de ce bouquin mais aussi son contenu depuis tout ce temps.

— Et pourquoi pas ?

— Pourquoi pas, en effet…

— À votre avis, qui est Pharaon ? questionna Antoine.

— Comme ça, on dirait qu'il s'agit d'un président ou d'un roi, répondit le capitaine.

— Un chef d'État qui fomente la ruine du monde… Ça paraît gros quand même.

— Et si c'était un nom de code ? dit Livia.

— Que veux-tu dire par là ?

— Le nom d'une organisation secrète par exemple.
— Genre Franc-maçonnerie et compagnie ? dit Antoine en riant.
— Eux ou d'autres, je n'en sais rien. Mais c'est possible, non ?
— À ce stade, tout est possible, Livia, avait acquiescé Ducret.
— Ah ! Merci capitaine, dit Livia en direction d'Antoine qui leva les yeux au ciel.
— Comment fait-on pour remonter jusqu'à l'assassin maintenant ? enchaîna-t-il.
Livia prit les devants :
— Je pense qu'il faut faire exactement ce qu'il ne veut pas qu'on fasse.
— À savoir ?
— C'est évident, non ? Il faut trouver le remède.
Antoine et Ducret échangèrent un regard effaré.
— Chérie, on sait que tu es médecin et que tu es obsédée par les guérisons, mais tu veux chercher le remède contre quoi au juste ?
— Aucune idée. Je veux chercher ce dont parle Nostradamus.
— Mais tu n'as aucune garantie que ce truc existe !
— Si la seule hypothèse de son existence a suffi à faire tuer une pauvre gamine, alors je pense qu'il faut tenter notre coup.
— Et où veux-tu chercher ?
Livia tourna le livre vers les hommes de la maison et indiqua les croquis :
— Je pense que l'on peut s'aider de ça.
— Ça tombe bien, je me disais justement que c'était super précis comme carte. RIP Waze, se moqua Ducret.
Liv le fusilla du regard mais continua :
— On est d'accord que le premier dessin ressemble au coronavirus ?
« Mouais » fut la réponse collective. Elle n'y prêta pas attention :
— La troisième c'est une pyramide. Vu les détails autour, ça ne peut être que celle du Louvre. Mais le deuxième dessin, il ne vous dit rien ?

Ils se penchèrent tous les deux sur le croquis. Ducret secoua la tête. Antoine attrapa le dossier de son projet new-yorkais et feuilleta les plans. Il en sélectionna une feuille qu'il déposa sur la table basse. Le *Science Center*.

— Je veux aller à New York, déclara Liv.

— Quand ? Maintenant ?

— Le plus vite possible.

— Attends répondit Antoine, si ça se trouve, ce n'est pas le *Science Center* qui est représenté. Des bâtiments comme celui-ci, il y en a plein dans le monde.

— « Voyage où la Liberté illusion fera ». Il parle de la Statue de la Liberté. J'en suis sûre. Et puis, tenez, regardez.

Elle pianota sur son ordinateur et leur montra sa recherche.

— La statue a été construite en France, dans le quartier de la Plaine Monceau. Au 25 Rue de Chazelles, précisément. Donc tout près d'ici. C'est une première coïncidence. Mais ça ne s'arrête pas là. C'est Auguste Bartholdi qui s'est chargé du chantier. Mais devinez qui en a conçu la célèbre flamme ? Viollet-le-Duc ! Comme la flèche de Notre-Dame. Avouez que ça fait deux grosses coïncidences.

— Et pourquoi ne pas commencer par le Louvre ? la questionna Ducret.

— Parce que ce n'est pas dans l'ordre des dessins, objecta-t-elle.

QUATRIÈME PARTIE

UN JOUR J'IRAI À NEW YORK AVEC TOI

1.
À LA CROISÉE DES SOUVENIRS

Le taxi déposa Livia et Antoine devant le terminal 2E de l'aéroport Roissy-Charles-de-Gaulle à 6 heures. Leur vol pour New York décollait à 7 h 42. Ducret était censé les rejoindre directement en zone d'embarquement. Il les avait quittés la veille au soir pour établir un premier rapport à sa hiérarchie et convenir des conditions du voyage. La nuit avait été courte. Ils n'avaient pas réussi à fermer l'œil tant leur découverte était surréaliste. Ils avaient d'ailleurs convenu de n'en parler à personne pour le moment. La version officielle servie par Ducret à son commissaire était la suivante : le voyage aux États-Unis était nécessaire pour enquêter sur Nicky Duncan. Antoine Marsac devait se rendre sur son chantier. Profitant de ses congés, le Docteur de Santis accompagnerait son petit ami en déplacement. Ce à quoi l'interlocuteur de Ducret avait répondu :

— Théo, est-ce que tu te fous de ma gueule ?

— Non, commissaire, répondit Ducret, dans ses petits souliers.

— Et tu imagines que je vais avaler ton baratin ?

Pris de court, Théo Ducret osa le tout pour le tout :

— Commissaire, nous avons effectivement fait une découverte hier soir mais je pense, enfin, je sais, qu'il est nécessaire de la garder confidentielle pour le moment.

— Pour quelle raison ?

— Je crois que cela mettrait en danger Monsieur Marsac et sa famille. Entre autres.

— Entre autres ?

— Oui.

— Est-ce que tu vas enfin m'expliquer ce qui se passe, Bon Dieu ? rugit-il à l'autre bout du fil.

Le commissaire Stéphane Laurent était de mauvaise humeur. Il détestait être réveillé en pleine nuit. Il « n'avait plus l'âge pour ses conneries », disait-il à chaque fois qu'on lui proposait une garde ou qu'on le dérangeait alors qu'il avait fini son service. Avec Théo, les choses étaient différentes. Le commissaire avait été le partenaire de Charles Ducret, le père de Théo pendant plus de vingt ans. Au-delà de partenaires, ils étaient devenus amis et il était le parrain de Théo. Stéphane était présent le jour où Charles avait pris une balle. Un braquage dans une bijouterie, place Vendôme. Charles était mort sur le coup, laissant derrière lui sa femme et son fils unique, qui était encore un tout jeune adolescent mais qui, en une fraction de seconde, venait de devenir un homme. Laurent connaissait les messes basses entre les flics du commissariat : « Ducret est capitaine à son âge uniquement par piston ». Ce qui était faux. Théo était le meilleur policier que Stéphane ait jamais connu. Son instinct battait les records et, même s'il avait un don particulier pour se foutre systématiquement en pleine galère, il ne s'était encore jamais trompé. Le môme était doué.

— Écoute, commissaire, je ne peux pas t'en dire plus mais fais-moi confiance. Nous sommes sur une sacrée piste.

Théo entendit le commissaire soupirer.

— Tu sais que les parents de la petite arrivent demain ?

— Je sais. Marsac a prévenu James Duncan que nous serions à New York dans la journée. Il a décalé son voyage de vingt-quatre heures pour que nous puissions le rencontrer et lui poser quelques questions.

— Tu n'as aucune légitimité là-bas, Théo !

— Pas si tu me files un coup de pouce…

Nouveau soupir :

— Ah tu me les brises menues toi ! Mais alors menues menues !

— Allez… Parrain, un petit geste.

— Putain, il va me faire sortir du lit à trois plombes du mat' ce gosse…

— Merci ! triompha Théo.

— Ne t'emballe pas. Je te donne quarante-huit heures sur place, pas plus. Quant à Marsac et la toubib, tu les gardes à l'œil. On n'a pas envie d'un autre meurtre. On est d'accord ?

— Comme le lait sur le feu, commissaire.

***
*

Flashback...

Antoine rajusta le col de son manteau. Il avait toujours froid quand il était fatigué. L'heure matinale et la pandémie avaient transformé l'aéroport en zone fantôme. Il était presque soulagé que les fêtes n'aient pas provoqué les touristes à braver le virus. Pas de parents hystériques hurlant sur leurs enfants, pas d'enfants qui chouinaient pour un oui ou pour un non, pas de file d'attente interminable pour enregistrer ses bagages ni pour prendre un café au Starbucks. « Le pied », pensa-t-il. Il était malgré tout défait de devoir retourner aussi vite à New York et la perspective d'un nouveau décalage horaire lui donnait presque les larmes aux yeux de désespoir. Machinalement, il passa sa main au niveau de la poche intérieure de son manteau. Il sentit le livre contre sa poitrine et se rassura. Ce morceau de papier devait valoir des millions, si toutefois on pouvait lui donner un prix, et il n'était pas serein à l'idée de voyager avec. Ceci dit, il n'était pas question de le laisser à Paris. Il n'avait aucune idée de l'identité de l'assassin mais s'il avait été capable d'établir un lien entre lui et Nicky, c'est qu'il était suffisamment renseigné sur sa vie pour savoir qui il fréquentait et où il habitait. Le livre était trop précieux pour s'en séparer. Qui sait ce qu'ils trouveraient là-bas ? Pourquoi partaient-ils, d'ailleurs ? Après tout, ils pouvaient très bien laisser la police se charger de l'enquête et rester tranquillement à Paris pour profiter de ses jours de congé avec Livia au lieu de prendre ces risques. Antoine savait qu'il aurait été incapable de rester assis les bras croisés. Il avait senti le danger et cela lui procurait une sensation qu'il n'avait plus connue depuis des années. Même s'il adorait son métier, il ne pouvait se concevoir comme un gentil petit architecte rangé et sans histoire. Il aimait la routine autant qu'il s'en lassait. Le danger le faisait vibrer autant qu'il l'effrayait. Et il alternait de l'un à l'autre selon l'état d'esprit du moment. Du temps de sa jeunesse, il s'était même amusé à provoquer le danger. Il s'y était volontairement exposé plusieurs fois, juste pour voir. Pour se tester. Pour comprendre qui il était. Il s'éveillait quand il percevait du risque, ses sens s'affûtaient, il réfléchissait plus vite, sa peur le boostait, le rendait plus fort, plus sûr de lui. Il se sentait animal, félin, provocant, dominateur. Sa mauvaise entente avec son père l'avait poussé en ce sens durant de nombreuses années. Sauf qu'il n'avait jamais reçu de l'alpha de la maison la réponse qu'il attendait. Et il avait pris cela pour du mépris. Jusqu'au jour où il partit étudier aux États-Unis.

C'était la première fois qu'il se retrouvait seul. Tout comme les Duncan l'avaient fait pour Nicky, ses parents lui avaient loué un appartement près de Columbia et ils avaient convenu de lui faire un virement bancaire mensuel pour subvenir à ses besoins. Rapidement, Antoine trouva deux jobs étudiants sur place et déménagea dans un studio. Il avait demandé à ses parents de cesser d'approvisionner son compte en banque, préférant subvenir seul à ses besoins. Avait alors commencé la pire période de son existence. Il étudiait la journée, travaillait le soir et le week-end dans un fast-food et faisait des extras dans un supermarché pour charger et décharger la marchandise. Ce fut à ce moment précis qu'il comprit qu'il faisait partie des privilégiés car lui, non seulement il avait fait le choix de cette vie, mais en plus elle serait momentanée. Une fois son diplôme en poche, il rentrerait à Paris retrouver sa petite vie de débauche avec, en plus, un salaire. Ce serait royal. Pendant ce temps-là, ses amis sur le campus n'avaient pas eu le luxe de cette option. Ils s'étaient endettés pour des années afin de financer leurs études.

Leurs parents étaient pour la grande majorité trop modestes pour pouvoir offrir les frais de scolarité à leurs enfants. Antoine s'était abstenu de dire qu'il était aisé et qu'il préférait trimer du matin au soir plutôt que d'être encore plus redevable envers son père. Les autres l'auraient pris pour un fou et il aurait eu l'impression de les insulter. De prime abord, tous auraient rêvé d'être à sa place. Ils n'auraient pas compris pourquoi ce gosse de riche s'amusait à jouer au pauvre. Leur vie à eux n'était pas un jeu, loin de là. Durant cette période, Antoine n'avait plus le temps ni l'argent pour sortir le soir comme il le faisait à Paris. Soit il étudiait, soit il travaillait.

Néanmoins, un soir après la fin des cours, il fit une petite incartade dans son planning pour boire un verre avec ses amis du campus. Ils passèrent la soirée dans un bar étudiant et ce qui devait n'être qu'un verre avant d'aller prendre son service dans le fast-food devint une soirée alcoolisée. Ils étaient cinq, trois gars et deux filles. Ils quittèrent le bar à 3 heures du matin. Sur le chemin du retour, ils passèrent devant une bande de dealers qui s'ennuyaient et qui flairèrent la bonne opportunité de se défouler. Ils firent des avances aux filles qui les ignorèrent. Ils provoquèrent ensuite Antoine et ses amis qui tenaient à peine debout et qui savaient que le combat serait inégal. Ils avaient donc commencé par presser le pas. Puis les dealers les insultèrent. Malgré les signes que lui faisait son ami, Antoine fut le premier à répondre. Et la bagarre éclata. À ce détail près que les dealers étaient armés et qu'ils poignardèrent Antoine et son ami avant de s'enfuir. Fort heureusement, les blessures d'Antoine étaient superficielles et il s'en tira pour quelques points de suture et une note de frais médicaux encore plus épouvantable que la bagarre qu'il venait de perdre. Son ami n'eut pas la même chance puisqu'il eut un poumon perforé et qu'il passa le reste de la soirée au bloc opératoire. Cette nuit-là, Antoine avait non seulement vu la mort de près, mais il avait aussi perdu son travail en tant que serveur et se retrouvait sans un sou puisqu'il culpabilisait tellement qu'il avait tenu à régler la facture de son ami. Il ne lui restait que cent dollars sur son compte en banque, il n'avait pas encore versé son loyer et ses partiels avaient lieu dans quinze jours. Il avait été rattrapé par ses vieux démons et cette fois ses actes avaient failli avoir des conséquences terribles, non seulement pour lui, mais aussi pour les autres. Il se débrouilla pour se faire embaucher comme bibliothécaire à la fac et se jura que cela lui servirait de leçon. Il sortit major de sa promotion et retourna en France dans la peau d'un homme. Son séjour lui avait non seulement appris la valeur de l'argent mais aussi celle de la tranquillité par la méthode la plus forte qu'il soit : l'épreuve de la vie. Ceci étant, il ne se méprenait pas sur la nature profonde des Êtres humains. Même s'il avait changé et qu'il avait appris à se maîtriser, une partie de lui resterait le fauve turbulent et anticonformiste en mal de stabilité et en proie à la fureur de vivre qu'il avait toujours été. Cette enquête avait éveillé en lui son amour pour le flirt avec le péril. À un détail près : celle qui lui tenait la main.

***
*

Livia ne doute pas…

Livia s'était montrée silencieuse ce matin. Elle se demandait ce qu'elle fichait ici. Elle s'était embarquée dans cette aventure sans se poser de question, obsédée qu'elle était par la résolution du mystère. Son existence avait basculé depuis sa rencontre avec Antoine. Il l'avait entraînée malgré elle dans un tourbillon policier digne du Da Vinci Code. Le pire, c'est qu'elle n'y aurait renoncé pour rien au monde. Sa vie n'avait jamais rien eu de palpitant et, malgré les apparences, elle avait toujours été tentée par le risque. En tant que médecin, elle se devait de coller à une certaine image politiquement correcte qu'elle méprisait de plus en plus. De son goût pour les jeux dangereux, elle n'affichait que son amour pour la course automobile qu'elle pratiquait aussi régulièrement que possible. La vitesse lui procurait un sentiment de bien-être et de liberté qu'elle ne trouvait nulle part ailleurs. À un détail près : celui qui lui tenait la main.

***
*

En zone d'embarquement…

Ils s'étaient contentés de bagages cabine et avaient donc évité la file d'attente de la pesée des valises. Un screening de leurs QR codes leur autorisa l'accès en zone d'embarquement. Ducret n'était pas encore arrivé. Ils avisèrent un Starbucks, commandèrent deux grands cappuccinos et deux pains au chocolat et s'installèrent à une table.

— Tu n'as aucune idée de qui peut se cacher derrière tout ça ? avait demandé Livia.

— Aucune.

Puis, changeant de sujet :

— Pour un premier voyage, tu aurais pu faire plus romantique ! plaisanta-t-elle.

— Pardon mais tu ne sais pas ce que j'ai prévu là-bas.

— Ah oui ? Je t'écoute.

— La visite de mon chantier ! Avec les casques et tout. Ce n'est pas romantique ça ?

Livia esquissa un sourire :

— J'en trépigne déjà d'impatience.

Elle s'avança pour l'embrasser. Et ils entamèrent leur petit déjeuner.

— Salut les tourtereaux ! lança Ducret en empruntant une chaise à la table voisine.

— Capitaine ! s'exclama Antoine, vous m'avez manqué.

— Vous aussi mon chou, dit Ducret en ébouriffant les cheveux d'Antoine.

— Du nouveau ?

— Le commissaire a prévenu les collègues new-yorkais. Nous avons quarante-huit heures sur place, pas plus. Et vous avec Duncan ?

— Il nous attendra à JFK. Vous l'interrogerez à l'hôtel puis nous irons ensemble sur le chantier. J'ai prévenu les équipes et mon père a confirmé ma version.

— Personne n'est au courant pour le livre ?

— Non, j'ai dit que nous venions enquêter sur la mort de Nicky.

— Parfait. Toubib, de votre côté ?

Livia fit la moue :

— Ne m'appelez pas comme ça.

— Docteur De Santis c'est trop long.

— Appelez-moi Livia.

— OK. Livia, de votre côté ?

— J'ai réservé l'hôtel. Il va sans dire que j'ai mis la réservation sur le nom de la police de Paris.

— Bah voyons…, râla Ducret.

— Un petit hôtel de charme. Vous apprécierez.

— Mouais. Ensuite ?

— Ensuite j'ai fait quelques recherches sur Nicky et sa famille. Regardez.

Elle déverrouilla son téléphone et leur montra une capture d'écran provenant de la page Instagram de Nicky. Il s'agissait d'une autre photo de famille, à Disneyland cette fois.

— Rien ne vous choque ? dit Livia.

— Si. Disneyland, répondit Antoine en affichant un air de dégoût.

— Non, regardez mieux.

Antoine et Ducret scrutèrent la photo mais rien ne leur semblait suspect. Livia soupira :

— Les gars, vous me décevez… Nicky est blonde !

— C'est ton côté rital anti-blonde qui parle, chérie.

— Entre ça et le fait que tu aies pu sortir avec, je ne sais pas ce qui est le pire.

Antoine rabattit son caquet et laissa Livia continuer :

— Si les deux parents sont bruns, il n'y a que très peu de chances que les enfants soient blonds. Une sur quatre, précisément. À condition, par ailleurs, que les deux parents aient des aïeuls blonds.

— Nicky peut très bien être la chance sur quatre en question, non ?

Livia secoua la tête :

— Très peu probable. J'ai élargi la recherche à James Duncan. Il y a quelques articles en ligne sur ses origines et il est Américain pur jus. Les membres de sa famille que j'ai pu trouver sont bruns. Sa femme, en revanche, est Mexicaine. Vous avez déjà vu des Mexicaines blondes, vous ?

Livia et Ducret se tournèrent instinctivement vers Antoine :

— Dites, je ne suis pas une encyclopédie des nanas du monde entier, hein !

Livia releva un sourcil. Ducret pinça les lèvres.

— Mais vous me prenez pour qui au juste ?

Regard entendu entre Livia et Ducret. Antoine laissa échapper un « Tss » devant l'air hilare des deux autres. Ducret reprit :

— Vous pensez que Nicky a été adoptée ?

— Ça ou bien elle était la fille de l'un des deux seulement.

— Nous poserons la question une fois sur place.

« Les passagers du vol AF742 à destination de New York sont priés de bien vouloir se présenter porte 7 ». Le planning était optimal puisqu'ils venaient de terminer leur petit déjeuner. L'embarquement fut rapide devant le peu de passagers. C'était un premier long courrier pour Livia qui n'avait jamais voyagé aussi loin. Elle avait toujours rêvé de visiter New York mais pas dans ces conditions. Le jour commençait à poindre timidement sur le tarmac. Apparemment, la journée s'annonçait belle, ce qui la rassura. Les turbulences et elles faisaient deux, voire trois. L'avion était un colosse de deux étages qui, à l'évidence, voyagerait presque à vide. Ils avaient réservé trois places en première classe. Tant qu'à servir la Patrie, autant qu'elle vous le rende un peu ! Ils seraient seuls à l'avant de l'appareil, ce qui leur laisserait tout le loisir de parler de l'enquête. Ils installèrent leurs bagages en cabine et prirent place. Livia côté hublot, Ducret côté couloir et Antoine au milieu. L'hôtesse leur souhaita la bienvenue :

— Bonjour Madame, bonjour Messieurs. Vous êtes nos seuls voyageurs en première classe aujourd'hui. Une fois que l'appareil aura décollé, vous pourrez choisir les sièges que vous préférez. Par ailleurs, sachez qu'un bar est à votre disposition juste derrière vous.

Ducret observa l'hôtesse qui s'éclipsait. Un tailleur jupe bleu marine, un petit chapeau porté sur le côté où était épinglé un avion argenté, un foulard en soie rouge, une paire d'escarpins assortis au tailleur, un trait d'eye-liner et une bouche rouge. Personne ne portait de masque et ce n'était pas pour déplaire à Théo. Il n'en fallait pas plus au jeune capitaine dont la tête était restée coincée à 180° :

— Sympathique comme tout…

— Et c'est moi qu'on traite de dragueur, ironisa Antoine. Sans blague, une hôtesse ? Vous ne trouvez pas que c'est un peu cliché ?

— J'ai toujours adoré les clichés. Surtout quand ils font un petit 36.

2.
Confidence pour confidence

L'avion décolla à l'heure. Le commandant de bord avait annoncé un vol sans encombre et des conditions météorologiques optimales. La première heure fut calme. Livia s'était endormie. Antoine et Ducret s'étaient éclipsés au bar. Antoine pour un café. Ducret à la poursuite de l'hôtesse. Ne trouvant pas l'hôtesse mais un gentil serveur, il se contenta un café et alla s'asseoir en face d'Antoine.

— Je n'arrive pas à comprendre pourquoi on a tenu à utiliser l'arme de votre père.

— Peut-être pour nous intimider.

— Vous ne pensez pas que cela puisse avoir un sens caché ?

— Que l'arme aussi ait une histoire vous voulez dire ?

— Une raison d'être.

— Je ne vous suis pas, capitaine.

— Vous m'avez dit que ce pistolet est un cadeau de votre grand-père à votre père. Mais savez-vous d'où il vient ?

— Non. Vous pensez qu'il ne l'a pas acheté ?

— Pouvez-vous poser la question à votre père s'il vous plaît ?

Antoine s'exécuta et pianota sur son téléphone. La réponse fut quasi instantanée.

— Il me dit qu'on la lui avait offerte.

— Qui ?

Antoine affichait une mine étonnée.

— Marsac, qui a offert ce pistolet à votre grand-père ? insista Ducret.

— André Douaumont.

— Les initiales de votre grand-père ?

— P.M. pour Pierre Marsac.

— Douaumont et votre grand-père s'entendaient bien ?

— Mieux qu'avec mon père en tout cas. Je n'ai d'ailleurs jamais compris pourquoi. Mon grand-père avait une conception toute particulière de ce que devait être un homme. Il aimait les types robustes et solides. Il disait que la Société était devenue une Société de tapettes et que les hommes n'avaient plus rien dans le froc. Il reprochait à mon père d'être trop mou, trop sentimental avec sa femme et ses enfants. Quand je vois André, je me demande vraiment ce que mon grand-père lui trouvait.

— Pourquoi ?

— Parce qu'André est plutôt du genre chétif. Et pas que physiquement. Je le classe dans la catégorie des fouines lèche-pompes si vous voyez ce que je veux dire.

— Je vois. Et vous n'avez jamais su pourquoi votre père s'est associé avec lui ?

— Il a toujours évité le sujet.

— Et que faisait votre grand-père ?

— Il était banquier.

— Il n'avait aucune autre activité ?

— En dehors de la chasse et de se comporter comme un parfait enfoiré avec mes parents, non.

— Votre grand-mère ?

— Morte il y a longtemps. J'étais bébé.

Ducret avait tout pris en notes. Il rangea son calepin dans sa poche :

— Pour l'instant je ne vois pas où ça nous mène mais je suis convaincu que tout ceci a un lien.

— Si vous le dites.

Puis, changeant brutalement de sujet, Ducret demanda :

— Vous sortez avec la Toubib depuis longtemps ?

— Pardon ? répondit Antoine quelque peu désarçonné.

— Vous et Livia ? Vous sortez ensemble, non ?

— Si. Depuis quelques semaines.
— Elle n'a rien à voir avec vos salopes habituelles, hein Marsac ?
— Non mais ça va aller, oui ?
Ducret scruta Antoine d'un air amusé :
— Vous l'aimez, pas vrai ?
Antoine avait ouvert la bouche dans le but de lui dire de se mêler de ses oignons. Et puis il se ravisa. Après tout, pourquoi s'en cacher ?
— Je crois que oui.
— « Je crois que oui » ? Qu'est-ce que c'est que cette réponse à la con, Marsac ? En amour, soit on aime, soit on n'aime pas, ce n'est pas très compliqué !
— M'est avis que c'est le truc le plus compliqué du monde oui !
— Parce que vous vous posez trop de questions.
— Vous n'êtes pas dans ma tête à ce que je sache.
— Oh, quasiment. On a environ le même âge.
— Ça ne veut pas dire que vous me comprenez.
— Non mais n'oubliez pas que je suis flic. Mon instinct ne se trompe jamais.
— Et sinon, vous ne vous sentez pas trop à l'étroit dans vos baskets, au niveau des chevilles ?
Ducret sourit et poursuivit en touillant distraitement son reste de café :
— J'ai parcouru votre dossier. Vous avez de la chance d'avoir des parents riches et des relations haut placées. Avec les conneries que vous avez faites dans votre vingtaine, la plupart auraient fini par faire un petit séjour en prison. Vous cherchiez quoi ?
Les yeux dans le vague, Antoine ne trouvait pas de réponse intelligente à la question du capitaine.
— La sensation d'exister, je suppose.
Théo Ducret se cala contre le fauteuil :
— Pourquoi ne vous entendez-vous pas avec votre père ?
Antoine détestait parler de lui. Encore plus lorsqu'il s'agissait d'évoquer sa relation avec son père. Il ne se confiait jamais à personne,

même pas à ses amis. Parler, se livrer, c'était se rendre vulnérable. C'était une forme d'autodestruction à retardement où l'on donne des armes à quelqu'un qui pourrait s'en servir contre vous quand bon lui semblera. Curieusement, il ne se sentait pas en danger avec Ducret. Le fait qu'il ait perdu son père lui conférait une sorte de laissez-passer légitime au pays des sentiments.

— Mon père ne m'a jamais considéré comme digne de lui.

— Il vous l'a dit ?

— Évidemment que non.

— Alors pourquoi le pensez-vous ?

— Ces choses-là se ressentent, capitaine. Papa a toujours été très proche de ma sœur. Lorsqu'il était à la maison, à choisir entre elle et moi, le choix était vite fait. Il l'emmenait partout, lui offrait ce qu'elle voulait. Moi je n'avais que des miettes de minutes le soir quand ils rentraient de leur balade. J'avais l'impression de lui coûter du temps.

— Au fait, votre sœur, où est-elle ? Toujours à Boston ?

Antoine se tut et détourna le visage vers le hublot.

— Lila est morte il y a deux ans dans un accident de voiture.

Il fallait croire qu'ils avaient bien plus de points communs qu'il n'y paraissait.

— Je suis désolé, Antoine.

C'était la première fois que le capitaine appelait Antoine par son prénom. Antoine haussa les épaules.

— Je pense que mon père m'en veut de lui avoir survécu. À choisir entre elle et moi…

Il ne termina pas sa phrase. La fin était trop douloureuse à exprimer. Après quelques instants, Ducret se redressa et chercha le regard d'Antoine, toujours rivé sur l'horizon :

— Vous en avez parlé à Livia ?

— Non. Je ne lui ai rien dit de tout ça.

— Pourquoi ?

— Parce qu'elle n'a pas besoin de connaître ça.

— Peut-être que vous avez besoin qu'elle connaisse ça.

— Pourquoi ?

— On ne bâtit pas une relation sans se mettre à nu. Pour que cela tienne, il faut de l'authenticité, il faut se raconter, laisser l'autre vous connaître, vous connaître vraiment. Autrement c'est voué à l'échec.

— Je ne pense pas que l'on soit obligé de considérer sa partenaire comme une psy, ironisa Antoine. Je suis suffisamment fort pour me débrouiller seul et éviter de lui faire pitié.

— C'est ce que vous croyez. Moi je pense, mais ça n'engage que moi, que vous êtes suffisamment faible pour vous défiler à chaque fois que l'opportunité de construire quelque chose de solide se présente à vous.

Ducret poursuivit son monologue en sirotant son café :

— Vous savez ce que mon père m'a dit le jour où j'ai eu ma première petite copine ?

— Au risque de vous surprendre, je vais vous répondre non.

— Il m'a dit : « Théo, garde à l'esprit de toujours bien te comporter avec les femmes. Elles méritent notre respect. Si un jour tu doutes, tu n'as qu'à imaginer qu'un homme comme toi sorte avec ta propre fille. Est-ce que tu as souri ? Si c'est oui, alors tu es un mec bien. Si c'est non, alors tu as intérêt à changer et fissa. » Vous l'ami, je pense que vous devriez sérieusement songer à changer en profondeur…

Antoine le dévisagea.

— Ne me regardez pas comme ça. Je sais que j'ai raison. Je parie que vous n'avez jamais été amoureux. Vous avez sauté la moitié de la planète mais vous n'avez jamais eu le cran de vous impliquer plus que ça. Vous avez les couilles de venir, mais pas celles de rester. Parce que vous avez peur. Peur qu'elle découvre que vous n'êtes pas si fort que ça et pas aussi sûr de vous que vous le prétendez. Peur qu'elle choisisse quelqu'un d'autre quand elle aura compris qui vous êtes vraiment, comme vous pensez que votre père l'a fait avec Lila. Mais je vais vous dire ce que je vois. Je vois que cette femme là-bas est en train de parcourir des milliers de kilomètres pour résoudre une enquête dans laquelle elle n'a strictement rien à voir. À votre avis, pourquoi fait-elle ça, bougre d'abruti ? Laissez-moi vous révéler un scoop, Marsac, elle sait déjà qui vous êtes. Bien sûr, elle ignore les détails dont vous venez de parler, mais elle n'a pas besoin de ça pour vous comprendre. Croyez-moi, vous l'aimez et elle vous aime aussi.

Antoine tourna enfin la tête vers Ducret qui conclut :

— En rêve, comme en amour, tout est possible. Et je ne comprends vraiment pas ce qu'elle peut vous trouver, espèce de salopard !

Antoine riposta en riant :

— Vous êtes un enfoiré !

L'avion avait décollé depuis deux heures maintenant. Le vol de nuit, à contre-courant du temps, leur avait procuré un moment d'honnêteté comme il en existe rarement entre deux hommes écorchés par la vie.

— Et vous, capitaine, vous êtes célibataire ?

— Plus pour longtemps, dit-il alors qu'il aperçut l'hôtesse.

Il se leva et alla à sa rencontre.

Il était temps pour Antoine de rejoindre Livia.

***
*

Avant d'atterrir…

Il la trouva allongée à sa place, devant un film.

— Tu es réveillée depuis longtemps ? dit-il en s'asseyant à côté d'elle.

— Une petite demi-heure.

— Pourquoi tu ne m'as pas appelé ?

— Parce que je pense que vous étiez bien tranquilles, au bar, entre hommes et que je n'ai pas voulu vous déranger.

— Tu ne me déranges jamais.

Antoine allongea son fauteuil à son tour, releva l'accoudoir central et prit Livia dans ses bras. Elle vint se blottir contre lui :

— Tu as déjà remarqué comme l'on sent deux fois plus fort le parfum de ceux qui sont absents ? dit-elle en respirant l'odeur au creux de son cou.

— Tu m'as manqué aussi, mon ange.

— Vous avez avancé sur l'enquête ?

— Pas tellement. Nous avons découvert que le pistolet appartenait en fait à mon grand-père, Pierre Marsac et que c'est André qui lui a offert.

Livia leva le menton vers Antoine :

— Tiens ? C'est intéressant.

— Euh… tu trouves ?

— Oui.

— Ducret pense la même chose que toi.

— Tu devrais l'écouter. Ce type à de bons instincts.

Puis elle retourna à son film, le visage calé dans son cou, comme à son habitude. Peut-être que Ducret avait raison sur toute la ligne.

3.
Rencontres américaines

Le pilote avait annoncé leur arrivée à New York dans moins d'une heure. Livia regardait le spectacle de la naissance de l'aube tandis que le colosse de fer glissait tranquillement sur une mer de petits nuages blancs. Le ciel était complètement dégagé et l'horizon était doucement déchiré par une splendide lumière jaune orangée qui repoussait l'obscurité de la nuit vers l'atmosphère, cédant ainsi sa place à un magnifique ciel d'hiver. Quelques minutes plus tard, la ville apparut. La statue de la Liberté, majestueuse, fendait le ciel de sa torche, souhaitant la bienvenue à ses visiteurs. Livia n'avait jamais vu autant de gratte-ciel. Depuis l'avion, ils ressemblaient à des centaines de dominos plantés dans le sol. L'appareil amorça sa descente vers la ville qui ne dort jamais. Quinze minutes plus tard, ils étaient arrivés à JFK.

Antoine et Livia passèrent un rapide coup de fil à leurs parents respectifs et Ducret avisa le commissaire Laurent qu'ils venaient d'atterrir. Ce dernier lui rappela gentiment qu'il avait un délai à respecter et lui demanda de le tenir informé de chaque nouveauté qu'il glanerait.

Antoine connaissait l'aéroport comme sa poche. Ils rejoignirent la sortie en un clin d'œil. Sur le trottoir, il avisa James Duncan, debout devant son Range Rover, les yeux perdus dans une contrée imaginaire. Il fit signe à Livia et Ducret de le suivre. James Duncan était grand et massif, il avait une bouille ronde, surmontée par un front légèrement dégarni. Malgré sa stature, il émanait de lui une bonté et une gentillesse difficilement descriptibles. Il se mit à pleurer dès qu'il aperçut Antoine. Celui-ci s'approcha de lui et lui tendit la main. James le prit carrément dans ses bras et s'exprima en français :

— Je sais que tu es venu pour enquêter sur sa mort, mais ça me fait quelque chose de savoir que tu as été l'une des dernières personnes à lui avoir parlé.

— Je suis désolé, James, répondit sincèrement Antoine.

James relâcha son étreinte et regarda Ducret et Livia. Antoine fit les présentations.

— Merci d'avoir accepté de nous retrouver ici, Monsieur Duncan, avait commencé Ducret. Comme vous le savez, nous sommes venus pour vous poser quelques questions à propos de votre fille.

— Je sais capitaine. Vous me poserez vos questions à l'hôtel si cela ne vous ennuie pas ? Ma femme et moi prenons notre avion dans trois heures…

— Absolument pas.

— Où logerez-vous ?

— Au Plaza, répondit Livia.

— Alors en route.

***
*

Dans le salon du Plaza…

James prit l'autoroute à la sortie de l'aéroport et rejoignit la Grand Central Parkway. Ils traversèrent le Queens, longèrent Flushing Bay et La Guardia Airport, continuèrent sur l'autoroute jusqu'à atteindre l'Astoria Park. Ils empruntèrent ensuite le Triborough Bridge pour traverser l'East River et traversèrent Randalls Island. De l'autoroute, rien que de l'autoroute. Pour le coup, rien de très dépaysant pour Livia qui avait l'impression de rouler sur l'A86. Elle se sentit enfin aux États-Unis lorsqu'ils enjambèrent la Harlem River. Manhattan se dessinait devant ses yeux. Gigantesque, presque écrasante, la ville s'étirait vers le ciel en tendant ses innombrables bras de béton. Une manière de tutoyer les dieux, sans doute. Tout différait d'un quartier à l'autre. Les salaires, le style, l'ambiance, tout était là, dans la même ville, mais rien ni personne ne se mélangeait. En cela, New York ressemblait à s'y méprendre à Paris. Les quartiers et les arrondissements triaient les gens en imposant des limites sociales imaginaires.

Le Plaza était situé sur la cinquième avenue, juste en face de Central Park. Le voiturier les accueillit et leur indiqua la réception. Le hall d'entrée était somptueux. Les murs et les plafonds étaient recouverts de moulures en bois beige et doré. Un épais tapis persan recouvrait le sol. La pièce était centrée par un gigantesque lustre en cristal qui se reflétait à la fois dans les miroirs et dans une table basse, placée juste au-dessous. À peu de chose près, l'on aurait pu se croire à Versailles tant la décoration du mythique palace évoquait celle des châteaux de France. Ducret se tourna vers Livia :

— C'est ça votre petit hôtel de charme ?

— C'est cosy, n'est-ce pas ? ironisa-t-elle.

— Vous imaginez que le commissaire validera une note de frais pareille ?

Livia feignit l'incompréhension :

— Et pourquoi pas ? dit-elle d'un ton innocent.

— Arrêtez de vous foutre de moi !

— C'est mon côté éternellement optimiste, capitaine.

— Je vais laisser mon PEL dans cette affaire, répondit-il, dépité.

— Mais non, rassurez-vous. Paul Marsac a participé à la re-décoration des lieux il y a quelques années. Le cabinet se charge de tout.

Le policier changea de ton et de physionomie quasi instantanément :

— Dans ce cas, ça me va ! Ils ont un spa ?

— L'enquête, capitaine. L'enquête !

— Ouais bah on ne va pas enquêter jusqu'à 3 heures du matin non plus, dit-il en se dirigeant vers le salon.

Tout comme il l'avait fait dans son bureau du sixième arrondissement, le capitaine Ducret entama l'interrogatoire de James Duncan :

— Pouvez-vous nous parler un peu de votre fille, Monsieur Duncan ?

— Que vous dire ? Nicky avait vingt-quatre ans, elle était notre fille unique, notre joie de vivre.

— Elle était étudiante ?

— En histoire, oui. Elle avait voulu participer à un échange universitaire pour visiter Paris. Elle adorait voyager.

— Elle était venue seule en France ?

— Oui. Vous savez, ma fille était du genre intrépide. Elle avait déjà fait plusieurs voyages seule avec son sac à dos. Le dernier en date était l'Amazonie. Un mois de *road-trip* en Amérique du Sud sans parler un mot d'Espagnol. Elle n'avait peur de rien. Pour ma femme et moi, c'était une autre histoire. Qu'est-ce qu'on pouvait paniquer ! Alors vous imaginez que Paris c'était de la rigolade pour elle.

— Vous savez si elle s'était fait des amis ?

— Oh, elle a rencontré des étudiants de son âge mais elle ne m'a parlé de personne qui ait retenu son attention.

Antoine ne savait pas s'il devait être soulagé ou vexé. Il opta pour le soulagement et resta silencieux. James poursuivit cependant à son intention :

— Je ne savais même pas que vous vous étiez rencontrés. Tu vois, parfois, le hasard…

— La vie nous joue de drôles de tours, en effet, dit-il sans oser le regarder en face.

Sentant le malaise d'Antoine, Ducret reprit :

— Votre fille avait-elle des problèmes ?

— Non, pas que je sache.

— Pas d'ennemis non plus ?

— Quelle idée ! Vous ne l'avez pas connue. Tout le monde adorait Nicky ! C'était un rayon de soleil.

— Un petit ami ?

— Ma fille collectionnait les aventures. Le dernier qu'elle nous a présenté s'appelait Thomas. Mais ils ne sont pas restés longtemps ensemble. Elle le trouvait… Comment disait-elle ? Ah ! Rasoir. Pour tout vous dire moi aussi je le trouvais chiant comme la pluie ce gosse.

— Pardonnez-moi cette question, l'interrompit Livia, mais votre femme et vous êtes très bruns par rapport à votre fille.

James esquissa un sourire triste :

— Vous êtes la scientifique du groupe, vous, n'est-ce pas ?

— Je suis navrée de vous poser cette question Monsieur, s'excusa Livia, mais je pense que c'est capital pour l'enquête.

Après quelques secondes de silence, James avoua :

— Ma femme ne peut malheureusement pas avoir d'enfant. Nous avons adopté Nicky lorsqu'elle était bébé. Nous lui avons avoué la vérité à sa majorité.

— Comment l'a-t-elle pris ? s'enquit Ducret.

— Apparemment bien. Elle nous a dit qu'elle s'était toujours doutée de quelque chose mais qu'elle s'en fichait.

— A-t-elle cherché à retrouver ses parents biologiques ?

— Si c'est le cas, elle ne nous en a jamais informés.

James termina son café et se leva :

— Vous savez, Nicky était heureuse et épanouie avec nous. Nous étions une famille tout ce qu'il y a de plus banal. Elle a été notre fille à la seconde où nous l'avons vue à l'orphelinat et elle n'a jamais cessé de l'être.

— Quel orphelinat ?

— Un orphelinat à Paris. Dans le cinquième arrondissement. C'est dans cette ville que ma femme et moi nous sommes rencontrés. Nous y avons vécu quelques années avant de rentrer à New York.

La nouvelle fit l'effet d'une bombe.

— À Paris vous dites ?

— Oui.

Comprenant l'interrogation qui planait, James précisa :

— Elle savait qu'elle était née à Paris mais elle n'a pas demandé plus d'informations sur l'orphelinat en question ni sur ses origines. Je suis convaincu qu'elle voulait simplement découvrir la ville dont nous lui avions parlé sa mère et moi. C'est tout.

— Et vous, vous avez des nouvelles de l'orphelinat ?

— Il a fermé peu de temps après l'adoption de la petite.

Puis il mit son manteau :

— Écoutez, si vous n'avez plus de questions, je vais devoir y aller. Ma femme m'attend. Comme vous le savez, nous devons aller retrouver notre fille…

Il salua d'un geste et prit congé.

***
*

Les orphelins…

— Je ne crois pas une minute que Nicky soit venue étudier à Paris pour voir la Tour Eiffel, déclara Ducret de but en blanc.

— Moi non plus, approuva Livia.

— Vous pensez qu'elle cherchait ses parents ? demanda Antoine.

— Aussi sûr que deux plus deux font quatre, confirma le capitaine.

— Le tout est de savoir si elle les a trouvés.

— L'un, l'autre ou les deux d'ailleurs.

Ils avaient enfin réglé les formalités à l'accueil et récupéré leurs clefs. Les bagages étaient rangés et ils avaient convenu de se retrouver une heure plus tard dans le restaurant de l'hôtel pour déjeuner. Installés sous l'immense verrière du Palm Court, ils attendaient leur commande.

— Il n'existe pas un registre des enfants adoptés ? demanda Livia.

— À moins qu'ils soient fichés S, non.

— C'est malin tiens.

— Je vais passer un coup de fil aux services sociaux. Ils ont peut-être des infos.

À peine avait-il terminé sa phrase qu'il composait déjà le numéro de téléphone sur son portable et s'éclipsa vers un endroit moins bruyant.

Antoine se tourna vers Livia :

— Et toi, qu'en penses-tu ?

— Je crois que Nicky était à Paris pour ses études mais aussi pour découvrir son passé. Pas toi ?

— Je n'en sais rien. J'aurais tendance à croire James quand il dit que Nicky se moquait de son passé.

— Chéri, elle est venue à Paris. Elle étudiait à la Sorbonne, dans le cinquième arrondissement. C'est quand même un peu gros, tu ne trouves pas ?

— Si, sûrement.

— Tu n'as pas l'air convaincu.

— Je crois que, bien souvent, le passé est bien où il est. Je crois aussi que tout le monde n'a pas envie d'aller le remuer et que, même si c'est peu probable, il reste une chance que Nicky soit juste venue en France pour son master et point barre.

La réponse d'Antoine était si tranchée que Livia prit son courage à deux mains et hasarda :

— De quoi ne veux-tu pas parler ?

— La réponse est dans ta question, répondit-il de manière abrupte.

Livia prit la main d'Antoine et lui répondit doucement :

— Antoine, avec moi, tu n'as pas besoin de prétendre être qui tu n'es pas. Ça ne fonctionne pas, de toute façon. Je te connais déjà bien plus que tu ne l'imagines. Tu as le choix de me parler de tout ou de rien. Je ne t'oblige à rien. Mais qui sait, si un jour le cœur t'en dit, je serai là pour t'écouter. C'est à ça que servent les amis.

Puis, après un instant de silence :

— Et les amours aussi.

Antoine releva le visage vers Livia. Elle lui souriait. Sa réponse fut interrompue par le retour de Ducret.

— J'ai eu des infos, déclara-t-il en s'asseyant à table.

— On vous écoute, répondit Antoine, le regard toujours fixé sur Livia.

— La nana des services sociaux m'a confirmé qu'il existait bien un orphelinat dans le cinquième arrondissement mais qu'il a été fermé en 1998. A priori, ils tenaient un registre des enfants ayant séjourné dans le foyer mais il leur faudra un peu de temps pour y avoir accès. Le truc est aux archives apparemment. Quant aux parents, impossible d'en savoir plus si les gamins sont nés sous X. Il leur faudra un mandat. Oui, Livia, j'ai demandé un mandat, dit-il en devançant Livia.

— Parfait. On attend donc de leurs nouvelles je suppose, questionna Antoine.

— Exact.

Puis, devant les plats fumants :

— On attaque ?

— Allez !

Ils dégustèrent chacun un hamburger avec des frites sauf Livia, que le voyage avait épuisée et qui se contenta d'une salade tomate-mozzarella. Elle n'avait qu'une seule envie : dormir. Et pourtant, il était loin d'être question d'aller se coucher. Antoine avait prévenu les ouvriers de leur arrivée d'ici une heure. Officiellement, il s'agissait d'un contrôle de routine. Officieusement, ils étaient là pour chercher quelque chose. Mais ils ignoraient quoi. Antoine avait terminé son déjeuner. Il sortit le livre qui n'avait pas quitté sa poche depuis Paris. Les yeux dans le vague, il passa la main sur le phénix en détaillant de l'index ses contours dorés et, après quelques secondes d'absence, il se décida finalement à rejoindre la réalité et à ouvrir le livre. Il en arriva à la page du dessin représentant clairement le *Science center*, en quête d'un indice. Le *Center* était dessiné comme une étoile à sept branches irradiant d'un bâtiment rond sur lequel était apposé un petit Homme de Vitruve. C'était le sigle choisi par le musée pour représenter son nouveau hall.

— À votre avis, qu'est-ce qu'on cherche ? demanda Livia.

— Un crucifix enchanté ? Une bouteille de rhum distillé par Saint Pierre ? Qu'est-ce qu'on en sait ! avait balancé Ducret.

— À choisir, j'opte pour le rhum, répondit Antoine.

— Moi aussi l'ami.

— « Des tables, savoirs et connaissances effacera, nuage invisible fait roi conservera », répéta Livia. Nuage invisible…

— Je crois que Michou avait un souci de boisson.

— Capitaine, vous êtes drôle, c'est un fait. Mais nous n'allons pas résoudre l'enquête à coups de blagues.

— Ah pour casser l'ambiance, vous êtes forte, vous.

— Le nuage invisible où l'on stocke les données, ça ne serait pas le *Cloud* ? proposa Antoine.

— Ça se tient, poursuivit plus sérieusement le capitaine. Dans ce cas, on aurait fait tout ce chemin pour découvrir quelque chose qu'on aurait pu récupérer à Paris ?

— Pas forcément. Peut-être qu'il s'agit d'un code d'accès au *Cloud* ou d'une clef USB. Nostradamus avait des idées mais ses prédictions datent de cinq cents ans. Ça lui laisse une marge de manœuvre dans la précision, justifia Antoine.

— Vous marquez un point.

— Si l'on cherche un remède, je propose de commencer par le *Medical District*, non ? proposa Livia.

— Un nuage, ça peut aussi correspondre au *Star District*.

— Exact.

— Marsac, lequel des districts est le plus facile d'accès ? Nous commencerons par celui-là.

— Le *Medical*. Il est quasiment fini.

4.
Visite non guidée

Antoine héla un taxi et indiqua le musée au chauffeur. Ils mirent moins de dix minutes pour arriver devant le Museum d'Histoire Naturelle.

— Un petit détail, Marsac, comment justifie-t-on mon arme ? La police locale est au courant de ma venue mais si je pouvais éviter d'attirer l'attention et les démarches administratives qui vont avec, j'aimerais autant.

— Suivez-moi, répondit Antoine.

Ils gravirent les marches conduisant à l'impressionnante bâtisse et se rendirent directement au poste de sécurité. Un grand type roux vint à leur rencontre :

— Salut Joe ! dit Antoine.

— Qu'est-ce que tu fais là toi ? répondit le vigile en tendant son poing fermé vers Antoine pour checker. Je croyais que c'était au tour du paternel cette fois.

— Il viendra la semaine prochaine. Moi je viens juste vérifier deux trois trucs sur le chantier. Je repars demain. Je te présente mes amis, Liv et Théo.

— Salut les gars.

— Bonjour Monsieur, répondit Livia.

Ducret, quant à lui, tendit directement son poing vers Joe :

— Salut l'ami !

— Tu permets qu'on fasse un petit tour ? demanda Antoine.

Joe éclata d'un rire sonore :

— Tu es en train de construire le musée. Techniquement, c'est plus chez toi que chez moi ici. Vis ta vie, tu connais la maison. En plus c'est le désert en ce moment. Putain de virus…

— Merci Joe. Passe le bonjour à Sally et les enfants ! Je te ferai signe avant de partir.

Ils évitèrent ainsi le passage sous le portique de détection et arrivèrent dans un hall gigantesque où ils furent accueillis par le squelette d'un tyrannosaure.

— La vache ! s'exclama Ducret. Heureusement que ces machins ont été atomisés. On a l'air de trois saucisses cocktail à côté !

— On n'aurait pas fait un pli, confirma Liv.

— Alors c'est vrai que tout revient à la vie la nuit ? demanda Ducret.

— Vous regardez trop la télé, capitaine, répondit Antoine qui cherchait son passe d'accès dans sa poche.

Ils parcoururent la totalité du musée en ligne droite et arrivèrent dans la zone des travaux. Une grande bâche délimitait l'accès au chantier. Dessus, un Homme de Vitruve avec l'inscription : « L'Homme, pur produit de la science » faisait la publicité du futur *Science Center*. Antoine souleva la bâche et leur fit signe de le suivre. Ils débouchèrent dans un couloir de verre courant au milieu d'un sublime jardin botanique, lui aussi en chantier. De là où ils étaient, ils apercevaient la silhouette futuriste du *Science Center*. Il ressemblait à un vaisseau mère d'acier d'où irradiaient des passerelles en verre.

— C'est vous qui avez imaginé ça, Marsac ?

— Oui. Pourquoi, ça ne vous plaît pas ?

— Ah si si, c'est très bien. Je trouve juste que, vous aussi, vous regardez trop la télé.

Ducret avait répondu en mimant l'utilisation d'un sabre laser. Antoine sourit mais ne répondit pas. Il scanna son passe à la porte qui délimitait le couloir. Celle-ci s'ouvrit sur une salle ronde dont les dimensions faisaient penser à un aéroport. Le plafond était un pavage de triangles de verre et de fer réunis en un dôme immense baigné de soleil. Tout en haut, au centre, l'Homme de Vitruve en vitraux colorés se démarquait du reste de la structure. Les rayons de lumière qui le traversaient produisaient un sublime prisme de couleur sur le sol. Des ouvriers s'affairaient sur les échafaudages, certains peignaient, d'autres branchaient des câbles électriques.

— Bienvenue sur mon chantier ! annonça fièrement Antoine.

— Félicitations, c'est magnifique, répondit Livia.

— Franchement, c'est impressionnant, le félicita le capitaine.

Immanquablement, Antoine se fit accaparer par ses ouvriers qui lui exposaient les problèmes du moment. La majorité des embûches était due aux retards de livraison et au manque de matière première du fait de la pandémie. Ceci étant, bon an, mal an, ils arrivaient à se procurer ce dont ils avaient besoin et, sauf catastrophe, le chantier devrait être livré dans les temps.

Tandis qu'Antoine réglait les formalités, la sonnerie de Ducret retentit. C'étaient les services sociaux. Ils avaient remis la main sur le dossier de Nicky et, compte tenu des circonstances, l'X avait été levé. Le capitaine fit signe à Antoine d'accélérer le mouvement. Il expédia donc les dernières recommandations aux ouvriers et prit congé. Ils se dirigèrent alors vers le *Medical District* en empruntant un énième couloir.

— Vous avez appris quelque chose ? interrogea Antoine.

— Accrochez-vous, avait déclaré Ducret. Nicky est bien née sous X à Paris. Elle a été confiée par sa mère, une certaine Sofia Hernandez, aux services sociaux le jour de sa naissance. Son père, quant à lui, reste inconnu.

Antoine s'arrêta net :

— Sofia Hernandez ?

— Exactement, confirma Ducret. Elle est bien bonne celle-là, non ?

Livia, qui ne comprenait rien à leur étonnement, leur fit un petit salut de la main :

— Euh… ça ne vous ferait rien de m'expliquer ce qui se passe ici ?

— Je connais Sofia Hernandez, dit Antoine.

— Ah ?

— Oui. Sauf que son nom actuel est Sofia Duncan.

Liv comprit enfin :

— Vous voulez dire que Sofia a adopté sa propre fille ?

— C'est sacrément tordu, déclara Antoine.

— D'autant plus si elle a gardé le secret.

— Il va falloir que je m'entretienne deux minutes avec Madame Duncan quand nous serons de retour à Paris.

— Nous y voilà, l'interrompit Antoine. Alors, que cherche-t-on ?

Le *Medical District* était en effet quasiment terminé. En dehors de quelques fils qui pendaient à droite à gauche, tout était prêt pour accueillir les objets à exposer. C'était une longue pièce rectangulaire divisée en plusieurs quartiers par des murs blancs. Curiosité de la bâtisse : une seule œuvre d'art était déjà installée. Au milieu de l'allée centrale trônait un écorché grandeur nature. Il avait été livré en avance, par erreur. L'œuvre était protégée par une cloche de verre. Livia s'en approcha et observa la précision du travail de l'anatomiste. Le modèle se tenait droit, en position anatomique, paumes tournées vers l'avant. Il s'était offert à la science à travers les siècles. Chaque muscle, chaque tendon avait été disséqué à la perfection. C'était fascinant. À y regarder de plus près, elle remarqua la signature du maître. Il s'agissait d'un authentique Fragonard. Il était impossible de déterminer la valeur de l'écorché, tellement il était précieux. Liv était totalement accaparée par le chef-d'œuvre, tant et si bien qu'elle ne se rendit même pas compte que Ducret s'était approché de la vitre.

— Mais qu'est-ce que c'est que cette horreur ? s'exclama Ducret.

Livia sursauta.

— C'est un écorché. C'est magnifique ! répondit Livia, outrée.

— Un mec pelé comme un oignon vous trouvez ça beau vous ? dit-il en s'approchant, la mine dégoûtée. C'est dégueulasse !

— Vous ne vous rendez pas compte du travail que ça représente.

— Non j'avoue que je ne m'en rends pas bien compte, en effet, ironisa-t-il. M'enfin, rien que pour être toubib il faut être un peu tarée, à mon sens. Pas étonnant que vous ayez des goûts bizarroïdes. Ça colle au contexte.

— Pff, vous savez ce qu'on dit capitaine ? La critique est toujours plus facile que l'art.

— Là pour le coup, je préfère critiquer, ouais. J'admets.

Ignorant les sarcasmes du policier, Liv s'adressa à Antoine :

— Tu as mis le paquet sur les alarmes j'espère.

— C'est le service de sécurité du Gouvernement qui s'en est chargé. Le Fragonard ne sera qu'une pièce parmi d'autres. Il va y en avoir pour des milliards là-dedans.

— Pour le moment, vous n'avez reçu que celle-là ?

— Oui. Le hasard a voulu que nous terminions cette partie en avance. C'est une chance.

— Parfois il y a d'heureuses coïncidences, en effet, suggéra Ducret en s'éloignant de l'écorché comme de la peste.

Antoine haussa les épaules :

— Parfois.

Antoine et Ducret commençaient à se disperser pour chercher des indices un peu partout. Livia avait toujours son attention captée par le Fragonard. Elle s'adressa à Antoine :

— Dis, toutes les œuvres du musée auront un numéro ?

— Non, les numéros d'identification ont été remplacés par des QR codes. C'est beaucoup plus pratique. Les visiteurs qui le souhaitent peuvent télécharger l'application du musée sur leurs téléphones et scanner les QR codes pour obtenir des explications sur les œuvres exposées. C'est plus simple que les audioguides. En plus, avec la Covid, le nettoyage de chaque appareil est devenu trop cher et trop fastidieux.

— Dans ce cas, à quoi correspond ce chiffre, là, en bas ?

— Quel chiffre ?

Ducret et Antoine s'approchèrent de Livia qui s'était accroupie et qui leur indiquait la partie postérieure du calcanéus du modèle. Y était tatoué un énigmatique : « 1528158815621563 ». L'encre était rouge. L'écriture était la même que celle de la lettre.

— D'où sort ce truc ? s'interrogea Antoine.

— Tu ne l'as jamais vu ?

— Non. Je n'ai jamais fait attention à ce détail.

Antoine démarra l'application du musée et scanna le code. L'hologramme de la pyramide du Louvre apparut un bref instant puis céda la place à l'histoire de Fragonard. Livia et Ducret scannèrent le QR code également mais la pyramide n'apparut pas. Antoine tenta de nouveau l'expérience : Honoré Fragonard et rien qu'Honoré Fragonard. De prime abord, rien de palpitant. Mais le diable se cache toujours dans les détails et à y regarder de plus près dans la biographie, il s'avéra que la famille Fragonard comptait au moins deux grands artistes : Honoré Fragonard, l'anatomiste et Jean-Honoré Fragonard, le peintre. Tous deux étaient cousins. Une brève recherche sur le peintre leur apprit qu'il avait vécu au palais du Louvre car il avait eu pour mission de décorer la galerie d'Apollon. Ils avaient trouvé le sens de leur visite outre-Atlantique.

— Si la solution se trouve à Paris, pourquoi nous avoir faits cavaler à New York ? s'agaça Ducret.

— Je vous avoue que je suis perdue, confessa Livia. Mais cela signifie forcément quelque chose.

5.
L'illusion du répit

Il était un peu plus de 18 heures lorsqu'ils arrivèrent à l'hôtel. Entre le décalage horaire et les récentes découvertes, ils étaient épuisés. Le retour à Paris était prévu le lendemain à 15 heures, ce qui leur laissait une soirée et une petite matinée de repos. Chacun rejoignit sa chambre.

Ducret, de son côté, passa un coup de fil au commissaire Laurent pour l'informer des nouveautés. Laurent lui proposa d'attendre son retour pour recevoir les Duncan à Sainte Geneviève. Il pourra ainsi poser ses questions à Sofia. Il fit ensuite une halte au bar de l'hôtel pour commander un sandwich et se dirigea vers le spa. Quelques longueurs avant d'aller dormir lui feraient le plus grand bien. À moins que June soit encore à New York. Air France accordait des escales plus ou moins longues à ses équipages…

Antoine et Livia avaient opté pour un *room service* plutôt frugal. Installés dans leur suite, ils se délassaient dans un bain fumant. La salle de bains offrait une vue à couper le souffle sur Central Park et le jour commençait à décliner, teintant le ciel d'un doux reflet orangé.

— J'ai perdu ma petite sœur dans un accident de voiture il y a deux ans.

Antoine se sentait bien. Curieusement, malgré les circonstances, il n'avait jamais ressenti une telle plénitude qu'en ces moments qu'il partageait avec Liv. Il repensait à sa discussion avec Théo et avait décidé de faire confiance à son instinct de flic et de faire de Liv l'exception à sa règle. Ou bien la règle à ses exceptions. Il ne savait pas trop bien. Il avait gardé le silence jusqu'à présent pour préserver ses relations. Persuadé que son égoïsme apparent était en réalité de l'altruisme, il s'était muré dans un silence qui l'isolait et le détruisait petit à petit. Elle était donc la première femme à qui il avait décidé de se confier.

— Mon père a toujours été plus proche d'elle que de moi et je crois qu'il aurait préféré que je meure à sa place.

Contrairement à toutes les fois où il avait essayé de parler et où les larmes étaient sorties seules, sans les mots, cette fois, il avait réussi à parler. Il ne pleurait pas. Il fixait l'horizon. Livia était contre lui, elle lui tournait le dos, le regard perdu au loin. Après un bref instant, comme elle l'avait fait au restaurant, elle lui prit les mains et les serra. Sans se retourner elle répondit simplement :

— Je t'aime.

Une vague de chaleur l'envahit alors. C'était comme une douce sensation dans le ventre qui remontait jusqu'au cœur et qui le faisait battre plus vite. Rien à voir avec ses crises d'angoisse où il avait l'impression que tout s'effondrait en lui. Cette fois c'était l'inverse, c'était une crise de bonheur. Tout reprenait sa place, tout avait à nouveau du sens. Il chuchota alors au creux de son oreille :

— Je t'aime aussi, mon amour.

Jamais il n'y eut plus beau coucher de soleil sur Central Park.

***

*

Un croissant américain...

Ducret était assis à la table du petit-déjeuner depuis dix minutes lorsque Liv et Antoine le rejoignirent. Il avait réussi à se procurer un exemplaire du Parisien et parcourait la page des faits divers. La photo de l'immeuble du Boulevard Saint Michel était en gros plan et les journalistes avaient bien insisté sur le fait que la police n'avait toujours pas de piste sérieuse. Ils avaient réussi à le mettre de mauvaise humeur de bon matin. Il replia le torchon rageusement et le jeta sur le côté de la table. La nuit de sommeil avait pourtant été salvatrice pour tous les trois. Il allait en être de même pour le buffet. De longues tables étaient disposées au centre de la pièce. Dessus, il y avait à peu près tout ce que l'on pouvait trouver de comestible dans le monde. Antoine et Ducret s'étaient servi deux assiettes de charcuterie, d'œufs brouillés, de yaourt, de viennoiseries et de fruits. Le tout complété par un bol de céréales chacun. Lorsqu'il retrouva sa chaise, Ducret constata la maigre ration de Livia : un bol de café au lait avec deux tartines beurrées, une lichette de confiture de fraises, un mini-pain au chocolat et un verre de jus d'orange.

— Vous mangez comme un piaf, Toubib.

— Arrêtez de m'appeler comme ça !

— C'est quoi le but ? Perdre un os ?

— Dites, vous ne pouvez pas aller emmerder quelqu'un d'autre de bon matin ?

Visiblement, il n'était pas le seul à être de mauvais poil.

— Difficilement. Je ne parle pas anglais, répondit-il.

— Eh bien soyez productif et allez apprendre l'anglais avec les locaux.

— J'aime pas les 'ricains.

— Au fait, votre petite hôtesse ne se joint pas à nous ce matin ? lança-t-elle sur un ton ironique. Vous êtes un goujat de l'éconduire après avoir passé la nuit avec.

Ducret arrêta de mastiquer tout net :

— Comment savez-vous ? demanda-t-il la bouche pleine.

— Dites-vous qu'en tout temps et en tout lieu, je sais toujours tout.

Antoine, qui assistait au match de ping-pong, avait commencé à compter les points dès leur arrivée dans la salle. Il décréta mentalement un KO technique en faveur de Liv. Ducret, éberlué, le regarda :

— Vous saviez, vous ?

— Moi ? Non.

Puis, à nouveau en direction de Livia :

— Et vous, comment avez-vous su ?

— J'ai fait un tour au hammam ce matin. Enfin, j'ai essayé de faire un tour au hammam. Malheureusement, il était occupé. Quel dommage… N'est-ce pas capitaine ?

Ducret rougit jusqu'aux oreilles.

— Ne vous en faites pas, je me suis sauvée à la seconde où j'ai compris. Personne n'a envie de voir ça.

— Ça va, n'exagérez pas non plus, répondit-il vexé.

— Je plaisante capitaine. Je suis ravie pour vous. Vous allez la revoir ?

— Eh bien il s'avère que June habite Paris. Donc il y a de fortes chances pour qu'on se revoie bientôt.

— C'était un voyage productif à tous les niveaux donc ! conclut-elle.

S'étant laissé piéger dans une zone où il n'était absolument pas à l'aise, Ducret battit en retraite et retrouva son sérieux :

— Notre avion décolle à 15 heures. Le commissaire Laurent a décidé de convoquer les Duncan à mon retour à Paris. Je poserai les questions à Sofia concernant l'adoption de Nicky, en espérant qu'elle accepte de m'en dire plus sur le père.

— Pas devant James s'il vous plaît, demanda Antoine.

— Non. Je ferai ça en privé. Ce pauvre type morfle déjà assez comme ça.

— Pendant que vous interrogez les Duncan, Antoine et moi nous irons au Louvre.

— Certainement pas.

— Pourquoi ?

— Parce que l'assassin est en liberté et qu'il est hors de question que vous alliez vous balader seuls avec le parchemin dans la poche.

— Dans ce cas, on vous attendra au commissariat.

— Rien n'a bougé à Paris ? demanda Antoine.
— Non. Rien de nouveau.
Jusqu'à présent, Livia et Antoine avaient préféré garder pour eux le fait qu'ils connaissaient très bien l'un des responsables informatiques du musée mais il était temps de le mentionner au policier.
— Capitaine, commença Liv, il se trouve que mon ami d'enfance est responsable de la sécurité informatique du musée du Louvre.
— Ah tiens ? Et vous comptiez me dire ça quand ?
— Bah, maintenant, répondit Antoine.
— Très drôle. Appelez-le et dites-lui que nous passerons le voir dès ce soir. Ne lui expliquez rien pour le moment, je m'en chargerai sur place.

Ils jouèrent aux touristes pendant quelques heures avant de prendre la direction de JFK. Une visite accélérée de Central Park et un stop obligatoire sur la Cinquième Avenue pour Livia et Antoine qui, contrairement à Ducret, ne put s'échapper. Au bout d'une heure, les mains chargées de sacs, il craqua :
— Mais ce n'est pas du shopping que tu fais ! Ça s'appelle un stock, pour ne pas dire un inventaire !
Ce à quoi elle répondit :
— Ce qui est sûr c'est que si j'étais riche, je donnerais beaucoup aux bonnes œuvres, mais aussi un peu à Jimmy Choo…

Ils quittèrent l'hôtel à 13 heures. La suite de l'enquête aurait lieu à la maison.

CINQUIÈME PARTIE

SALUT À TOI, PHARAON

1.
C'est l'histoire d'un anamour

James et Sofia attendaient dans le bureau de Théo. Ils ne comprenaient pas pourquoi ils avaient été convoqués par le commissaire.

— Capitaine, s'étonna James, que faisons-nous ici ? Je pensais vous avoir tout dit hier.

— En réalité, Monsieur Duncan, c'est à Madame que je voudrais parler. Vous voulez bien nous excuser quelques minutes s'il vous plaît ?

— Ma femme est suffisamment chamboulée comme ça. Je ne pense pas qu'elle soit en état de subir un interrogatoire.

— Rassurez-vous, ce ne sera pas long, insista Ducret.

James se tourna vers sa femme qui lui fit signe qu'il pouvait la laisser seule. Ce sur quoi, il s'éclipsa à contrecœur. Sofia était une femme magnifique. Il était difficile de trouver une Sud-Américaine plus typée qu'elle. Les cheveux noirs, la peau mate, elle avait de grands yeux verts qui semblaient lire votre âme. Sa robe noire et son deuil lui conféraient un air encore plus impressionnant. Elle aurait été prête à vous bondir dessus à la moindre parole inappropriée.

— Que voulez-vous savoir, capitaine ?

— Tout d'abord, Madame Duncan, je vous présente toutes mes condoléances.

— Épargnez-vous les politesses, capitaine. Que voulez-vous ? répéta-t-elle.

Mal à l'aise, Ducret décida de jouer franc jeu :

— Nous avons découvert que Nicky avait été adoptée et qu'apparemment elle était votre fille biologique.

Comme si elle s'attendait à cette question, Sofia Duncan répondit sans ciller :

— Vos informations sont exactes.

***
*

Paris, Boulevard Saint Michel, été 1997...

Sofia faisait tourner toutes les têtes. Depuis son arrivée à Paris, la jeune femme avait été courtisée par des dizaines d'hommes qui l'abordaient, parfois même dans la rue. Pour une jeune Mexicaine à peine sortie de sa campagne et qui n'avait jamais eu de petit ami, elle était complètement perdue. Oh, elle avait bien vécu un an à Mexico après ses études de littérature pour se faire un peu d'argent dans le restaurant de son oncle, mais son rêve à elle, c'était d'écrire. Elle n'en avait rien à faire de servir des *cervezas* à des pochtrons qui la reluquaient du matin au soir. Quelle bande de vicelards ! Des arriérés qui la considéraient comme un morceau de viande sans cervelle. Elle était belle, elle le savait. Mais elle avait un peu trop de caractère pour supporter les commentaires déplacés des piliers de bar. Plusieurs fois cela avait tourné à la bagarre parce qu'elle avait giflé un client entreprenant. Elle n'en pouvait plus. Un jour, elle leur montrerait qui elle est ! Elle serait écrivain et pas n'importe où. À Paris ! Elle économisa chaque *peso* et quitta le Mexique avec l'équivalent de mille francs en poche. Elle savait qu'elle n'irait pas loin avec ça mais elle avait confiance en elle. De toute façon, que pouvait-il lui arriver de pire que de moisir dans un bled paumé ?

Elle loua un studio sous les toits dans le cinquième arrondissement, près du Jardin du Luxembourg, et dégota un petit boulot de serveuse pour assurer son loyer. Avec les pourboires, elle s'en sortait plutôt bien. Être belle ici ce n'était pas comme être belle là-bas. Ici sa beauté lui servait à quelque chose de productif. Alors si avec un sourire elle pouvait doubler son salaire, soit, elle sourirait beaucoup. Mais cela s'arrêtait là. Le tempérament de feu, lui, n'était pas resté bloqué à la douane de Charles-de-Gaulle. Elle partageait son temps entre le travail et la bibliothèque où elle écrivait son roman. Elle en profitait aussi pour apprendre le français. Bon sang ce qu'elle était difficile cette langue ! « On », « en », pire : « hein » : que des sonorités de gens qui souffrent de sinusite chronique. Un jour de juin, alors qu'elle entra dans la salle commune de la bibliothèque, elle remarqua qu'un groupe de garçons était assis à sa place habituelle. Sofia aimait avoir ses petits rituels. Il fallait bien qu'elle crée sa routine dans cette ville inconnue où elle était seule au monde. Cela la rassurait. Ceci étant, ils étaient quatre et elle ne parlait pas encore suffisamment bien la langue de Molière pour leur demander poliment de déguerpir. Alors elle s'installa ailleurs. Mais les quatre types l'avaient bien évidemment repérée dès qu'elle avait franchi le seuil de la salle. Une beauté aux longs cheveux bruns avec un accent espagnol, ça les changeait des Parisiennes blondinettes, snobs et fadasses qui traînaient leurs guêtres dans le quartier. Ils jouèrent à pile ou face pour savoir lequel d'entre eux irait l'aborder. Ce fut le maigrichon aux boucles blondes qui gagna le pari. Mal assuré mais décidé, il se leva et se dirigea vers Sofia :

— Salut, dit-il.

Elle leva à peine le nez de son manuscrit :

— Salut, répondit-elle.

— Je peux m'asseoir à côté de toi ?

— Non.

— Pourquoi ?

— Parce qu'il y a plein d'autres chaises libres et que je veux travailler tranquillement.

— Ah. Et tu travailles sur quoi ? insista-t-il.

— Un roman.

— Tu écris un roman ? C'est génial !

Elle ne répondit pas. Il persévéra :

— Il vient d'où ton accent ?

— Mexique.

— Je n'y suis jamais allé. Si toutes les filles sont comme toi, il faut vite que je prenne un billet.

La blague retomba aussi vite qu'il l'avait faite. Sofia ne lui prêtait aucune attention. Il était aux antipodes de son genre d'homme. Elle fantasmait sur les hommes intelligents et élégants. Pas sur les binoclards rachitiques et lourdingues.

— Je peux t'offrir un verre après la bibliothèque ?

Elle se décida finalement à le regarder. Son teint vira au rouge cramoisi.

— Pour quoi faire ? demanda-t-elle, un sourcil relevé.

— Ben, tu sais…, dit-il en faisant tourner ses index l'un contre l'autre.

— Tu me prends pour qui au juste ? s'énerva-t-elle. *Una puta mexicana ?*[14] Non mais, tu t'es vu ? dit-elle en ricanant. Allez va, laisse-moi tranquille.

Cette fois, le maigrichon se vexa vraiment et changea de ton. Il approcha son visage du sien et murmura d'un ton menaçant :

— T'es peut-être bonne mais t'es une sacrée pimbêche. Pas étonnant que tu passes tes journées toute seule avec ton caractère pourri. Salope va !

Il retourna à sa table et ne la quitta pas des yeux de l'après-midi. Sofia dut reconnaître qu'elle y était allée un peu fort. Mais ce qui l'avait frappée c'était son changement de physionomie lorsqu'elle le rembarra. Tout chétif qu'il était, il lui avait fait peur. Son regard bleu acier était mauvais. Ce type lui faisait froid dans le dos et elle eut un mauvais pressentiment. Celui que l'on a lorsque l'on vient de franchir une limite invisible et que l'on s'est engagé sur un chemin

14 Une pute mexicaine ?

sans retour possible. Lorsque l'on avait deux possibilités et que l'on a choisi la mauvaise. Elle aurait pu feindre la sympathie et dire « non » gentiment. Au lieu de ça, elle avait massacré l'ego de ce gars sans aucune pitié. Et elle savait que ça n'en resterait pas là. Pourvu que cela ne soit qu'un pressentiment… Mais le *Kairos* est une roulette russe. Parfois de votre côté, parfois non. Et il n'y a aucun moyen de prédire l'avenir sinon de jouer.

Elle quitta la bibliothèque à l'heure de la fermeture. Les quatre garçons étaient partis depuis bien longtemps. Elle vivait à cinq minutes à pied. C'était le début de l'été et il faisait encore jour. Elle avait une heure avant de prendre son service au restaurant. Elle décida de flâner dans les rues.

— Alors comme ça tu t'en vas sans dire au revoir ?

Un frisson lui parcourut immédiatement le dos. La voix du maigrichon était froide, sans aucune intonation. Presque métallique. Elle se retourna. Ils étaient là tous les quatre.

— Je suis désolée pour tout à l'heure, dit-elle en s'efforçant de garder son calme. J'étais fatiguée, je n'aurais pas dû te parler comme ça.

— Ça c'est sûr. Ce n'était pas gentil de ta part, répondit l'un des autres garçons. Comment veux-tu t'intégrer dans un pays qui n'est pas le tien si tu te montres agressive vis-à-vis des locaux ?

Sofia savait qu'elle était foutue. Elle priait le Ciel pour qu'ils décident de s'en tenir à quelques vannes de mauvais goût mais les choses ne se passèrent hélas pas ainsi.

— Tu as fait beaucoup de peine à mon ami, tu sais ?

— Je suis désolée, bredouilla-t-elle.

— Oui, je sais… Il va falloir te faire pardonner ma belle.

Le maigrichon s'approcha d'elle. La rue était déserte. Elle ne pouvait de toute façon pas crier puisque l'un des trois autres, prénommé Marcus, plaquait sa main contre sa bouche tellement fort qu'elle pouvait à peine respirer. C'était sa première fois et ce fut le pire moment de sa vie. Ce soir-là, on lui avait déchiré le corps et l'âme.

Elle ne saurait dire combien de temps elle était restée par terre, recroquevillée sur le trottoir. Il l'avait violée devant ses amis avant de partir en courant. Elle priait pour qu'une voiture passe et l'écrase. La douleur physique n'était rien comparée à la douleur morale. La seule chose qu'elle désirait maintenant c'était de disparaître. La nuit était tombée depuis quelque temps déjà lorsqu'un jeune homme passa par là. Il la vit au loin et pressa le pas vers elle.

— Mademoiselle ? Que s'est-il passé ? demanda-t-il avec un fort accent américain.

Sofia n'avait pas la force de répondre.

— Je vais vous aider à vous relever, dit-il. Vous voulez bien ?

Elle avait envie de lui dire de lui foutre la paix ou bien d'aller la jeter dans la Seine mais rien ne sortait de sa bouche. Elle se laissa faire, comme une poupée de chiffon.

— Je m'appelle James, dit-il.

— Sofia, murmura-t-elle.

— Ça va aller Sofia. Ça va aller.

Il la prit dans ses bras avec une extrême douceur et la conduisit à l'hôpital le plus proche. Les médecins ne diagnostiquèrent aucune lésion physique grave mais elle devait revenir faire d'autres bilans d'ici un mois pour s'assurer qu'elle n'était porteuse d'aucune IST et qu'elle n'était pas enceinte. Elle refusa de porter plainte. Cela aurait signifié en parler aux policiers, avertir ses proches et elle avait trop honte pour ça. Elle refusa le suivi par un psychologue. Elle n'était pas une chochotte et elle se reconstruirait sans pleurnicher dans le giron d'une psy. Elle décida de retourner travailler le lendemain, comme si de rien n'était. Elle vivait désormais en mode automatique. Elle avait bâti une carapace pour protéger les restes de son corps. Vivante mais morte.

James passait la voir tous les jours au restaurant. Il était d'une gentillesse rare. Comme elle, il était expatrié. Il préparait sa thèse de doctorat en histoire et était plutôt brillant. Il insistait régulièrement pour qu'elle aille faire ses contrôles à l'hôpital mais elle ne voulait pas en entendre parler. Elle céda au bout de quatre mois et demi. Le diagnostic tomba : pas d'IST mais elle était enceinte. Elle avait fait un déni de grossesse et le terme était déjà dépassé pour un avortement. Elle n'avait donc pas d'autre choix que de mener la grossesse à son terme. Ce qu'elle fit. Elle voulut d'ailleurs accoucher sans péridurale. Histoire de ressentir à nouveau quelque chose. Les douleurs de l'accouchement la ramenèrent à la vie. Mais c'était sans compter sur les complications. Sofia fit une hémorragie de la délivrance. Ayant refusé la péridurale, les médecins durent pratiquer l'anesthésie en urgence et perdirent du temps. Or le temps est précieux quand on se vide de son sang. Ils ne purent sauver Sofia qu'au prix d'une hystérectomie et de multiples transfusions. Parfois le sort s'acharne sur ceux qui n'ont rien demandé. Elle n'avait pas voulu voir son enfant. Elle n'avait pas voulu savoir si c'était une fille ou un garçon. Elle était sortie contre avis médical le lendemain de l'accouchement sous X.

La vie avait repris son cours avec James. L'homme de sa vie. Celui qui l'avait secourue, sortie de sa torpeur. Celui à qui elle disait tout et qui restait quand même. Elle aurait voulu que leur première fois soit aussi sa première fois à elle. Elle aurait voulu n'avoir été qu'à lui. Ils étaient fous amoureux l'un de l'autre et avaient emménagé dans le petit studio de Sofia. James vivant en colocation, ils avaient préféré se serrer dans vingt-cinq mètres carrés plutôt que de se partager. Il valait mieux un petit chez soi qu'un grand chez les autres. Quelques mois plus tard, James soutint sa thèse et postulat à New York comme Professeur d'Histoire à Columbia. Sa candidature fut retenue. Ils voulurent se marier à Paris, comme si les bons souvenirs conjureraient les mauvais. Et puis vint l'heure de partir. Sofia était désormais stérile. Jamais James ne connaîtrait la joie d'être père. Alors elle décida de retourner dans le petit orphelinat. Seule. Elle demanda à voir le bébé. C'était une petite fille. Elle lui ressemblait trait pour trait. Mais elle était blonde, comme *lui*. Elle avait les mêmes taches de rousseur que *lui*. Sofia eut un haut-le-cœur et faillit partir lorsque la petite fille planta son regard dans le sien. Ses yeux, ses grands yeux verts… c'étaient ceux de sa mère. Ceux de sa grand-mère, une émigrée hollandaise, tombée amoureuse de la langueur Mexicaine trente ans plus tôt.

Le lendemain, James et Sofia venaient adopter leur petite Nicky. Au fond, c'était elle qui les avait réunis.

James connut un grand succès à Columbia et ne fit que gravir les échelons. Quant à Sofia, elle brûla le roman qu'elle avait débuté dans cette bibliothèque maudite et en écrivit un autre. Qu'elle publia dans une maison d'édition française.

***
*

Le dernier lien…

— Vous avez d'autres questions ? demanda Madame Duncan.

Ducret était resté cloué sur sa chaise. Il avait écouté le récit de Sofia sans prononcer un mot. Il se trouvait devant la personne la plus courageuse qu'il ait jamais rencontrée de sa vie. Personne n'avait jamais entendu parler de cette affaire. Elle avait transformé l'horreur d'une soirée d'été en une force vive, en une rage de réussir impressionnante. Sofia Duncan était en effet devenue un écrivain à succès. James occupait un poste important et Nicky avait été préservée de cette sombre histoire. Ducret éprouvait un très grand respect pour les Duncan. Il répondit :

— Merci d'avoir accepté de me raconter votre histoire.

— Je ne l'ai fait que dans l'optique de vous permettre de retrouver l'assassin de notre fille.

— Personne n'en saura jamais rien, vous avez ma parole, jura-t-il.

— Vous avez d'autres questions ? réitéra-t-elle.
— Une dernière. Connaissez-vous l'identité de votre agresseur ?
— Il s'appelait André. Il étudiait l'architecture.
Le capitaine resta abasourdi par cette information :
— André Douaumont ?
— Je ne connais pas son nom de famille.
— Vous accepteriez de voir une photo ?
— Oui.
Ducret lui montra une photo tirée d'Internet. Elle serra le poing et répondit :
— C'est lui, dit-elle.
Ducret éteignit l'ordinateur et sortit pour appeler James.

2.
Le mystère du Louvre

Antoine fit signe au capitaine Ducret lorsqu'il franchit le seuil du café où ils l'attendaient depuis une heure. Il les briefa rapidement sur les dernières informations.

— André est le père de Nicky ? répéta Antoine, incrédule.

— Moi non plus, je ne m'y attendais pas, dit Ducret.

— Bah putain..., souffla Antoine. Vous croyez qu'il est au courant ?

— Aucune idée. Je l'ai convoqué au commissariat demain matin. En tout cas, je suis certain que Sofia ne l'a pas revu depuis le soir de son agression.

— Pourquoi ?

— Sa manière de réagir quand je lui ai montré la photo d'André. On aurait dit qu'elle avait vu un spectre. Croyez-moi, elle ne faisait pas semblant. Par contre, je ne sais pas si Douaumont est au courant que vous bossez sur le projet du mari de la nana qu'il a violée il y a vingt-quatre ans...

— C'est fort probable que non. Il ne s'est jamais intéressé à ce chantier. Il est occupé avec ses projets écolos à la con.

— Mouais. Je vais quand même vérifier ça demain.

Il avala d'une traite le fond de sa tasse de café et leur fit signe de se lever. Le musée du Louvre les attendait.

Ducret filait sur le Boulevard Saint Michel. Il avait rejoint le Pont du Carrousel en un clin d'œil et avait littéralement jeté sa voiture banalisée sur le trottoir, en plein devant l'entrée du musée.

— Ça change la vie d'être flic à Paris, avait ironisé Antoine.

— Je vous avoue que je suis claqué, Marsac. Au diable les politesses.

À peine descendus de la voiture, un agent de sécurité vint à leur rencontre. Ducret lui montra son insigne et lui demanda de rester à côté de son véhicule. Il avait abaissé son pare-soleil où figurait l'inscription « police » en signe de reconnaissance. Ils coupèrent la file d'attente à coups de brandissage d'insigne et descendirent directement les escalators de la pyramide.

— Bon, commença Ducret, on a en théorie soixante mille mètres carrés à visiter.

— Autant dire qu'on va y passer la nuit, désespéra Antoine.

— Pas sûr, rectifia Ducret.

— Oh ? Vous connaissez un moyen de visiter la totalité du musée en une heure ?

— C'est ça le truc ! Je ne pense pas qu'il faille trouver un objet.

— Capitaine, on a pris le même *jet-lag* que vous dans les dents. Vous ne voulez pas nous rendre service à tous et en venir au fait ?

— Vous êtes un rabat-joie, Marsac. Donnez-moi le livre.

Antoine s'exécuta et le policier reprit :

— Vous le connaissez bien ce Max Rocca ?

— C'est mon meilleur ami, déclara Livia.

— Vous lui faites confiance ?

— Totalement.

— Et vous Marsac ?

— Je connais Max depuis des années. C'est quelqu'un de fiable.

Ducret acquiesça et reprit :

— Dans ce cas, nous sommes attendus en salle informatique. Laissez-moi lui expliquer l'affaire. Je ne tiens pas à trop l'impliquer.

***
*

L'agent de sécurité qui les avait accueillis à l'entrée avait fait son travail puisque Max vint à leur rencontre en bas des escalators. De par sa dégaine, il ressemblait étonnamment à Ducret. Seul son badge le distinguait des touristes. Liv lui sauta dans les bras. Ils ne s'étaient pas vus depuis quelques jours seulement mais il leur avait pourtant semblé que dix ans s'étaient écoulés :

— Salut ma poule ! dit-il en lui rendant son étreinte. Je commençais à m'inquiéter ! Où étais-tu passée ?

— Longue histoire… On va te raconter ça.

— T'as l'air crevée. Quant à toi mon pote, t'as vu ta tête ? Tu fais peur ! dit-il à Antoine.

— Laisse tomber le bordel. Tu ne nous croiras jamais.

Max délaissa ses amis pour saluer le capitaine de police :

— Max Rocca, dit-il en tendant la main à Ducret. Liv et Antoine m'ont prévenu de votre arrivée. Vous avez besoin de nos services, capitaine ?

— Comme je vous l'ai expliqué au téléphone, nous enquêtons sur un meurtre et tout porte à croire que l'assassin ou l'un de ses complices recherche ceci.

Il agita le manuscrit devant Max, qui ne comprit pas grand-chose.

— Qu'est-ce que c'est ?

— Un manuscrit écrit par Nostradamus et qui était caché dans la couronne de la flèche de Notre-Dame. Nous venons de le retrouver.

Max resta bouche bée.

— Vous êtes évidemment soumis au secret de l'enquête, Monsieur Rocca.

— Bien sûr, capitaine.

Il marqua une pause et continua :

— Ceci dit, je ne vois pas en quoi je peux vous être utile ?

— Il semblerait que la clef de l'énigme posée dans ce livre par Nostradamus ait été cryptée et que l'on ne puisse y avoir accès qu'à partir du musée.

— Par ordinateur ?

— Ça ou bien via le réseau internet, Wifi, *Cloud*. Nous ne savons pas encore. Nous avons trouvé un code mais nous ignorons à quoi il correspond.

— Allons dans mon bureau, vous me montrerez ça.

Ils se dirigèrent vers la billetterie et prirent une porte dérobée menant à un escalier qui s'enfonçait dans les entrailles du musée. Ils débouchèrent dans une véritable fourmilière. Des centaines d'employés allaient et venaient dans ce labyrinthe de couloirs ininterrompus. Agents d'entretien, guides, responsables de la sécurité, serveurs chez Paul… tous pressaient le pas pour accomplir leur mission du jour.

— Bienvenue dans l'envers du décor, dit Max en tendant les bras vers l'avant. Impressionnant, non ?

— Combien êtes-vous à travailler ici ? demanda Livia.

— Plus de deux mille. Le service informatique est ici, dit-il en ouvrant l'une des portes du dédale qu'ils venaient de parcourir.

Plusieurs salles se succédaient. Max leur fit les présentations : la première était dédiée à la surveillance vidéo et à la gestion des alarmes des œuvres d'art, la seconde s'occupait de la communication, des réseaux sociaux, de la billetterie en ligne et des applications mobiles, ensuite venait le département du support informatique. Quant à la dernière, celle vers laquelle ils se dirigeaient, c'était le saint des saints : celle du développement et de la sécurité du réseau. Elle jouxtait la salle des serveurs. Le parc informatique était digne de la NASA. Le poste de travail de Max était à l'écart, dans la dernière salle.

— Vous voulez me montrer le code ?

Ducret lui tendit un bout de papier :

— 152815881 5621563, répéta Max. Ça ne me dit rien du tout. Ça ne correspond à aucun de nos codes.

— Vous n'allez pas me dire que vous connaissez tous les codes d'accès par cœur ?

— Non, mais je sais que celui-ci n'existe pas.

— Il va donc falloir fouiller tout le musée ? Ici ce n'est pas le musée de New York, toutes les œuvres sont en place !

— Pas de panique capitaine, intervint Liv, le code doit forcément nous indiquer quelque chose.

— Vous avez pensé à des dates ? proposa Max. Votre bouquin date bien du seizième siècle, non ?

Il attrapa un crayon et mis des espaces entre les chiffres de la suite : 1528 1588 1562 1563.

— Ça vous parle ? dit-il.

— Ça pourrait correspondre à des dates de naissance et de mort d'un artiste, hasarda Antoine. Ou bien des dates de réalisation d'une œuvre du musée.

Max ouvrit le moteur de recherche de son ordinateur et tapa « 1528 1588 ». Apparut alors en tête de liste : « Biographie et œuvre de Véronèse ». Livia se figea. Elle saisit le bras d'Antoine :

— Quoi ? dit-il.

— Ne me dites pas que…, bredouilla-t-elle.

— Que quoi ?

— Capitaine, si vous aimez le paranormal, vous allez être servi.

— Oh, je ne suis plus à ça près va, dites toujours.

— Mon tableau préféré du Louvre, c'est *Les Noces de Cana*, de Véronèse.

Max pianota le nom du tableau et s'exclama :

— Bingo !

Les Noces de Cana avait bien été peint par Véronèse de 1562 à 1563.

— Avouez que c'est cocasse ! s'amusa Max.

— À ce stade, Max, on n'est plus dans le cocasse, soupira Livia. C'est comme ça depuis le début…

— Une succession de coïncidences, dit Antoine en mimant des guillemets.

— Je déteste cette foutue enquête, se lamenta Ducret qui s'était assis sur la première chaise qu'il avait pu trouver.

— Dites Ducret, ce n'est pas l'heure de vous taper une nouvelle crise de panique, dit Antoine. On n'a pas le temps.

Sans lui laisser le temps de souffler, ils se mirent en marche, direction l'aile Denon et la salle des États. Contrairement à son habitude, la salle était quasiment vide. Les loisirs tels que les restaurants, les cinémas et les musées étaient toujours aussi délaissés depuis que le coronavirus avait fait irruption dans nos vies. Le musée du Louvre était triste, tout comme le reste de la France. La Joconde ne souriait à personne. Apollon gonflait ses muscles pour des femmes invisibles. À quoi servent des œuvres d'art que l'on ne regarde pas ? Comme à son habitude, Liv s'efforça de ne voir que le côté positif des choses et, lorsqu'elle arriva devant l'immense tableau, elle se dit qu'à quelque chose malheur était bon. C'était la première fois qu'elle pouvait le contempler dans son intégralité sans que les autres visiteurs n'amputent son champ de vision. Elle leur expliqua alors l'origine du tableau ainsi que sa signification.

Les Noces de Cana avait été commandé à Véronèse par un moine vénitien pour le monastère San Giorgio Maggiore. Le tableau devait recouvrir tout le mur du réfectoire, d'où ses dimensions colossales. Véronèse pouvait y peindre autant de figures que possible. La première interprétation était celle d'un banquet de mariage, donc d'une fête, à laquelle assistaient Jésus et sa mère. Véronèse avait choisi d'ancrer l'atmosphère festive de sa peinture dans la ville de Venise, alors réputée pour ses excès et son ivresse. Mais à y regarder de plus près, ce tableau délaissait les mariés au profit d'une tout autre signification, bien plus effrayante. Jésus était représenté au centre de la table, la Vierge Marie à ses côtés. Alors que Jésus accomplissait le miracle de la transformation de l'eau en vin, le sablier qui trônait au centre de la table des musiciens égrainait les secondes. Tel un *Memento mori*, il menaçait silencieusement les convives en annonçant le temps qui passe et que l'on ne rattrape jamais. Le message adressé au peuple était que la musique et la fête ne dureraient qu'un temps et que des heures sombres arrivaient. En témoignaient des détails tels que le voile noir de Marie, qui savait déjà qu'elle porterait bientôt le deuil de son fils, et le boucher qui découpait un agneau, juste au-dessus de Jésus. Le fameux *Agnus dei*, symbole du sacrifice du Christ.

— Vous ne trouvez pas une analogie avec ce que nous vivons actuellement ? demanda Livia, une fois son récit terminé.

— C'en est percutant, confirma Antoine.

— Je comprends aussi, ajouta Max, que le temps est précieux et qu'il faut en faire bon usage. Que la fête, comme toujours, n'est qu'éphémère et futile.

— Tu dis ça pour moi ? demanda Antoine.

— Non, c'est une règle commune. Chacun est libre de la suivre ou non.

— Au-delà de la symbolique du temps, ajouta Ducret, je crois que Michou essaie de nous faire comprendre que le danger rôde mais que nous sommes trop occupés par des distractions pour nous en rendre compte.

— Ce danger, ça pourrait être la Covid ? proposa Livia.

— Ça pourrait mais ce serait curieux que Michou nous envoie sur la piste d'un truc qui a déjà eu lieu.

— Alors quoi ? Une catastrophe qui n'est pas encore arrivée ? proposa Max.

Ducret arpentait la salle de long en large en marmonnant des « ça n'a aucun sens » à tout bout de champ. Liv, Antoine et Max focalisèrent leur attention sur la peinture. Si Nostradamus les avait envoyés ici, ce n'était pas pour rien. L'étiquette présentant le tableau n'affichait aucun signe distinctif. La solution devait donc se trouver sur le tableau lui-même. Mais où ? Soixante-sept mètres carrés de toile et cent trente personnages à scruter, cela revenait à chercher une aiguille dans une botte de foin.

— J'ai l'impression de chercher Charlie, s'impatienta Antoine. Sauf que je ne sais pas à quoi ressemble notre Charlie.

Soudain, Max les appela :

— Les gars ! Venez voir ça !

Il leur indiqua non pas la toile mais son écran de téléphone.

— Vous saviez que la toile avait été restaurée dans les années quatre-vingt-dix et qu'il y a eu un gros débat concernant la couleur de la tunique du personnage en vert ?

La réponse fut un « non » unanime. Il poursuivit alors :

— Je vous passe les détails mais la cape du type en vert était a priori peinte en rouge à la base.

— En rouge vous dites ? s'intéressa Ducret. Faites voir.

Il sortit le manuscrit de sa poche et compara les couleurs. Elles étaient identiques. Il s'approcha du personnage en premier plan et le détailla. Enfin, il trouva ce qu'il cherchait. Il se retourna vers ses acolytes et leur fit un clin d'œil :

— Ça y est.

Une écriture très fine, presque invisible, longeait le pan de la cape du personnage en question.

« 15552019MND7542
N 48° 51' 24.0012, E 2° 21' 3.5532 »

— Bon sang, s'exclama Antoine, bien joué les gars !

— Latitude, longitude, dit Livia. Pour la partie supérieure, je dirais : l'année d'écriture du livre, puis 2019, Michel de Nostredame, Paris. Pour le dernier chiffre, je sèche.

— Pas moi, enchaîna Max avec un sourire en coin.

— Ça représente quoi le 42 ? demanda Livia.

— Dans le *Guide du voyageur galactique*, le 42 représente la réponse à la grande question sur la vie, l'univers et le reste.

— Tu plaisantes ? Un truc de science-fiction ?

— Et pourquoi pas ?

— Nostradamus n'était pas un *geek*, Max, dit Antoine en riant.

— Et qu'est-ce que t'en sais ?

— Ceci dit, intervint Ducret, votre ami n'a pas tort. Le nombre 42 a toujours été un symbole de mystère. Franchement, on y croit ou on n'y croit pas, mais ça colle avec ce qu'on vit en ce moment, non ?

Max fit un signe de tête qui signifiait en substance « et toc ! ».

— Admettons, poursuivit Antoine qui tapait déjà les coordonnées GPS dans sa boussole.

— Verdict ? demanda Max.

Antoine releva la tête et secoua son téléphone devant les trois compères :

— On a rendez-vous à Notre-Dame…

3.
Notre-Dame de Paris

— Si j'avais su que je passerais plus de temps sur mes chantiers pendant mes congés que quand je bosse ! râla Antoine.

— Comme si c'étaient des congés ! ironisa Livia.

Ils étaient désormais quatre dans la voiture de Ducret qui avait été incapable de se dépatouiller de Max. Ils lui avaient donc fait un récapitulatif détaillé de leurs péripéties.

Le chantier de Notre-Dame était interdit au public et vide à cette heure-ci. Un peu comme une patiente qui venait d'être opérée d'une fracture et à qui les chirurgiens avaient dû poser des broches et des vis pour aider à la consolidation, la haute silhouette qui les dominait était parée d'un enchevêtrement de tiges en métal et de longs filets de protection. Notre-Dame était malade et son rétablissement allait prendre du temps. Mais l'église était entre de bonnes mains car ici, c'était Antoine le médecin et Livia en ressentait une intense fierté. Il régnait une atmosphère pesante sur le parvis de la cathédrale. Tout était silencieux et invitait au recueillement. Comme à La Courneuve, Antoine sortit de lourdes clefs de sa poche et ouvrit l'une des portes latérales. Ils franchirent le seuil de la cathédrale et furent frappés par la désolation qui gouvernait les lieux. L'odeur de brûlé était encore incrustée dans les murs et l'épaisse fumée noire qu'ils avaient vue à la télévision avait laissé sa sombre empreinte dans la pierre et les boiseries. Les ouvriers avaient déblayé les bancs et l'autel, ce qui rendait à Notre-Dame des proportions encore plus divines qu'à l'accoutumée. Livia se sentit minuscule au milieu de la nef de ce géant médiéval. Comment avait-il été possible que ce chef-d'œuvre, debout depuis des siècles, s'enflamme aussi vite ? Et ce trou béant au milieu du toit ? Quelle tristesse. Elle pensa que ce n'était pas banal de pouvoir observer les étoiles depuis le transept de Notre-Dame. Plus tard, qui sait, cela sera peut-être un bon souvenir. Seule la Croix dorée était restée en place. Antoine et son père avaient décidé de la protéger mais de ne pas la bouger. Si elle avait survécu à l'incendie, elle survivrait à la reconstruction, mieux, elle veillerait sur le chantier.

— Tu penses que vous en aurez pour combien de temps ? demanda Max.

— Notre deadline a été fixée pour le printemps 2024.

— C'est un chantier colossal. Tout se déroule comme prévu ?

— Pour le moment, oui.

— Je ne vais pas te dire ça souvent, alors profites-en, intervint Max.

— Houla, tu me fais peur.

— Si tu y arrives, ça sera un chef-d'œuvre et tu auras laissé ta trace dans l'Histoire. Franchement, je suis fier de toi.

— Mais c'est que tu vas me faire pleurer, s'émut Antoine.

— Non je suis sérieux. Bravo.

— Merci.

Les effusions n'étant pas du goût de Ducret, celui-ci se chargea d'intervenir aussitôt :

— On vous laisse ? Vous avez besoin d'un petit quart d'heure d'intimité ?

— Capitaine, vous êtes un barbare, répondit Antoine. Si si, je le pense.

— Ne l'écoute pas mon chou, il est jaloux, fit Max en papillonnant des cils.

— Bon, on a compris, le moment de grâce est passé, poursuivit Antoine. Vous voyez quelque chose qui pourrait nous être utile ?

Les œuvres d'art avaient été évacuées et confiées à des experts chargés de leur rendre leur faste. Contrairement à la flèche, les statues et les gargouilles de la façade étaient entreposées dans les sous-sols de la cathédrale qui s'étaient transformés en ateliers de restauration. La Vierge du pilier, quant à elle, avait été décontaminée des particules de plomb qui l'avaient recouverte lors de la catastrophe et avait désormais retrouvé ses fidèles en l'église de Saint Germain l'Auxerrois. Il avait fallu plusieurs mois aux artisans pour nettoyer la sculpture qui datait du quatorzième siècle. Provenant de la chapelle Saint-Aignan, sur l'île de la Cité, elle avait été placée sur le trumeau du portail de la Vierge de Notre-Dame de Paris en 1818 avant que l'architecte Viollet-le-Duc ne décide de l'adosser au pilier sud-est du transept de la cathédrale en 1855. En dehors de la Croix dorée, la cathédrale n'était désormais plus qu'un showroom pour les grandes enseignes du bâtiment. Ici, des poutres en bois. Là-bas, des sacs de ciment. Au centre, un gigantesque échafaudage qui s'envolait jusqu'à la toiture. Non, ils ne voyaient aucun indice. Et il serait quasi-impossible de déchiffrer quoique ce soit sur la pierre tant elle était sale. Ils avaient décidé de se séparer afin de mieux quadriller la surface de recherche.

Par hasard ou par instinct, Antoine avait choisi la partie de l'église où trônait jadis la Vierge à l'enfant. Au-delà de l'achèvement de la reconstruction de la cathédrale, il se languissait de revoir cette statue à sa place. Elle lui manquait. À chaque fois qu'il venait sur le chantier, il ne pouvait s'empêcher de jeter un œil vers le piédestal tristement vide. L'émotion qu'il avait ressentie la première fois qu'il vit cette statue, intacte, au milieu des décombres était toujours présente. A priori, quoi de plus fragiles qu'une femme et son enfant, perdus au milieu des flammes ? Et pourtant, elle avait été terriblement forte, terriblement courageuse, terriblement mère. Elle s'était battue pour protéger son fils et elle avait triomphé. Son amour et sa lumière avaient été plus forts que le chaos. Ils avaient été et resteraient invincibles. Au fond, si Antoine tenait tant à achever ce projet, c'était uniquement pour reconstruire la maison de cette femme, si douce et si puissante à la fois. Lui offrir, à elle ainsi qu'à son enfant, une protection éternelle. Une allégorie du rôle présumé de l'homme, en quelque sorte.

Ils furetaient partout. Ils soufflaient sur les murs pour y chasser la poussière, ils scrutaient ce qui restait du plafond, ils chinaient à quatre pattes, à la recherche du moindre morceau de carrelage volontairement de travers. Régulièrement, chacun prenait des nouvelles des autres. Mais pour le moment, ils ne trouvaient rien. Au bout d'une heure de vains efforts, Antoine s'approcha du piédestal et passa machinalement la main à sa surface. Le contact de la pierre lisse et froide le fit frissonner. « Lisse », pensa-t-il, « parfaitement lisse »… Comment était-ce possible ? Certes les ouvriers d'art avaient été précautionneux lors du déplacement de la statue mais un piédestal n'est jamais totalement lisse. Il y existe forcément quelques aspérités. Il caressa le piédestal d'une autre statue, elle aussi en quarantaine. Son instinct se confirma. Cette surface-ci, bien que nette, comportait de petites irrégularités qu'il n'avait pas retrouvées sur celle de la Vierge à l'enfant. Il retourna donc vers le socle du pilier sud-est et s'astreignit à en explorer la paroi. Elle était aussi satinée que la statue d'Éros et Psyché. Il poursuivit son exploration, le plus méticuleusement possible, s'attardant sur chaque recoin. La douceur du marbre lui rappelait celle de la peau de Livia. Livia qu'il observa au loin. Elle avait grimpé sur un escabeau et était en train de lire une inscription sur l'un des bas-reliefs de la nef. Il sourit à l'idée de l'imaginer en cheffe de chantier. Elle aurait pu l'être, pour sûr. Son sourire s'élargit davantage lorsqu'il projeta son imagination sur une cohabitation avec Michel. Mon Dieu ! Cela n'aurait pas été une sinécure ! Il l'entendait d'ici : « *'Sta cagacazz'*[15] ! Dis-lui de s'en aller ou bien c'est moi qui me tire ! ». Ceci dit, en tant que compatriote, elle aurait su lui tenir tête. Pour la blague, il se promit de faire les présentations bientôt. Max comme à son habitude, avait sorti son ordinateur portable et pianotait on-ne-sait-quoi. Quant au capitaine, il était accroupi devant l'autel, sa petite lampe torche à la main. Tout à coup, il sentit une petite anomalie dans le fin tissu de marbre. Il s'avança et remarqua un petit trou sur le

15 Cette casse-couilles !

côté gauche de la corniche. Le trou avait la forme d'une fleur de lys, identique à celui de la couronne de la flèche.

— Venez, j'ai trouvé quelque chose ! dit-il aussitôt.

Les trois autres accoururent plus qu'ils ne vinrent. Antoine désigna l'encoche :

— Passez votre doigt ici.

Ils s'exécutèrent. Ducret et Livia reconnurent immédiatement le poinçon de la flèche et expliquèrent à Max qu'il s'agissait du même motif que celui qui leur avait permis d'ouvrir la couronne et d'accéder au livre de Nostradamus. Au comble de l'excitation, Livia se précipita vers les outils abandonnés par les manœuvres et réapparut quelques minutes plus tard, une vis à la main. Elle répéta la manœuvre qu'avait entreprise Antoine dans le hangar de La Courneuve et pressa la pointe de la vis au fond de la fleur de lys. Un petit bruit sec résonna immédiatement et le socle en pierre effectua une rotation de cent quatre-vingts degrés sur lui-même, laissant apparaître la trémie d'un escalier en pierre. Le colimaçon était poussiéreux et rempli de toiles d'araignées. À l'évidence, s'ils n'étaient pas les premiers à le découvrir, il était certain qu'il n'avait pas été emprunté depuis des années, voire des siècles.

— Sainte Mère de Dieu, s'exclama Ducret. Qu'est-ce que c'est que ça encore ?

— Et flûte à Dan Brown, lança Max qui était resté pétrifié devant la découverte.

— Comment se fait-il que personne n'ait remarqué ce poinçon ? demanda Livia.

— Parce qu'il était recouvert par la statue de la Vierge à l'enfant, répondit Antoine. Personne ne pouvait le voir.

— La statue a toujours été là ?

— Non, elle a été placée ici en 1855 par Viollet-le-Duc.

— Et la flèche a été inaugurée en 1859, c'est bien cela ?

— C'est exact.

— Tout colle…, avait dit Livia dans un souffle.

— Vous pensez que Viollet-le-Duc est derrière tout cela? questionna Ducret.

— Il y a de fortes chances. Tout concorde.

— Oui, mais vous allez un peu vite en besogne. Il y a d'autres hypothèses. Peut-être qu'il a effectivement créé cet escalier et placé le manuscrit dans la flèche mais peut-être aussi qu'il n'avait aucune idée de tout ça. Peut-être qu'il s'agit de l'œuvre de quelqu'un d'autre ou bien encore qu'il n'est à l'origine que de l'une de nos deux trouvailles. Ne tirez pas de conclusions trop hâtives.

— Vous n'avez pas tort capitaine, répondit Livia. Ceci dit, dans un cas comme dans l'autre, il va falloir descendre pour voir ce qui se cache là-dessous.

— Pas avant d'avoir prévenu les collègues, précisa Ducret.

***
*

Archéologues...

Le capitaine Ducret avança en éclaireur, arme chargée à la main. L'escalier était sombre et étroit. Quant aux marches, elles étaient assez petites, ce qui leur valut de progresser lentement, lampes torches iPhonesques poussées au maximum de leurs capacités et ce, malgré les rampes en corde qui filaient le long de la paroi, sautant d'anneau métallique en anneau métallique. Des appliques en fer forgé étaient régulièrement semées le long de la paroi en pierre calcaire. Il y régnait un froid de canard.

— J'espère que vous êtes à jour dans vos vaccins contre le tétanos, plaisanta Livia.

— Alors là ma poule, aucune idée, répondit Max en écartant une toile d'araignée de son visage.

— Vous passerez tous les trois au cab' quand on en aura fini.

— On est en train d'arpenter un escalier secret qui date de Mathusalem et elle parle de tétanos, soupira Ducret.

— Médecin un jour, médecin toujours ! riposta-t-elle.

— J'aurais plutôt dit : casse-bonbons un jour, casse-bonbons toujours, dit-il. Mais ça n'engage que moi.

— Et moi ! surenchérit Max. Toi Antoine, t'as plus qu'à te taire mon pauvre.

— Je prends soin de mes ouailles et voilà la reconnaissance. Vous me dépitez. Mais vous passerez au cab' quand même.

— Ou sinon ? demanda Ducret.

— Je viendrai vous examiner au commissariat.

— Un conseil, dit Max à Ducret, allez-y sinon elle est vraiment capable de venir vous ausculter devant vos collègues.

— M'étonne pas, marmonna le flic.

Ils descendirent une cinquantaine de marches avant d'arriver devant une lourde porte médiévale en ogive. Elle était parcourue d'épais clous en fer et des décorations en fer forgé ornaient sa partie inférieure. Il n'y avait pas de poignée mais une simple serrure. À droite de la serrure, une encoche avait été creusée dans le mur. Ducret tâtonna prudemment dans l'encoche et en ressortit un cylindre métallique, à moitié recouvert d'un tissu de velours rouge poussiéreux. Sous l'éclairage que lui fournissaient les trois autres, le policier chassa grossièrement la saleté de l'étoffe, ce qui laissa apparaître une fleur de lys dorée finement brodée sur le tissu. L'excitation était à son comble. Non seulement ils étaient sur la bonne voie, mais en plus ils savaient qu'ils étaient sur le point de résoudre un mystère bien gardé depuis plusieurs siècles. Ils étaient comme Howard Carter lorsqu'il se retrouva devant le dernier mur le séparant de la tombe de Toutânkhamon, ou bien comme Louis Pasteur qui comprit que le petit Joseph Meister était sain et sauf et que son vaccin contre la rage était enfin au point.

— L'un d'entre vous sait ce que c'est ? demanda Ducret en scrutant l'objet métallique.

— Je peux ? demanda Livia en tendant la main.

Le capitaine lui tendit leur trouvaille. Après quelques secondes d'observation, elle déclara :

— C'est un cryptex.

Le cryptex était un cylindre métallique fermé à ses extrémités par un cabochon opaque. Il était traversé par cinq rangées longitudinales où se succédaient les vingt-six lettres de l'alphabet que l'on pouvait faire coulisser de haut en bas. Cet objet avait été mis au point par Léonard de Vinci. Il faisait office de coffre-fort miniature pour message secret et était verrouillé par un code. Le message était généralement écrit sur du parchemin et enroulé autour d'une fiole de vinaigre. On le glissait ainsi à l'intérieur du cryptex. Toute tentative d'ouverture de force du cryptex se soldait alors par la destruction de la fiole, ce qui rendait le message illisible. Le cryptex que Livia avait entre les mains était d'une rare beauté. Premièrement, il était lourd. Il devait probablement être en or massif. Les lettres de l'alphabet resplendissaient d'un blanc immaculé, presque virginal. Livia supposa qu'il devait s'agir de nacre. Les cabochons étaient finement ouvragés. Tous les chiffres qu'ils avaient rencontrés lors de leur enquête étaient gravés là : XV.IV.MMXIX, 15552019MND7542, N 48° 51' 24.0012, E 2° 21'3.5532, intercalés entre des petites fleurs de lys et des pierres précieuses tantôt bleu profond, tantôt rouge corail. Si Nostradamus avait poussé la précision à son extrême, il devait s'agir de saphirs bleus pour la couleur de la Vierge Marie et de cornalines en clin d'œil à la pierre associée au signe astrologique de la Vierge. Livia secoua le cryptex et comprit qu'il contenait un objet. Elle était tellement fascinée par leur découverte qu'elle en avait oublié ses amis. Elle releva les yeux et constata en effet qu'ils la regardaient tous les trois d'un air ahuri.

— Vous ne savez pas ce qu'est un cryptex ?

— Si Liv, répondit Antoine, ça c'est la tête qu'on fait quand on comprend de quoi tu parles.

Max et Ducret opinèrent du chef.

— C'est une boîte coffre-fort si vous voulez. C'est De Vinci qui l'a inventée pour transmettre des messages secrets. La boîte ne s'ouvrira que si l'on trouve le mot de passe. Vous n'avez pas lu le *Da Vinci Code* ?

— J'ai lu le code pénal, c'est déjà bien, répondit Ducret. Vous pensez qu'il contient la solution pour ouvrir cette foutue porte ?

— J'ai regardé un peu partout et je n'ai pas trouvé de clef, dit Max. Je pense qu'il faut qu'on réussisse à ouvrir ce machin pour pouvoir avancer.

Ducret reprit alors le cryptex des mains de Livia et fit tourner les lettres jusqu'à former le prénom MARIE. Rien ne se produisit. Il le passa à Antoine :

— À vous, Marsac.

Ils tentèrent plusieurs mots de passe dont NICKY, COVID, PARIS… Rien n'y fit. Le cylindre resta fermé. Ducret commençait à s'impatienter :

— Je propose que nous essayions de l'ouvrir autrement, dit-il en pointant son arme vers la porte.

— Non, capitaine ! Ne faites pas ça ! supplia Livia. Vous allez endommager la serrure et je suis certaine que nous n'aurons plus aucune chance de résoudre l'enquête. Nostradamus est de notre côté et jusqu'à présent, nous avons toujours réussi à comprendre son jeu de piste. Laissez-nous encore cinq minutes. S'il vous plaît.

Ducret soupira :

— Cinq minutes, pas plus. J'en ai plus qu'assez de cette chasse au trésor.

Livia reprit ses manipulations mais sans succès. Puis Antoine intervint :

— Avez-vous remarqué comme chaque lieu que nous avons visité, chaque objet ou œuvre que nous avons été amenés à contempler nous étaient familiers ?

— C'est-à-dire ?

— Oui. La Courneuve, c'est là où tu as grandi Liv. New York c'est mon projet. La salle informatique c'était clairement ton rayon, Max.

— Où voulez-vous en venir, Marsac ?

Antoine ne répondit pas. Il saisit le cryptex et fit tourner les lettres jusqu'à ce que l'un des cabochons se soulève. Il avait compris que cette enquête était la leur et qu'elle se projetait bien au-delà de la simple affaire de meurtre. En ce qui le concernait, si Nostradamus était vraiment son ami et qu'à un moment de l'Histoire, il avait veillé sur lui, s'il avait vraiment eu le don de percevoir l'avenir, alors il était impossible qu'il n'ait pas vu qu'elle était la solution. Sa solution. Et il avait eu raison.

— Qu'as-tu inscrit ? demanda Livia qui n'en croyait pas ses yeux.

Antoine lui rendit le petit objet et elle lut : « LIVIA ». Cinq lettres. Son prénom. C'était aussi simple que ça. Même si ces derniers jours lui avaient prouvé que les Êtres humains étaient loin de tout maîtriser et de tout connaître, même si elle savait que certaines choses nous dépassaient, il fallait bien avouer que la perspective d'un homme lui faisant parvenir un message secret depuis le seizième siècle était de loin l'expérience la plus paranormale et exaltante qu'elle ait jamais vécue. Certaines choses resteraient inexplicables et, au fond, elle aimait se dire qu'il existait d'autres facettes à notre monde que la réalité froide et cartésienne dans laquelle nous glissions de plus en plus. La magie, la touche de mystère ou bien le destin, peu importe le nom qu'on lui donnait, était pour elle le clin d'œil de la vie à ceux qui savaient voir par-delà les sentiers battus. Elle considéra alors le message de Nostradamus comme un cadeau et se décida à ouvrir complètement le codex. Elle en sortit une petite clef en or à laquelle était accroché un morceau de papyrus. Elle lut avec émotion :

« À celle qui sera la clef pour un monde meilleur.

MND 1555. »

Elle releva le visage. Tous trois la fixaient comme s'ils ne l'avaient jamais vue.

— Arrêtez de me regarder comme ça ! Vous me faites peur ! Ce n'est que moi.

— Liv, commença Max, on savait que tu étais du genre spécial, mais là, avoue que ça dépasse l'entendement. Jamais je n'aurais pensé que tu étais une sorte de cinquième élément nostradamesque ! Tu nous as bien caché ton jeu.

— Très drôle, dit-elle.

Elle recouvrit le cryptex du linge en velours et le rangea dans son sac. Elle glissa ensuite la petite clef dans la serrure. Sans surprise, c'était la bonne clef. Elle déverrouilla la porte et la poussa doucement.

4.
Le bureau du maître

De prime abord et selon le faible degré de visibilité qu'ils avaient, ils venaient de découvrir une pièce circulaire de bonnes dimensions et encombrées d'objets. Max avisa les nombreuses appliques murales où les bougies étaient quasi intactes et utilisa son briquet pour éclairer les lieux. Lumière faite, ils découvrirent un bureau d'apothicaire qui reprit vie à la lueur dansante des flammes. Une grande table centrale où était posé un seul et unique livre, une plume rouge, un fauteuil en bois, des établis sur tréteaux où reposaient des fioles jaugées, des Erlenmeyer, des Bécher, des tubes à essai alignés sur leurs supports en bois, des burettes suspendues au-dessus de bols, une petite bibliothèque remplie de livres et de parchemins et une autre, plus grande et située sur le mur opposé, où étaient entreposées des plantes aujourd'hui desséchées et une multitude de bocaux en verres dont les liquides et contenus divers donnèrent la nausée à Max et Ducret. Leur attention se porta rapidement sur le bureau.

Un exemplaire beaucoup plus grand et épais du *Paris omnet* les attendait depuis 1555. La couverture était identique, l'encre également. Livia s'installa sur le fauteuil, passa sa main sur le phénix comme l'avait fait Antoine à New York et ouvrit le manuscrit avec précaution. L'exemplaire de la flèche était en réalité un modèle réduit des premières pages du livre qu'elle avait en face d'elle. Celui-là, contrairement à l'habitude du visionnaire, se poursuivait en français moderne ! Il y avait une vingtaine de chapitres, chacun consacré à un évènement majeur du futur. Enfin, pour la plupart, du passé désormais. Nostradamus parlait de Hitler, des premiers pas sur la Lune, du

11 septembre, de la famine… Tout était écrit, rouge sur blanc. Livia avança jusqu'à la moitié du livre et en arriva au chapitre de l'incendie de Notre-Dame. Nostradamus avait décrit la catastrophe dans ses moindres détails : la date et l'heure de départ du feu, la Sainte Croix et la statue de la Vierge à l'enfant intactes, l'effondrement de la flèche contenant son petit recueil permettant à la Clef de trouver le chemin vers son bureau… Tout était juste et précis.

— La Clef… C'est de toi dont il parle, dit Antoine.

— J'en ai bien l'impression. Si seulement j'y comprenais quelque chose, soupira-t-elle.

— Je pense que l'explication ne va pas tarder.

— Attendez, dit Ducret qui lisait par-dessus l'épaule de Livia, vous voyez ce que je vois ?

— De quoi ?

— Lisez-la, insista-t-il en pointant du doigt les dernières lignes du chapitre.

La stupeur fut générale. Il était inscrit que l'incendie serait volontaire et que Pharaon en serait le commanditaire.

— Je me disais aussi que c'était bizarre qu'un mastodonte pareil, debout depuis perpète, parte en fumée aussi facilement, dit Max.

— Vous pensez que c'est vrai ? demanda Liv à Ducret.

— Nous n'avons eu aucune information de ce genre au commissariat en tout cas. Rien de suspect n'est remonté jusqu'à nos oreilles.

— Mais qui est ce Pharaon, bon sang ? pesta Antoine.

— Si ce que dit Nostradamus est vrai et qu'il a perpétré l'incendie de la cathédrale, je me demande s'il ne s'agit pas plutôt d'une espèce d'organisation secrète qui cherche à mettre la main sur tout ça.

— Je pense aussi, acquiesça Antoine.

— Mais ce ne sont pas les premières prédictions de Nostradamus sur lesquelles on tombe ! Pourquoi autant d'acharnement à retrouver une énième version de ce que l'on connaît déjà ? s'interrogea Max.

— C'est exact, répondit Livia, mais pour le moment, toutes ses prophéties étaient écrites en quatrains et dans un langage plutôt énigmatique, donc soumis à interprétation. Rien que ça, ça a mis en émoi le monde entier. Imagine ce qui se passerait si l'on découvrait que Nostradamus a rédigé ses prédictions en français. Et pas le français du seizième siècle ! Non, notre français actuel ! Tu ne te rends pas compte, il maîtrisait déjà une langue qui n'avait pas encore été inventée. Tomber sur ce livre est encore pire que de tomber sur les bons numéros du loto. Surtout si celui qui le possède est mal intentionné.

— Sans compter le binz que ça serait si le contenu du livre était divulgué à la population générale, poursuivit Antoine. C'est effrayant de savoir à l'avance tout ce qui va se passer. Je n'ose même pas imaginer le degré de stress de la population. Il s'installerait une sorte de fatalisme qui perturberait la Société dans son intégralité.

Livia regarda le capitaine qui avait fait fi de leur discussion et de leur dissertation philosophique. Il avait osé tourner les pages suivantes. Il en était au chapitre qui concernait la Covid. Elle en conclut que Théo Ducret était du genre pragmatique et qu'il ne perdait pas de vue son objectif : arrêter l'assassin de Nicky. En effet, le flic était bien loin de toutes les considérations romanesques et éthiques de ses trois acolytes. Même, il aurait été ravi que quelqu'un puisse lui prédire son avenir. Au moins il cesserait de se poser mille questions et serait prêt à échafauder des solutions de repli dans l'hypothèse où les choses tourneraient mal. Son père lui disait toujours qu'un homme avisé en valait deux et il avait raison. Nostradamus expliquait clairement que la pandémie était voulue et nécessaire à Pharaon.

— Encore lui, ronchonna-t-il tout haut.

— Qui ? questionna Antoine.

— Pharaon.

— Il est cité dans d'autres chapitres ?

— Il apparaît dans celui de la Covid. Mais puisque vous êtes trop occupés à tailler la bavette sur Sophocle ou je-ne-sais-qui, j'ai continué l'enquête seul.

— Et donc ?

— Donc il dit que la Covid a été propagée sur la Terre par Pharaon qui s'en est servi pour effrayer la population, la rendre docile et obéissante et installer son pouvoir suprême.

— Rien que ça, dit Max en sifflant.

— Non, pas « rien que ça », continua Ducret. Nostradamus dit avoir inventé un remède universel.

Sur ces dires, Ducret tourna la page et indiqua une formule chimique à Livia :

— Ça vous parle, Toubib ?

— Du tout, dit Livia qui observait la formule avec intérêt.

— Vous avez lu la suite ? demanda Antoine.

— Non, pas encore. Mais j'ai feuilleté rapidement et il me semble qu'il parle du cancer et du SIDA.

Livia écarquilla les yeux :

— Non ? Sérieusement ?

— Vous verrez ça plus tard, Livia. Vous avez pu regarder les autres livres de la bibliothèque ?

— Oui.

— Verdict ?

— Rien de spécial. Des herbiers, des livres de chimie et d'anatomie. Rien de très palpitant.

— Pas d'objets dignes d'intérêt ?

— Non plus.

— Alors donnez-moi le cryptex et la clef, Docteur De Santis, avait dit Ducret en braquant son arme sur Livia.

***
*

Revirement…

Le silence et la stupéfaction régnaient dans la salle. Personne ne comprenait ce qui était en train de se passer. Cinq minutes plus tôt, ils résolvaient une enquête fascinante tous les quatre et maintenant ils étaient braqués par celui qu'ils considéraient comme leur ami.

— Capitaine, dit Livia, qu'est-ce qui vous prend ?

— Donnez-moi le cryptex et la clef, répéta un Ducret dont la physionomie avait changé du tout au tout en un battement de cils.

— C'est vous Pharaon ?

Ducret laissa échapper un rire presque sadique.

— Décidément, pour une toubib, vous n'êtes pas si futée que ça…

— Alors expliquez-moi s'il vous plaît, je ne comprends rien.

Le capitaine tourna la tête en direction des escaliers :

— T'en penses quoi André ? Je leur explique ou tu t'en charges ?

Des pas résonnèrent dans les escaliers. La voix nasillarde d'André Douaumont se fit alors entendre :

— Oh, je peux le faire, Théo. Tu as déjà suffisamment bien travaillé comme ça.

Apparut alors dans l'embrasure de la porte, un grand bonhomme sec à l'œil mauvais qui contempla la scène avec une délectation malsaine. Sa simple présence avait conféré à l'atmosphère une aura mauvaise. Elle devint électrique, lourde, pesante. Ducret s'avança vers Livia. Antoine fit automatiquement un pas vers Liv mais il fut stoppé net par un coup de poing magistral qui le projeta deux mètres en arrière.

— Ça c'est pour vous apprendre à vous foutre de ma gueule, Marsac, dit Ducret en pointant son pistolet dans sa direction. Approchez-vous encore une fois et je vous explose vous et votre nana.

Puis il arracha le sac de Livia, récupéra le cryptex et balança le sac par terre avant de reculer, *Paris omnet* sous son coude.

— Allons Théo, reprit André d'un ton suave, ne t'énerve pas. Antoine cherche juste à protéger sa compagne. C'est tout naturel enfin. Là, on se relève, dit-il à Antoine. Je ne vais quand même pas te raconter la plus belle histoire du vingt et unième siècle pendant que tu fais ta sieste.

5.
LES FLEURS DU MAL

Années soixante-dix…

— Viens ranger tes affaires ! pesta une jeune femme blonde au visage constellé de petites taches de rousseur. Ce gosse va me rendre folle. André ! insista-t-elle.

Un gamin maigrichon arriva alors sur le pas de la porte de la salle à manger. Il portait un short d'écolier qui laissait apparaître des plaies croûteuses sur ses genoux. Les mains couvertes de terre et les vêtements tachés, il s'approcha pour saluer sa mère :

— Salut m'man

— Ne m'approche pas ! dit-elle avec un mouvement de recul. Tu es dégoûtant, d'où sors-tu encore ?

— J'étais avec la fille des voisins, on récoltait les pommes de terre qu'on a plantées l'an dernier dans notre potager. Tiens regarde, dit-il en tendant fièrement sa petite main vers sa mère.

— Je me fiche de tes pommes de terre, André. En plus elles sont toutes biscornues. Va jeter ça à la poubelle et range ton bazar. Ensuite tu fileras te préparer. Ton oncle et ta tante seront là dans moins d'une heure.

— Mais maman, c'est bio, insista le petit bonhomme dépité.

— Bio ? Qu'est-ce que c'est que ça encore ? Une idée de cette gamine ?

— Bio, ça veut dire que ça pousse naturellement, sans produits qui font du mal aux petits insectes. Et ma copine s'appelle Joséphine.

Sa mère l'écoutait à peine. Elle avait toujours trouvé son fils d'un ennui profond. Même bébé elle l'avait confié aussi souvent que possible à la nounou. Elle avait espéré qu'en grandissant il développerait une quelconque ressemblance avec elle mais c'était tout le contraire. Plus ça allait, plus il développait une attirance pour des affaires qu'elle jugeait paysannes et vulgaires. Jeanne Douaumont était issue d'une famille d'aristocrates fortunés et elle avait épousé sans amour son mari dans le but d'effectuer une opération financière pour le moins juteuse. Son mari, architecte de métier, était absent la plupart du temps, ce qui lui laissait tout le loisir de dépenser son argent comme elle le souhaitait et de changer d'amant comme de chemise. Elle n'avait jamais voulu être mère mais elle avait dû y consentir pour « accomplir son devoir ». Si au moins le mioche avait été beau ou intelligent. Si au moins il avait eu un quelconque talent. Mais non. Il était frêle, maladroit, pataud et, comble de l'horreur, fréquentait des enfants d'ouvriers. Des prolos. Quelle infamie ! Jeanne ne pouvait pas dire qu'elle aimait son fils. Il était là et elle devait faire avec. Point. Une fois le collège terminé, elle l'enverrait en pension en Suisse. Il serait majeur à son retour et pourrait se débrouiller tout seul. D'ici-là…

— Pourquoi ne montrerais-tu pas tes jolies voitures de collection à ton cousin Charles ? Il est charmant ce garçon.

— Je ne l'aime pas, il est méchant, répondit André tandis qu'il ramassait ses jouets.

— Pourquoi dis-tu cela ?

— Parce qu'il se moque tout le temps de moi et de Patsy.

— Si tu faisais un peu plus attention à toi et à ta façon de t'habiller, il ne se moquerait pas de toi. Quant à Patsy, ne te fais pas d'illusions, je relâcherai cette horreur dans la nature dès que tu seras au lycée.

— Tu n'as pas le droit de faire ça ! Patsy est ma seule amie en dehors de Joséphine ! pleura le petit garçon.

— Tu es ami avec une grenouille ? pouffa sadiquement sa mère. Et tu t'étonnes que Charles se moque de toi ? Mon pauvre chéri, j'ai toujours su que tu étais bizarre comme enfant. Cesse de chouiner, j'ai horreur de ça. Monte dans la salle de bains et demande à ta nounou de faire quelque chose pour te rendre présentable.

Sur ces paroles, elle tourna le dos et se dirigea vers la terrasse. André la regarda s'éloigner, sa robe en mousseline bleue flottant derrière elle. Il serra si fort son petit poing sur les pommes de terre qu'il en écrasa une. Il détestait sa mère. Pire, il la haïssait. Elle avait toujours été méchante et cruelle envers lui. Et ce jour-là n'avait été qu'un exemple parmi tous les autres jours de sa vie où il avait dû subir ses moqueries, ses brimades et son regard condescendant.

Il n'avait pas d'amis mais il s'entendait bien avec Joséphine. Une petite brune d'origine espagnole qui vivait à trois pâtés de maison. Il l'avait rencontrée près du petit étang où il avait l'habitude de s'asseoir pour regarder la nature. C'était son jardin secret pour les jours où c'était trop difficile de rester à la maison ou bien quand il voulait se sentir bien. Juste bien et tranquille, loin de cette méchante maman qui ne voulait jamais jouer avec lui et qui lui faisait tout le temps comprendre qu'il n'était qu'un nul. Il se souvenait très bien de cette journée car c'était grâce à Joséphine qu'il avait réussi à attraper Patsy. La petite grenouille s'était pris la patte entre deux cailloux et était restée coincée. Tous les deux la sauvèrent d'une mort certaine et ce fut André qui eut la chance de ramener Patsy chez lui puisque Joséphine avait un chat et que, « pour sûr, il lui aurait fait sa fête ! » Elle avait un chat mais pas beaucoup de sous, alors il partagea son goûter. Il avait des sous mais pas d'amis, alors elle lui proposa son amitié. Depuis ce temps, André et Joséphine se retrouvaient tous les jours après l'école pour se raconter leur journée et jouer à chat ou à cache-cache. Joséphine avait un rêve : « devenir jardineuse professionnelle et faire pousser des fleurs, des fruits et des légumes partout dans le monde. Même sur les maisons. Comme ça, tous les enfants comme moi qui n'ont pas de sous pourraient manger gratis. » André avait adoré l'idée et lui avait proposé de devenir son associé. Comme ça, avec les sous de sa tirelire, il pourrait acheter les graines et les pelles. Le marché était conclu.

***
*

Quelques années plus tard...

Il avait désormais quinze ans. Le dernier jour de l'été était arrivé et André avait son train pour la Suisse dans quelques heures. Il avait donné rendez-vous à Joséphine pour lui dire au revoir et lui confier Patsy. Il pleurait.

— Je suis triste, on ne va plus se voir, dit-il.

— Mais tu vas te faire de nouveaux copains. Et moi je t'attendrai ! On se verra chaque fois que tu reviendras. Promis.

— Tu m'attendras ?

— Bah oui, t'es mon amoureux !

Et elle lui donna son premier baiser. André partit le cœur un peu plus léger. Il n'était pas encore dans le train du départ qu'il ne pensait qu'au jour de leurs retrouvailles.

***
*

Trois ans plus tard...

André n'était pas rentré chez lui depuis trois ans. Il avait passé toutes ses années de lycée en Suisse et était parti directement retrouver ses parents sur leurs lieux de vacances. Il n'avait donc pas revu Joséphine depuis une éternité mais il n'avait jamais cessé de penser à elle. Au début, ils s'appelaient aussi souvent que possible, s'écrivaient toutes les semaines. Puis le temps passa et il trouvait rarement Joséphine à la maison lorsqu'il téléphonait. Ses lettres restaient sans réponses pendant des semaines, puis des mois. Mais jamais ils ne rompirent complètement le contact. Elle se justifiait en disant qu'elle avait pris un petit boulot de *babysitter* pour arrondir les fins de mois de ses parents et passer son permis. Entre ça et les cours, elle n'avait plus autant de temps à lui consacrer. Ceci dit, elle était ravie d'apprendre qu'il serait bientôt de retour et elle accepta le rendez-vous qu'il lui donna, le jour de son arrivée, près du petit étang de leur enfance.

Il avait le trac. Il n'avait pas fréquenté de filles pendant ses trois années d'exil parce qu'il voulait se préserver pour Joséphine. Sa Joséphine. Son cœur s'emballa quand il vit la ravissante jeune femme brune qu'elle était devenue s'avancer vers lui. Elle portait une petite robe courte blanche avec des fleurs et des sandales dorées. Elle lui fit un grand signe de la main lorsqu'elle l'aperçut et il lui répondit. Il s'attendait à ce qu'elle lui saute dans les bras mais elle arriva calmement et lui fit la bise.

— Salut André, comment vas-tu ?

— Euh, bien. Et toi ?

— Ça roule.

— Tiens, je t'ai apporté ça.

Il lui tendit un collier auquel était accroché un médaillon. Il avait trouvé un edelweiss un jour qu'il se promenait en forêt. Il l'avait cueilli pour elle et l'avait confié à un joaillier afin qu'il l'immortalise au sein d'un médaillon spécial. Il en avait eu pour une petite fortune mais il avait tenu à lui offrir le collier sans sa boîte pour ne pas la mettre mal à l'aise.

— C'est très joli, dit-elle. Merci. Tu m'aides à le mettre ?

Il s'exécuta maladroitement mais il était si fier qu'elle porte son bijou. Elle s'approcha de lui et… l'embrassa sur la joue.

— Je l'aime beaucoup, dit-elle. Merci.

— Je suis content qu'il te plaise, répondit-il déçu.

— Au fait, dit-elle, tu te souviens d'elle ?

Elle sortit une petite boîte de son sac et lui montra Patsy, toujours vivante et bien grassouillette.

— Chose promise, chose due ! dit-elle. Par contre, je te la rends volontiers. Crois-le ou non, mais cette bestiole empeste !

Il ne se souvenait pas avoir un jour ressenti un tel bonheur. Il retrouvait l'amour de sa vie et son animal de compagnie. Il posa la petite boîte par terre et, n'y tenant plus, il embrassa Joséphine. Elle se débattit et le repoussa gentiment.

— Non mais ça ne va pas ? Qu'est-ce qui te prend ? dit-elle, hilare.

— Tu es mon amoureuse !

Joséphine marqua un temps d'arrêt, fronça les sourcils et répondit :

— André, c'était il y a trois ans. Nous étions des mômes ! J'ai un copain depuis un an.

André reçut l'information comme un coup de poignard en pleine poitrine. Elle continua sa torture :

— Tu ne vas pas me faire croire que tu n'as personne de ton côté ? Ça a dû y aller la manœuvre en Suisse ! dit-elle en riant et ne voyant pas qu'André souffrait le martyre.

Il reprit ses esprits et dit :

— Si, bien sûr que si. J'ai largué ma copine avant de rentrer parce que les relations longue distance c'est trop compliqué, tu vois.

— À qui le dis-tu ? approuva-t-elle. J'ai rencontré un type en Espagne avant mon copain actuel. Mon Dieu qu'il était beau mais impossible à gérer. Lui là-bas, moi ici. Laisse tomber. Ceci dit, ça serait chouette qu'on se boive un petit verre ensemble avec Nico'.

— Oui. Bon, je te laisse, je dois défaire mes valises. Salut !

— Ça marche, dit-elle. Je t'appelle pour le verre !

— C'est ça.

Il récupéra Patsy et battit en retraite. Une fois hors de la vue de Joséphine, il s'écroula à quatre pattes sur le sol et vomit son déjeuner. L'espace d'un instant, il se demanda s'il n'était pas en train de faire un infarctus tellement sa poitrine brûlait. Les femmes n'étaient que des garces cruelles et stupides. Sa mère en tête de liste. Il resta une partie de la journée assis dans l'herbe à réfléchir à ce qu'il ferait de sa vie maintenant qu'il n'avait plus d'objectif. Puis il prit la petite boîte et s'approcha de l'étang. Il l'ouvrit et posa Patsy sur un rocher. De sa main libre, il attrapa un caillou suffisamment lourd et le posa sur la patte de la pauvre bête qui coassa de douleur.

— Te revoilà bloquée comme au début, salope.

Et il abandonna la petite grenouille à son triste sort.

***
*

Septembre 1998…

André habitait Paris, rue Soufflot, dans l'un des appartements de ses parents. Il ne fréquentait sa famille que par obligation lors des fêtes ou des réunions de famille. Il venait de terminer ses études d'architecture. Non pas qu'il ait été le plus brillant des étudiants mais il ne s'en était pas trop mal sorti. En dehors de cet incident avec la métèque de la bibliothèque qui lui avait rappelé Joséphine, il avait mené sa vie tranquillement et, du fait de son ascendance aristocratique, il avait su se faire de bonnes relations au sein de la jeunesse dorée parisienne. Pour une fois que sa mère lui servait à quelque chose… Il s'était fait un groupe d'amis aussi mauvais et puants que lui mais leur statut de « fils de » les rendait inatteignables. André avait terriblement changé. De ses années d'innocence, il n'avait conservé que sa frêle apparence qu'il utilisait volontiers pour manipuler ses proies et arriver à ses fins. Un minable lâche et peureux mettait toujours plus en confiance qu'un gros balaise. Mais au fond de son âme, c'était une tout autre histoire. Il était froid, sans aucune émotion ni pitié. Il ne supportait aucune frustration et mettait un point d'honneur à obtenir tout ce qu'il désirait. Que cela soit légal ou non. Il considérait que les gens étaient en leur for intérieur ce que lui affichait en apparence : des petites fiottes facilement manipulables et qui ne voient pas plus loin que le bout de leur nez. Son jeu préféré était la manipulation. Et ses amis étaient comme lui. Des sadiques qui aimaient semer de petites graines de-ci de-là et s'asseoir ensuite dans leurs fauteuils clubs pour se délecter des conséquences de leur jeu cruel, verre de scotch à la main. Quand les choses ne tournaient pas comme ils l'avaient souhaité, l'un d'entre eux se dévouait pour faire « une nouvelle expérience et remettre leurs cobayes dans le bon sens de la partie ».

Un soir de fête dans l'un des appartements de ses amis, il lança un débat sur les constructions du futur. Contrairement aux Êtres humains qu'il consommait à coups de billets ou de menaces, il avait toujours profondément aimé et respecté la nature. Jusqu'à présent, son seul regret était d'avoir cueilli ce magnifique edelweiss pour le donner à Joséphine. Elle n'était pas digne de porter un Être aussi délicat. Car les fleurs, les arbres, toutes les plantes étaient des Êtres vivants qu'il fallait respecter. C'étaient les seules choses qui ne l'avaient jamais trahi. C'était d'ailleurs pour cela qu'il avait choisi l'architecture. Pour créer le monde de demain. Pour rendre sa suprématie à la flore. Parce que son idéologie d'enfance était toujours ancrée en lui. Les humains n'étaient que des bêtes égoïstes, faibles et débiles et rares étaient ceux qui méritaient de vivre libres. Il serait tellement plus simple d'avilir les peuples et de confier la direction du monde à quelqu'un qui sache où sont les priorités. Son discours faisait froid dans le dos mais avait su toucher son groupe d'amis qui y adhéra immédiatement. L'idée de créer une société secrète leur avait déjà effleuré l'esprit mais ils avaient été trop pris par leurs études pour s'y atteler réellement. Maintenant qu'ils étaient adultes et presque tous diplômés de grandes écoles, tout serait plus simple. Sans compter les relations qu'ils s'étaient faites au fil du temps. Pharaon fut créée le 15 octobre 1998. Le nom avait été choisi en référence à celui dont l'art consistait à réunir la Haute et la Basse Égypte pour mieux régner sur les peuples. Un Dieu vivant, tout puissant et inatteignable, celui dont le pouvoir n'était jamais remis en question. Celui qui détenait les savoir ultime. Voilà ce qu'il était. André en était évidemment le chef et fondateur. Quant à ses amis, ils étaient sociétaires actifs et chacun avait un rôle à tenir en fonction de ses compétences. Pharaon était exclusivement masculine. L'un était banquier, l'autre était médecin, le troisième historien, le quatrième commissaire aux comptes, certains autres étaient architectes comme André, d'autres encore venaient de terminer l'ENA et postulaient dans les ministères. Son cousin Charles avec qui il avait finalement tissé des liens, se préparait pour le concours d'officier de police. Bref, à peine fondée, Pharaon étendait son réseau dans tous les secteurs influents de France. Avec les années, les cotisations et l'abonnement étaient devenus exorbitants mais son pouvoir d'influence était tel que le nombre d'adhérents fut multiplié par dix, puis vingt, puis ils furent plusieurs centaines dans le monde. La Franc-Maçonnerie était considérée comme obsolète car bien trop connue. Pharaon faisait signer une charte de confidentialité aux nouveaux adhérents où il était clairement stipulé que celui qui divulguerait son existence ou qui toucherait à la drogue serait exécuté. André ne supportait pas « ces loques de junkies qui pourraient tout foutre en l'air pour une dose ». Pharaon n'existait donc officiellement pas mais maîtrisait tout et avait le pouvoir d'influencer le cours de l'Histoire. André avait créé la société fantôme la plus performante et la plus dangereuse de l'Histoire.

André et ses amis cherchaient à agrandir leur cercle d'influence. Ce fameux soir, parmi la liste des invités triés sur le volet, figurait le nom de l'un des jeunes architectes les plus brillants de sa génération. Il ne savait même pas pourquoi il était là. Sans doute pour se faire des relations. Lorsqu'André vint le saluer, il eut une drôle de sensation. Comme s'il venait de sceller son destin.

— Bonsoir ! Vous devez être Paul ?

Paul eut froid dans le dos…

***

*

Fin novembre 2001…

André venait d'intégrer le cabinet Marsac. Contrairement à Paul, qu'il méprisait, il appréciait Pierre. Le Vieux, comme il l'appelait, avait des tripes. Même s'il était totalement hermétique aux projets écologiques d'André, il partageait son aversion pour les gens et rêvait d'une Société dictatoriale où le libre arbitre n'aurait plus droit de cité. Pierre avait d'ailleurs signé sa carte d'adhérent à Pharaon il y avait quelques années de cela, sans même connaître André. Le jour où ils se « reconnurent » fut un grand jour. Pour l'un comme pour l'autre. Le hasard avait tellement mal fait les choses…

***
*

7 avril 2019…

Le siège de Pharaon était en effervescence. Marcus, l'un des historiens du groupe, avait entendu parler d'une prophétie faite par Nostradamus il y avait des centaines d'années et qui évoquait leur société secrète et l'un de leurs projets. André était assis, jambes croisées sur son fauteuil club, son éternel verre de scotch à la main. Il écoutait le récit de Marcus avec un calme olympien.

— Où as-tu entendu ça, Marcus ? demanda-t-il.

— Je faisais des recherches pour mon prochain livre à la bibliothèque du château de Chantilly. J'ai demandé au conservateur – pour info, il s'appelle Jules et est des nôtres depuis trois ans – de me donner l'accès aux collections privées et je suis tombé sur un bouquin, enfin, un grimoire plutôt, qui parle de la vie des astrologues et leur influence sur la populace.

— Vaste sujet, pouffa André.

— Tu l'as dit. On ne sait pas qui est le plus timbré : Madame Irma ou ceux qui croient à ces sornettes. Ceci dit, en parcourant le livre, je suis tombé sur un chapitre dédié à Nostradamus et, croyez-le ou non, mais j'y ai lu un passage entier qui parle de nous et de notre petit barbecue.

— Tu as le livre avec toi ?

— Non, mais j'ai photographié les passages.

Marcus tendit son téléphone à André qui parut très intéressé par sa lecture.

— As-tu compris de quoi il parle ? s'amusa André.

— Ben il dit qu'on existe et qu'on va faire cramer la cathédrale.

André soupira et ferma les paupières. Ce qui eut pour effet de faire frissonner Marcus et tous les membres de la société qui étaient présents.

— Mon pauvre Marcus, tu es comme les chiens d'arrêt. Tu flaires la proie mais une fois devant, tu t'arrêtes. Tu es incapable d'aller au bout de ta quête.

— Tu sais bien que le cerveau c'est toi, André.

André posa son verre en cristal sur la table basse, se leva et se dirigea vers la porte-fenêtre, mains jointes dans le dos. Le siège de Pharaon était resté rue Soufflot, là où tout avait commencé. L'appartement était très grand et muni d'un balcon filant qui offrait une vue spectaculaire sur le jardin du Luxembourg d'un côté et le Panthéon de l'autre. Ils étaient de grands hommes qui avaient de grands projets. Où ailleurs que près de la place des Grands Hommes pouvaient-ils s'implanter ? Il observa les jeunes feuilles qui poussaient sur les arbres qui frôlaient son balcon. Le printemps avait toujours été sa saison préférée. Celle du renouveau de la nature. Puis il se retourna et dit :

— Si ce qui est écrit dans le livre est vrai, Nostradamus aurait caché quelque chose dans la cathédrale Notre-Dame. Quelque chose qui, apparemment, pourrait nous mettre en péril, nous ainsi que nos projets.

— Que fait-on alors ? paniqua Marcus.

André réfléchit et sourit :

— Absolument rien. Nous allons laisser faire le cours de l'Histoire et semer nos petites graines, comme nous avons l'habitude de le faire.

— Le barbecue est toujours d'actualité alors ?

— Aujourd'hui plus que jamais. Et si cette chose mystérieuse brûlait avec l'église, nous n'en serions que plus protégés.

Par précaution, André avait fait prendre des informations quant à cet objet mystérieux dont le fidèle Marcus lui avait parlé. A priori, ses craintes étaient fondées. Sous couvert de l'écriture de son livre, Marcus avait contacté l'un des descendants de Viollet-Le-Duc. Le type avait déserté Paris depuis belle lurette pour aller élever des chèvres dans le Larzac. Marcus, ravi d'avoir dû se rendre dans sa ferme miteuse, lui posa alors quelques questions sur son arrière-grand-père et ses constructions.

— Écoutez Monsieur, j'étais électricien moi. Pas architecte. Ce qu'a fait mon arrière-grand-père est grandiose, je suis d'accord, mais ne comptez pas sur moi pour vous expliquer comment il a enchevêtré tout ça !

— Non Monsieur, évidemment, répondit Marcus du ton le plus sympathique dont il était capable. Je cherche juste à faire connaissance avec votre aïeul. Rien de plus.

— Je ne l'ai moi-même pas connu. Alors ça va être coton pour vous faire les présentations.

— Certes, commença à s'impatienter Marcus. Mais il ne vous reste rien de lui ? Pas une photo, un livre ? Une anecdote, peut-être ?

Le fermier se leva et fit signe à André de le suivre à l'étage. Il ouvrit une vieille malle en bois et dit :

— C'est tout ce que j'ai. Vous n'avez qu'à fouiller.

— Merci Monsieur, c'est très aimable.

Marcus trouva de vieilles photos de l'architecte avec sa femme et ses deux enfants avant que son fils meure, son diplôme d'architecte, quelques croquis et… Jackpot ! Les schémas de Notre-Dame.

Sa joie retomba aussitôt lorsqu'il comprit qu'il n'y avait rien de particulièrement intéressant là-dedans.

— Vous permettez que je prenne quelques clichés ?

— Faites ce que vous voulez.

Marcus fit ce qu'il voulut. Il prit les clichés puis ajusta son silencieux et visa droit entre les deux yeux.

— Bonne nuit le bouseux, dit-il en glissant les schémas dans sa poche.

André avait observé les plans de la flèche. En tant qu'architecte, il avait été forcé de reconnaître que Viollet-Le-Duc avait réalisé un exploit de précision et de magnificence. Mais aucun détail n'attira son attention. À moins que… Si, quand même, il y avait une petite curiosité. Si petite et insignifiante qu'un quidam n'y aurait pas prêté deux secondes d'attention. Mais André n'était pas un quidam. C'était un fin limier. Et le limier avait remarqué que Viollet-Le-Duc avait prévu une petite cavité dans la couronne de sa flèche…

***
*

Le 15 avril 2019…

Assis en retrait, sur un banc du Quai des Grands-Augustins, André contemplait les magnifiques flammes qui s'échappaient de la cathédrale en dégustant une glace à la vanille. Il était au comble de l'émotion et le contraste entre la chaleur du feu et le froid de sa glace lui procura une sensation divine. Pour un peu, il en aurait pleuré. La petite graine de la panique était plantée. Le projet pandémie n'allait pas tarder à être lancé par son ami médecin en Chine. Tout se déroulait comme prévu. Une fois la terre débarrassée de ses inutiles et la peur greffée dans le subconscient humain, plus rien n'empêcherait son nouveau monde de se mettre en place. Plus personne ne pourrait l'atteindre. Plus personne ne le trahirait.

***
*

Fin avril 2019…

— Apparemment la flèche n'a pas brûlé.

— Je sais, répondit André. Mais cela ne fait rien. Pour le moment, nos collègues chinois nous ont informés qu'ils étaient prêts. Une fois la pandémie lancée, plus personne ne s'intéressera à Notre-Dame. Laisse faire le temps, nous récupérerons ce qui nous appartient quand cela sera le bon moment.

6.
La faille de Pharaon

André Douaumont avait raconté son histoire sur un ton qui trahissait son amusement et son excitation. Au cours de ses études, Livia avait fait un nombre incalculable de gardes aux urgences et avait été confrontée à beaucoup de cas de pathologies psychiatriques. Mais jamais elle n'avait rencontré un tel monstre de froideur. André était un psychopathe, sadique et machiavélique qui vivait en pleine mégalomanie délirante. Son ton détaché trahissait une déréalisation paradoxalement assumée. Elle en resta tétanisée. Nul n'aurait pu prédire ses réactions et il aurait été suicidaire de tenter de désarmer Ducret. Max était à sa droite. Elle le regarda en biais et lui fit un signe discret de la main. Elle remarqua qu'il avait déjà pris les devants et qu'il avait une main dans la poche de son jean. Celle où il mettait son portable. Sa seule option était de gagner du temps. Elle décida de rentrer dans son jeu :

— Mais comment avez-vous réussi à nous retrouver ?

André afficha une mine désolée :

— Docteur De Santis, on m'avait brossé un tableau de vous qui me donnait presque envie de vous connaître. L'on m'a dit que vous étiez aussi belle que brillante. Or je dois bien avouer que je suis très déçu. Enfin, je suppose qu'en votre qualité de femelle, il ne faut pas trop vous en demander non plus. Vous êtes baisable, c'est déjà ça.

— Je suppose que je dois prendre cela comme un compliment ? dit-elle.

— Vous pouvez, ma chère.

André se tourna ensuite vers Ducret et plaça sa main sur son épaule :

— Je vous présente mon petit-cousin. Mon regretté cousin, Charles Ducret, était le meilleur policier que Paris ait jamais compté. Il est malheureusement décédé lors d'une intervention il y a plusieurs années de cela. Mais il nous a laissé ce jeune homme très prometteur qui m'a évidemment tenu informé de vos moindres faits et gestes durant ces derniers jours. D'ailleurs, Marsac, si tu savais ce que l'on capte mal ici. J'ai eu une peine folle à comprendre ce que me disait Théo lorsqu'il m'a prévenu que vous aviez découvert un escalier secret. Je me chargerai évidemment d'installer un réseau digne de ce nom lorsque je prendrai la suite de ton chantier, Antoine.

Livia se remémora alors la phrase de Ducret avant qu'ils ne s'engouffrent dans les sous-sols de la cathédrale : « pas avant d'avoir prévenu les collègues ». Puis André marqua une petite pause et s'adressa à Max :

— Voyons l'ami, vous perdez votre temps à pianoter. Vous êtes coincés sous plus de dix mètres de pierre et de béton. Vous non plus, vous n'êtes pas très fute-fute. Et pourtant vous n'avez pas d'excuse. Vous êtes un homme.

Max se figea et sortit sa main de sa poche :

— Oh ça n'a rien à voir avec ce que vous pensez, je me grattais juste le testicule gauche.

— Vous dites ? s'étonna André.

— Voyons, vous ne connaissez pas nos traditions italiennes ? C'est un réflexe qu'ont tous les hommes du sud de l'Italie. C'est contre le mauvais œil.

— Ah ! s'exclama André. Amusant ! Vous auriez dû vous gratter avant.

— Et ouais mais je ne suis pas fute-fute, répondit Max en haussant les épaules.

André éclata d'un rire aigu :

— Il est marrant celui-là, dit-il en direction de Théo. On n'a pas de comique dans la société. Dommage que votre chemin s'arrête ici, autrement je vous aurais recruté, tiens. Je me suis renseigné sur vous. Vous êtes un sacré petit génie en informatique. Vous aussi vous cachez bien votre jeu.

Antoine, encore engourdi par l'uppercut qu'il avait reçu un peu plus tôt, prit la parole :

— Donc, si j'ai bien compris, on te doit toutes les catastrophes de ces dernières années ?

— C'est toi qui les appelles comme ça. Pour moi ce sont les parties d'un plan.

— Mais c'est quoi ton plan au juste ? Devenir l'Empereur du monde ?

Un large sourire fendit le visage d'André :

— Mais je le suis déjà. Nous avons des succursales dans le monde entier, nous sommes infiltrés parmi les plus hauts postes gouvernementaux, la police, l'armée et j'en passe. Ouvre les yeux, Antoine. Je tire les ficelles des principaux États et personne n'en sait rien. Même les chefs d'État qui ne sont pas des nôtres sont nos pantins. Quant au peuple… Ah ! Le peuple… Les gens ne savent rien de nous et ils doivent continuer à ignorer notre présence. Pour leur bien.

— Tu as fait tuer des millions de personnes pour leur bien ?

— Bien sûr ! Tu ne comprends donc pas qu'il fallait épurer un peu la planète ? Nous avions par ailleurs besoin d'effectuer une simulation grandeur nature afin de catégoriser la population. En répandant ce virus, nous avons fait d'une pierre deux coups et nous sommes fiers d'avoir mené à bien notre expérience.

— La pandémie était un test ?

— Un test formidable tu ne trouves pas ? Le comportement humain est tellement prévisible. Quant à l'esprit, qu'en dire ? C'est un jouet. Un jouet formidable pour ceux qui le maîtrisent, évidemment. C'est amusant de voir les gens se débattre, croire qu'ils choisissent telle ou telle option alors qu'en réalité, leurs choix sont entièrement programmés et suggérés des mois à l'avance. Mes amis et moi-même nous sommes beaucoup amusés ces dernières années, je dois bien l'avouer.

— Donc tu as fait tout ceci parce que tu t'ennuyais ?

— Évidemment que non, bougre d'abruti ! J'ai fait ceci pour éliminer les inutiles et séparer le reste de la population en deux groupes. Nous considérons que les Êtres humains qui ont survécu sont les Élus. L'expérience nous a permis de les catégoriser en deux groupes : les inférieurs et les supérieurs. Les premiers sont dociles et obéissants. Ils seront donc de bons soldats. Quant aux seconds, ce sont ceux qui réfléchiront et donneront des ordres aux premiers. C'est-à-dire nous.

— Mais pourquoi ?

— Pour rendre sa beauté et sa pureté à notre planète. Celles qu'elle avait avant que les gens ne détruisent tout.

— Quel est le rapport avec Notre-Dame ? demanda Livia.

— C'était le signal de départ de notre plan. Un peu comme un feu d'artifice qui avertissait nos amis du monde entier que nous étions prêts. Brûler l'image de la femme par excellence, celle qui est réputée indestructible : quel symbole ! Vous voyez, rien n'est indestructible quand on y met de la bonne volonté !

— Et Nicky ? Qu'est-ce qu'elle avait à voir dans tout ça ?

— Nicky était un dommage collatéral, répondit André.

— C'est toi qui l'as tuée ?

— Ah non, le sang me dégoûte. Marcus aime ça lui. Alors je lui ai fait ce cadeau.

— Tu lui as offert un meurtre ? répondit Antoine, éberlué.

— Et bien ? Oui ! Évidemment ! avait-il répondu comme s'il s'agissait de la chose la plus naturelle qui soit.

Il s'assit sur le fauteuil en bois et alluma une cigarette.

— Vois-tu, je te faisais suivre depuis que tu avais repris le chantier de Notre-Dame. J'ignorais si tu avais eu vent de cette affaire d'objet caché dans la couronne ou non. Donc, dans le doute, j'ai préféré prendre mes précautions. Là où j'ai manqué d'intelligence, c'est lorsque j'ai cru que tu laisserais la flèche ici et que tu la ferais restaurer au sous-sol, avec le reste des œuvres. Là je m'en suis voulu. Mais cela ne faisait rien, j'avais trouvé un autre moyen pour que tu me conduises malgré toi à la couronne.

— Nicky ?

— Exactement.

— Elle était des vôtres ?

Antoine était déconcerté.

— Mais non, imbécile ! intervint Ducret. Il n'y a pas de femmes dans nos équipes. Et cette greluche ne pensait qu'à s'amuser et à dandiner son cul dans toutes les soirées de Paris !

André reprit :

— Non, Nicky n'était pas des nôtres. Mais elle a servi d'appât.

***
*

Le jour du meurtre…

Nicky revenait de la supérette. Elle avait fait quelques courses avant de rentrer chez elle. Son caddie était lourd et il commençait à pleuvoir des cordes.

— *Fucking weather !*[16] pensa-t-elle.

Il lui restait encore quelques mètres à parcourir lorsqu'un homme d'une quarantaine d'années s'approcha et la protégea avec son parapluie.

— Voulez-vous de l'aide, Madame ? Votre chariot à l'air très lourd.

— Volontiers. Merci beaucoup.

— Vous habitez loin d'ici ?

— Non, je vis dans l'immeuble juste là, dit-elle en désignant la place Saint Michel.

---

16 Putain de météo !

— Je vous accompagne ?

Nicky n'était pas du genre à se méfier des inconnus qui l'abordaient. Son côté Américain sans doute.

— Vous me sauvez la vie, soupira-t-elle. Je n'ai pas d'ascenseur.

L'homme l'aida à monter ses courses chez elle et elle lui proposa un café.

— Non merci, dit-il. Je dois retrouver ma femme et mes enfants pour fêter le réveillon.

— Vous avez de la chance, dit-elle.

— Pourquoi ? Une jeune femme comme vous, vous devez sûrement avoir l'embarras du choix pour célébrer la nouvelle année !

Elle le regarda d'un air triste et dit :

— Je suis américaine et suis à Paris pour étudier. Je vous avoue que ma famille me manque en cette période de fêtes et je n'ai pas trop envie de sortir.

— Vous n'avez personne ici ?

— Non.

— Pas de petit ami ?

Nicky pensa instantanément à Antoine. Elle se doutait bien qu'elle n'avait représenté qu'une distraction d'un soir pour lui mais elle n'arrêtait pas de penser à lui depuis cette fameuse fête d'anniversaire. L'homme remarqua son trouble et s'en amusa :

— Vous voyez qu'il y a quelqu'un.

— Oui mais il ne m'aime pas.

— Vous n'en savez rien. Appelez-le et vous verrez. Qu'est-ce que vous risquez ? Après tout, les nouvelles années sont faites pour les nouveaux départs.

Nicky lui sourit et lui dit :

— Vous avez raison. Après tout, qu'est-ce que je risque ?

— À la bonne heure ! Bien je vous laisse.

Nicky le rattrapa :

— Attendez Monsieur. Comment vous appelez-vous ?

— Marcus.

— Enchantée Marcus. Moi c'est Nicky. J'espère vous revoir un jour.
— Je n'ai aucun doute là-dessus.

Marcus ayant pris congé, Nicky s'arma de courage et composa le numéro d'Antoine. À la dernière minute, elle ne s'était pas sentie capable de lui avouer qu'elle pensait à lui et qu'il lui manquait. Antoine n'était pas du genre à aimer le romantisme et à se fixer. Il décrocha au bout de la deuxième sonnerie et, vu son ton, il était d'une humeur exécrable. Elle prétexta alors la restitution de ses vêtements et il accepta de se déplacer mais de très mauvaise grâce. Tant pis, il viendrait et c'était l'essentiel. Une fois dans l'appartement, elle saurait quoi faire. Elle se dirigea vers sa chambre et sortit de son tiroir sa lingerie la plus sexy. Aucun homme n'avait résisté à cette dentelle noire.

Trois coups retentirent à la porte.

— Tu es déjà là ? dit-elle excitée. Tu as fait vite. Finalement tu étais pressé de me retrouver.

Elle ouvrit la porte et tomba sur Marcus.

— Oh dit-elle, c'est vous.

— Oui, j'ai dû laisser mes clefs ici, dit-il. Je peux ?

Elle s'effaça pour le laisser entrer, mal à l'aise d'être en petite tenue devant un inconnu. Marcus fit le tour de l'appartement tandis que Nicky envoya son adresse par SMS à Antoine.

— Il va venir ? demanda Marcus qui venait de retrouver ses clefs.

— Oui, il arrive, dit-elle.

— On va l'attendre ensemble ma toute belle…

***
*

Le chaînon manquant…

— Pour la symbolique, j'ai trouvé qu'il serait de bon ton que Marcus utilise le Glock de ton illustre grand-père. Et puis, si cela pouvait causer quelques torts à ton père d'être potentiellement impliqué dans une affaire de meurtre, cette affaire n'en aurait été que plus drôle à mes yeux. Tu n'as pas idée à quel point ce brave Firmin est efficace. Nous le considérons un peu comme notre Arsène Lupin. Et d'une discrétion folle avec ça. Je suis certain que Paul ne s'est jamais douté qu'un espion de Pharaon lui servait son petit déjeuner tous les matins. Enfin bref, hâtons-nous, nous avons du pain sur la planche. Je conclurai donc cette explication par un fantastique : et c'est ainsi que j'ai introduit Théo dans ta vie ! Ça t'en bouche un coin, n'est-ce pas ? se délecta André. Toi qui as toujours pensé que j'étais une petite lopette. Quel effet ça te fait de voir que la lopette, c'est toi ?

— Va te faire soigner, pauvre malade, répliqua Antoine.

Livia avait pourtant fait signe à Antoine de se taire et de ne pas provoquer André. Mais c'était sans compter sur le caractère de feu de son compagnon.

— Comment dis-tu ? avait demandé André. « Pauvre malade ? »

Puis il se tourna vers Ducret et dit :

— C'est méchant ça, non ?

— Ouais, je suis d'accord.

André fit un signe à Ducret qui sauta littéralement sur Livia pour l'attraper par la taille et lui pointer son arme sur la tempe. Étonnamment, Antoine ne bougea pas. Comme s'il s'attendait à cette réaction.

— Tu es si prévisible André. C'est pathétique.

André, qui s'attendait à toutes les réactions sauf à celle-ci, ne put masquer son décontenancement.

— De tous les qualificatifs que tu pourrais me donner, ce n'est pas à celui-là que j'aurais pensé en premier.

— Et pourtant… Je sais quelque chose que tu ignores.

— Ah oui ? Raconte-moi ça.

Antoine se tourna vers Ducret et lui dit :

— Tu as dit à ton patron qu'il avait fait tuer sa propre fille ? Je suis prêt à parier que non.

Théo se décomposa. Antoine venait d'obtenir sa réponse.

— Non? Ah c'est dommage ça. Tu penses qu'il va réagir comment?

— De quoi parle-t-il? demanda André.

Théo resta muet.

— De quoi parle-t-il? insista-t-il.

— Laisse tomber, André, je vais m'occuper de te raconter ça.

Antoine entama une marche de long en large dans la pièce.

— Alors voilà, c'est l'histoire d'un trou du cul de lopette qui a vingt piges et qui étudie l'architecture à Paris dans les années quatre-vingt-dix. Jusque-là, tu t'es reconnu? Oui? Parfait, je continue. Donc notre petite lopette qui n'est pas capable de se trouver une copine tout seul parce que sa maman a été trop méchante avec lui quand il était petit garçon rencontre une jolie Sud-Américaine à la bibliothèque et il la viole. Enfin, il la viole pendant que ses potes la tiennent. Oui, je n'ai pas précisé mais ce sont tous des lopettes. Alors ils font leur petite affaire et ils s'en vont. Ils l'abandonnent comme un chien dans la rue. Eh bien figure-toi que cette jeune fille a un nom. Tu veux le savoir? Sofia. Donc, ce soir-là, après que tu l'aies agressée, Sofia a été secourue par un type bien. Un certain James Duncan.

Antoine s'interrompit quelques instants pour observer la réaction d'André.

— Ah, je vois que tu commences à piger. Je continue. Tu as mis Sofia enceinte et devine quoi? C'était une fille! Je dis bien « c'était » parce que tu l'as faite massacrer par ton psychopathe de sbire il y a quelques jours. Regarde sa photo, dit-il en lui montrant une photo de son anniversaire, tu ne trouves pas qu'elle te ressemblait? Et ça, André, est-ce que ça t'en bouche un coin?

L'ambiance avait subitement changé. André était livide. Il se tourna vers Théo:

— C'est vrai?

Théo ne répondit pas. André se leva du fauteuil, écrasa son mégot de cigarette avec sa pointe de pied et lui flanqua une gifle magistrale:

— Réponds à ma question ! Est-ce que c'est vrai ? hurla-t-il.
— Oui, répondit Ducret, en tenant toujours Livia en joug.
— Et tu le sais depuis quand ?
— Depuis notre retour de New York. Mais j'allais t'en parler, s'empressa-t-il de préciser.
— Nicky était ma fille et ta petite-cousine. Comment se fait-il que tu ne m'aies pas averti sur-le-champ ?

Cette fois, c'est un coup de poing qu'il reçut en plein dans le nez, ce qui lui fit lâcher prise. Livia en profita pour lui assener un coup de coude dans les côtes et le désarmer. Elle n'eut pas le temps de se retourner. Un coup de feu retentit dans la pièce et elle vit Théo s'effondrer sur le sol. À son tour, elle braqua André. Il était stoïque, son pistolet estampillé M. dans la main.

Au même moment, un : « Police ! Ne bougez pas ! » résonna dans la pièce. Stéphane Laurent et deux de ses agents pointaient également leurs armes sur André. Au grand étonnement de Livia, Paul était là aussi.

— Lâche ton arme ! hurla-t-il à André.

André ne l'écoutait pas. Il n'écoutait plus personne à vrai dire. Il était absent. Il venait de tuer son petit-cousin et avait fait tuer sa fille. Sa propre enfant.

— Elle me ressemblait ? balbutia-t-il.
— Oui André, répondit Antoine. Blonde et des taches de rousseur.
— Comme Maman…, dit-il d'un ton enfantin.
— Non, pas comme ta garce de mère. Comme toi. Son plaisir c'était de visiter le monde et de prendre des photos de la nature. Tu vois, elle te ressemblait.

André s'agitait, il transpirait. De grosses gouttes de sueur perlaient sur son front. Il avait l'œil agar et délirait. Il était sorti du contexte, de la pièce, de la réalité. Il ne voyait plus les policiers et leurs armes braquées sur lui, il ne voyait plus Livia, Antoine et Max. Il ne voyait plus personne. Livia assista à son premier cas de bouffée délirante aiguë.

— Ma fille… J'avais une petite fleur… Maman, j'ai tué la petite fleur… Je n'ai jamais voulu ça… Ce n'était pas dans le plan.

André s'écroula alors sur le fauteuil et dirigea son arme vers sa tempe. Il leva les yeux vers Antoine et tira.

7.
Fin de l'histoire

Le jour se levait doucement sur Paris. Notre-Dame était encerclée par les voitures de police. Livia, Antoine et Max étaient assis sur des tabourets, dans la nef. Paul et le commissaire Laurent se tenaient debout, appuyés contre des tréteaux.

— Comment nous avez-vous retrouvés ? demanda Livia.

— Posez la question à votre ami, répondit le commissaire en désignant Max.

— Max ? interrogea Livia. Tu nous expliques ?

— Tu sais que je n'ai jamais aimé les flics ?

Puis, en direction de Laurent :

— Sauf vous, commissaire, vous êtes fantastique.

Laurent éclata d'un rire franc, ce qui détendit l'atmosphère. Max continua :

— Je ne sais pas pourquoi mais je n'ai pas senti le capitaine Ducret. Déjà, capitaine de police à même pas quarante ans, c'était trop bizarre. Et puis, je trouvais ça curieux qu'il enquête seul sur une affaire pareille. Encore pire qu'il vous autorise à l'accompagner partout… C'était étrange. D'habitude, les civils ne se mêlent jamais aux enquêtes de police, à moins qu'on veuille les interroger. Bref, je ne sais pas vous l'expliquer mais j'avais un mauvais pressentiment à son sujet. Alors j'ai commencé à fouiner. Avant que vous ne veniez me voir au Louvre, j'avais déjà mené ma petite enquête sur le passif de sa famille. Charles Ducret n'était pas net net. Il traînait de drôles de casseroles en interne, comme vous dites chez les poulets, et pourtant il n'avait jamais été inquiété. On ne lui avait même jamais posé la moindre question. Après que Ducret m'ait appelé pour me prévenir que vous aviez besoin d'accéder à la salle informatique du musée, j'ai rendu une petite visite au commissaire Laurent et je lui ai expliqué votre situation. C'est un détail mais je me suis demandé pourquoi tu ne m'avais pas appelé toi-même, dit-il à Livia.

— Pour être tout à fait honnête également, cela faisait quelque temps que je trouvais le comportement de Théo assez curieux. Il a toujours été un excellent flic. Comme son père, casseroles en moins. Il méritait son grade de capitaine, ne vous en déplaise, Max. Mais depuis l'incendie de la cathédrale, il s'absentait souvent sans raison, bâclait certaines enquêtes qu'il jugeait de moindre importance. Je n'avais évidemment pas fait de rapprochement. Qui aurait pu ? Il ne m'a donné que très peu d'informations concernant cette enquête et a refusé l'aide de son coéquipier. Il a prétexté qu'il était sur une piste et qu'il n'avait pas besoin d'aide. Il avait l'air tellement sûr de lui que je n'ai pas insisté. C'était mon filleul et je lui faisais confiance.

— Mais alors à qui passait-il ses coups de fil ? interrogea Livia.

— Probablement à André ou aux membres de Pharaon, répondit Laurent. Avec l'aide de Max et de votre père, nous avons mis nos experts sur le coup et nous avons fureté dans la vie de tout le monde qui aurait pu avoir un lien, de près ou de loin, avec cette enquête. Vous trois y compris. Et le seul que nous n'avons pas réussi à pister c'était André. Ce type était un fantôme. Il ne nous en a pas fallu plus pour éveiller nos soupçons. Nous avons pris la décision de mettre le portable de Ducret ainsi que les vôtres sur écoute et c'est ainsi que nous avons commencé à y voir un peu plus clair.

— Quant à ce soir, enchaîna Max, pendant que vous cherchiez le point d'entrée de la crypte, je faisais semblant de pianoter sur mon ordinateur des informations sur la cathédrale mais en réalité, je contactais le commissaire pour le prévenir de notre position et qu'il n'allait pas tarder à y avoir du grabuge.

— Et toi Papa ?

— Moi j'étais au courant pour Pharaon. J'en fais partie.

Stupeur générale.

— Pardon ?

— Oui, je connaissais cette société depuis sa création et j'avais déjà été chassé par les équipes d'André qui voulaient me recruter. J'avais toujours refusé de faire partie de cette abomination mais André m'a fait chanter le jour du 11 septembre.

Paul Marsac leur révéla ainsi la vérité sur sa responsabilité concernant l'effondrement de la tour et la mort de son beau-frère.

— Pourquoi tu ne nous as rien dit ? demanda Antoine.

— Parce que j'avais trop peur de faire de la peine à ta mère.

— Mais tu as sauvé tellement de personnes…

— Je suis responsable de la mort de tant d'autres, fils…

Paul marqua une pause et reprit :

— J'étais donc au courant de tout mais je refusais de participer à leurs actions. Jusqu'au jour où j'ai appris pour la petite Nicky. C'était trop. Je me suis rendu au commissariat et j'ai tout déballé à Laurent. Cela fait des mois qu'ils s'acharnent à démanteler cette horreur mais c'est quasiment impossible tant ils sont nombreux et influents.

Antoine se tourna vers le commissaire Laurent :

— Papa va-t-il être inquiété ?

— Non. Nous avons convenu qu'aucune charge ne serait retenue contre lui à condition qu'il nous serve de taupe. Ce qu'il a fait, avec brio. Votre père était au courant de tout, même que Firmin était un espion à la botte d'André.

— Et tu savais aussi pour le manuscrit ? demanda Antoine.

— Non, ça je n'en savais rien. Ce n'est pas moi qui ai préparé ce jeu de piste.

Ils échangèrent un regard amusé.

— Alors c'était vrai ? Tout ceci est vraiment l'œuvre de Nostradamus et de Viollet-Le-Duc ? questionna Antoine.

— Il faut croire que oui, répondit Livia.

***
*

Salon de Provence, 1555.

Michel de Nostredame est assis sur le perron de sa petite maison provençale. Il fait doux et le parfum des plantes méditerranéennes embaume l'air chaud de l'été. Cela sent bon la lavande et le laurier et la mer, même éloignée du village, réussit à saluer les villageois en salant le mistral qui vient leur tenir compagnie de temps en temps, trois jours durant. Il a désormais cinquante-deux ans et vient de publier son ouvrage polémique : les *Prédictions perpétuelles*. Il sait qu'il s'expose à des moqueries et qu'il risque de se faire traiter de fou mais il s'en moque. Il en a désormais l'habitude. Il est un vieil homme fatigué sur lequel les critiques ne font que glisser et qui n'aspire qu'à la quiétude de son mas et de son fauteuil en rotin, bien à l'abri sous son figuier. Il contemple la garrigue. Il a toujours été amoureux de sa chère Provence, baignée de soleil et rythmée par le chant des cigales. Il a voyagé partout en Europe, il a visité plein de pays mais c'est ici qu'il se sent vivant. C'est ici qu'il se sent libre.

Mais aujourd'hui, il est inquiet. Il a passé une mauvaise nuit. Du style de celles qu'il passe lorsqu'il sent qu'il va avoir une mauvaise prémonition. Alors il a décidé de l'attendre, papier, plume et encrier à ses côtés.

Des prémonitions, il en a toujours eu. Depuis sa plus tendre enfance, il arrive à sentir les choses. Il faisait même peur à ses camarades qui le traitaient de sorcier. Mais il n'avait pas choisi. C'était ainsi. Il avait la faculté de comprendre l'incompréhensible et de voir l'avenir. Au début il en avait été effrayé. D'autant qu'il n'avait jamais réussi à maîtriser ce don. Ni avant, ni maintenant. Sa plus grande peur c'était de voir un jour l'heure de sa mort. Mais pour le moment, il n'en savait toujours rien. Son dernier ouvrage, il l'avait pensé pour les générations futures. Il ne savait pas s'il existerait un jour quelqu'un d'autre comme lui. Or, ce qu'il avait vu l'avait pétrifié de peur. « Si au moins je pouvais les avertir et leur éviter cela, j'aurais accompli quelque chose de bien dans ce monde. », avait-il pensé. Il s'était exécuté, faisant fi de ce qu'on penserait de lui. Mais depuis la veille, il avait compris que le livre n'était pas fini. Ou qu'il y en aurait une suite.

Alors il attend. Il attend que ça vienne. Athos, son chien, est près de lui. Il avait vu son nom apparaître dans l'une de ses visions et il avait adoré. Athos est le gardien du mas. C'est un pépère tranquille de neuf ans qui pratique la sieste à haut niveau. Il gratouille l'oreille de son fidèle compagnon puis son corps s'engourdit, il a sommeil. Son regard se perd au loin et il aperçoit un homme et une jeune femme. L'homme est barbu et porte une redingote et un chapeau haut-de-forme. Il tient une équerre dans une main et un crucifix dans l'autre. La jeune femme, quant à elle a de longs cheveux bruns, elle porte un pantalon et d'étranges souliers qui la grandissent de dix centimètres. Elle est accompagnée d'un serpent. Puis ils disparaissent. Il voit alors le temps accélérer devant ses yeux. Il voit un moustachu enfermer des gens pâles et maigres dans des trains, il voit des objets volants percuter d'immenses maisons, il voit Paris en proie aux flammes et à la révolte, il voit l'Égypte et un drôle de masque, il voit un petit garçon qui regarde les fleurs pousser et se faire disputer par sa mère, il voit des gens fixer des petits carrés animés et oublier ce qu'il y a autour d'eux, il voit Notre-Dame brûler, il voit un étrange petit insecte rond et pointu tuer des milliers d'Êtres humains, il voit des gens enfermés dans leurs propres maisons, il voit la désolation et la mort de toute part. Il voit des chiffres, des dates, une formule chimique. C'est loin, très loin. Mais c'est terrible. Ces malheureux qui hurlent. Ces maisons qui brûlent. Cette servitude. La jeune femme et l'homme à chapeau réapparaissent. Elle s'appelle Livia. Il s'appelle Eugène. Elle lui montre une clef. Il lui montre une couronne. Ils lui demandent de lui dire ses secrets. Il leur fait confiance. Alors il ferme les yeux un instant et les rouvre. C'est fini. Il est de nouveau assis dans son fauteuil. Athos ronfle près de lui. Il prend alors la plume et commence son manuscrit. Il choisit d'écrire dans la même langue que Livia. En rouge, couleur de la correction. Après tout, il cherche à corriger les erreurs futures et à modifier le destin de l'humanité. Ainsi, elle comprendrait mieux. À présent, il en est sûr, il avait vu des catastrophes mais il existerait bel et bien d'autres éclairés comme lui qui lutteraient pour la bonté et la justice dans le monde. Eugène et Livia auraient le même don que lui et ils sauraient l'utiliser.

Ce fut son dernier livre.

Cette nuit-là, il dormit en paix.

Demain il partirait pour Paris et tout serait bientôt en place.

***
*

Paris, 1855.

Eugène est ravi. Il vient d'obtenir gain de cause. Des années qu'il se battait pour faire entendre raison au diocèse ! La Vierge à l'enfant sera finalement déplacée sur le pilier sud-est du transept de la cathédrale. Quelle idée d'aller la mettre sur le trumeau ! La Vierge à l'enfant c'était le symbole de Notre-Dame. Il lui fallait une place centrale et protégée dans l'église. Non seulement pour que tout le monde la voie mais aussi pour qu'elle soit à l'abri. Pour célébrer cela, il décide de se rendre sur le chantier où les ouvriers préparent sa mise en place. Il profite de la pause déjeuner des manutentionnaires pour vérifier la solidité du socle et passe sa main le long de sa paroi.

— Tiens, dit-il. Qu'est-ce que c'est que ça ?

Il vient de sentir la petite irrégularité sur le marbre. Il se penche pour voir cela de plus près et c'est le trou noir. Il se sent comme attiré vers l'avant. Il plonge dans un tourbillon de visions horribles, voit un vieil homme barbu qui lui dit d'appuyer sur l'encoche, une jeune femme brune qui s'appelle Livia, la cathédrale en feu… Il ne sait pas combien de temps ont duré les visions mais il se réveille assis contre le pilier. Sonné, il se relève et observe l'encoche. C'est un poinçon minuscule, en forme de fleur de lys. Il sort sa sacoche et en tire un compas dont il enfonce la pointe dans la fleur de lys. « Clic ».

***

*

Paris, 15 août 1859.

Sur le parvis de Notre-Dame, Eugène contemple son œuvre. L'inauguration de la flèche vient d'avoir lieu sous un ravisant soleil d'été. Il est fier de ce qu'il a accompli. Une dernière fois, il se repasse le film des derniers évènements. Il n'avait pas arrêté depuis sa première vision. Il n'avait eu de cesse de tenter de protéger les gens et d'accomplir la mission que Nostradamus lui avait communiquée par-delà les siècles. Il s'était donc occupé de l'écorché et il avait réussi à s'approcher du tableau de Véronèse. Il avait écrit le long de la tunique, en espérant que Livia ferait le rapprochement entre leur quête et le changement de couleur de l'étoffe. Il savait que les restaurateurs ne toucheraient pas aux chiffres. Ils croiraient que ce serait une signature énigmatique du Maître. Comme tous les mystères qu'ils feraient autour de la Joconde. Ce qui le fit rire. Oui, tout était en place. Non, il n'avait rien oublié. Même la flèche et la couronne attendaient que le destin accomplisse son œuvre.

— Maintenant, je peux souffler, dit-il.

Il ressent tout de même un pincement au cœur à l'idée de savoir qu'il a construit la flèche pour qu'elle brûle un jour. Ceci dit, l'Homme ne naît-il pas pour mourir ? Ni la naissance ni la mort ne comptent vraiment. Ce qui compte, c'est ce que l'on fait de sa vie et le message que l'on laisse derrière soi.

***
*

Paris, début 2022.

Le commissaire Laurent s'était éclipsé pour établir son rapport. Livia, Antoine, Max et Paul avaient eu la permission de rester encore quelques minutes dans la cathédrale mais ils devraient bientôt l'évacuer à leur tour. Le commissaire avait promis qu'ils pourraient reprendre les travaux rapidement mais il faudrait fermer le site pour quelques semaines, le temps de l'enquête. La PJ de Paris restait sur les talons de Pharaon et Laurent voulait s'assurer que la cathédrale était sécure. Quant à l'accès au bureau de Nostradamus, il serait rendu publique. Ainsi, sans le savoir, les visiteurs rendraient hommage à deux des plus grands bienfaiteurs de tous les temps.

— Je ne comprends pas l'intérêt de notre escale à New York, dit Antoine.

Livia réfléchit, puis observa tour à tour Paul et Antoine. Elle sourit et répondit :

— Je pense que, comme tu l'as dit, New York c'est ton projet. Mais pas que. C'est aussi celui de ton père. Peut-être, finalement, que le voyage et le lieu en lui-même étaient tout aussi importants que la découverte du mot de passe.

Elle acheva sa théorie en disant :

— Peut-être que Nostradamus a voulu te faire comprendre que tu avais un allier.

Antoine et Paul échangèrent un regard. Un regard de père à son fils. Un regard de fils à son père. Un regard d'hommes.

— On rentre à la maison ? dit Paul à son fils.

— Volontiers, Papa. Je crois que Maman nous attend. Nous avons tous les trois des choses à nous dire.

— Je crois aussi, fiston.

La guérison des Marsac touchait à sa fin. Les quatre hommes se levèrent et se dirigèrent vers la sortie.

***
*

La dernière Clef.

Livia était toujours assise. Elle contemplait le cryptex et le *Paris omnet* qu'elle avait récupérés sur le cadavre de Théo Ducret avant de quitter le bureau de Nostradamus. Elle n'en revenait pas de tous les évènements qu'elle avait vécus en si peu de temps. Dans la vie se succèdent de longues périodes où il ne se passe absolument rien, où l'on s'imagine en *stand-by*, perdu dans un néant de doutes. Et puis, d'un seul coup, survient un instant où il se passe tout. Celui où tout bascule. Qu'il s'agisse de la plus grande décision d'une vie ou d'un simple petit virage, leur point commun est qu'à aucun moment celui qui en est l'acteur n'a conscience qu'il est en train de modifier le cours de son existence. C'est le *Kairos*.

Pour André, le *Kairos* avait eu lieu le jour où il abandonna Patsy sous un rocher.

Pour Paul, ce fut le 11 septembre 2001, lorsqu'il refusa d'écouter les conseils d'André.

Pour Théo Ducret, ce fut le jour où il perdit son père et décida d'intégrer Pharaon afin de se rapprocher de son esprit, qu'il croyait avoir rencontré en songe.

Pour Sofia, ce fut un soir d'été, lorsqu'elle décida de refuser les avances d'un garçon timide.

Pour Nicky, ce fut le jour où elle décida de visiter la ville où ses trois parents s'étaient rencontrés. La suite de l'enquête révéla qu'elle n'avait aucune idée de l'identité de son père biologique et qu'elle avait choisi d'étudier à Paris uniquement dans le but d'étancher sa soif de découverte. Nicky était la plus heureuse des jeunes femmes et aimait ses parents : Sofia et James Duncan. Le hasard fait parfois mal les choses.

Pour Antoine, ce fut le jour où, sur le seuil de la cathédrale, il aperçut la Vierge à l'enfant.

Quant à Livia, le *Kairos* avait eu lieu sur un palier d'appartement, un soir d'automne où elle avait perdu ses clefs.

Ses clefs… Elle ouvrit le cryptex et lut le message : « À celle qui sera la clef pour un monde meilleur. MND 1555. » Elle regarda alors la Croix. À ce moment précis, le premier rayon de soleil de la journée se refléta sur sa surface immaculée. Elle se sentit alors projetée vers l'avant et un flot rapide d'images l'envahit. Au bout de quelques instants, elle entendit la voix d'Antoine qui l'appelait. Elle ouvrit les yeux et les leva vers le Ciel. Ponctuant sa parole d'un clin d'œil, elle dit :

— Message reçu, merci.

ÉPILOGUE

Les photographes et les journalistes encerclaient l'entrée de la clinique. Ils patientaient en bas des marches, comme au festival de Cannes. Sauf qu'il n'était pas prévu de dérouler le tapis rouge et que Brad Pitt n'avait pas été convié. Le cabinet Marsac avait été choisi – non sans piston, il fallait bien l'avouer – pour construire une toute nouvelle clinique en plein cœur de Paris, près du Jardin du Luxembourg. Ils avaient réalisé une véritable prouesse architecturale en faisant cohabiter le savoir-faire des compagnons du tour de France et celui des écologistes futuristes. Mises en commun, leurs valeurs avaient donné vie à un solide bâtiment en pierres de taille parfaitement autosuffisant. Ceci dit, ils n'avaient pas vraiment eu le choix. D'un côté, c'étaient les conservateurs des monuments de France qui les avaient à l'œil : « Hors de question d'ériger une boîte de conserve recouverte d'antennes 5G devant le Sénat ! Marie de Médicis en mourrait une seconde fois ! », avait déclaré le conservateur du patrimoine. De l'autre c'était la maire de Paris qui leur promit de leur mettre des bâtons dans les roues s'ils avaient prévu de construire une usine à gaz qui dégagerait plus de CO_2 qu'ArcelorMittal.

Le chantier de la clinique avait été de loin le plus cocasse que Paul et Antoine aient jamais vu et l'on ne comptait plus les menaces de démission de Michel, qui était pourtant toujours là. L'esprit de camaraderie ambiant atteint son point culminant le jour du fameux débat animé entre, d'un côté, le robuste tailleur de pierre et, de l'autre, le petit ingénieur en panneaux solaires. Leurs cris avaient ameuté tous les ouvriers du chantier. Ils se tenaient l'un en face de l'autre, le teint rouge tomate, exactement comme celui de Michel dans ses grands jours.

— Je te dis que tu ne peux pas accrocher ton foutu machin ici ! dit Gérard. La pierre est trop meuble à cet endroit.

— Et moi je te répète que le panneau est léger et que si ton caillou est trop fragile pour le supporter, peut-être que tu devrais changer de fournisseur, répondit Maël.

— Et si je te le collais dans ta petite tronche de cake, le caillou ? T'en penses quoi ?

Le combat s'annonçait clairement déséquilibré. Cela aurait ressemblé à un duel entre Astérix et Obélix sauf que l'on aurait siphonné la gourde du petit moustachu avant de le faire monter sur le ring. Un massacre. C'est évidemment à ce moment précis que les gars ouvrirent les paris.

— J'en pense que t'es un gros balourd qui ne capte rien à rien et qu'à ton âge, tu devrais penser à prendre ta retraite !

— Le gros balourd va te flanquer un coup de massette, ça va te remettre tes binocles en place !

— Ah ouais ? Bah vas-y papy, je t'attends !

La frustration fut générale lorsque Michel déboula en trombe devant les deux fauves. Étant donné qu'aucun des deux ne ferait le poids devant lui, ils décidèrent d'adopter la même attitude que les conducteurs qui freinent lâchement devant un radar : ils fermèrent leur clapet et trouvèrent une solution. La foule se dispersa et, un an plus tard, on installait la dernière machine à IRM dans la plus jolie de toutes les cliniques pédiatriques de France.

Livia travaillait désormais de concert avec une association bien connue qui permettait aux enfants gravement malades du monde entier de bénéficier de soins et d'opérations gratuites en France, le pays des Lumières et de Pasteur. Elle avait accompli son rêve d'ouvrir une clinique qui les accueillerait ainsi que leurs parents le temps de leur séjour en France. Elle voulait que le bâtiment ressemble à tout sauf à un hôpital. Elle avait imaginé une grande maison, entourée d'un jardin fleuri avec des animaux. Tout devait être suffisamment paisible et joyeux pour que les enfants n'aient pas peur. Les petits anges avaient déjà beaucoup trop souffert pour, en plus, être projetés dans une atmosphère aseptisée et stressante. Elle était directrice de la clinique et Mara et ses confrères du cabinet médical avaient accepté de lui prêter main-forte, chacun dans le domaine de son choix.

Aujourd'hui, Livia était riche. Pour des raisons évidentes, elle n'avait pas été autorisée à conserver les exemplaires de *Paris omnet*, qui reposaient désormais en lieu sûr, mais elle avait pris des clichés de chaque page qu'elle avait imprimés et reliés. Elle n'en avait parlé à personne, sauf à Antoine. Bien sûr, elle ne lui avait pas expliqué ce que Nostradamus et Eugène avaient vu pour le futur. Il préférait vivre sa vie au jour le jour et se laisser surprendre par ses aléas, bons ou mauvais. Et il avait entièrement raison. Quant à elle, elle savait tout et continuait à avoir des projections qu'elle notait, en rouge, à la suite des prophéties de Nostradamus et d'Eugène. Si elle était capable de vivre avec cela, elle savait que tout le monde ne pourrait pas supporter ce fardeau. Mais elle voulait tirer du positif de chaque situation et avait décidé de travailler sur la formule chimique du livre. Nostradamus avait raison. Ses travaux avaient permis la découverte du traitement universel contre la Covid-19. Elle l'avait donc breveté. Elle avait décidé de ne faire confiance à personne et de gérer elle-même les bénéfices de sa découverte. Enfin, de leur découverte à Nostradamus et à elle. Elle s'était juré de les utiliser pour faire le bien. Et c'était chose faite avec la clinique, entre autres.

Tous ses proches étaient là pour l'inauguration, ses parents adorés en première ligne. Elle regardait avec tendresse Antoine plaisanter avec son père et sa mère qu'elle avait enfin pu rencontrer et avec qui elle partageait de nombreux points communs. Elle était heureuse de voir que leur famille était à nouveau soudée. Cécile avait fait la paix avec le décès de son frère. Antoine leur avait raconté sa nuit d'horreur new-yorkaise. Quant à Lila, elle avait été aimée… tout autant qu'Antoine.

Les Duncan avaient fait le déplacement depuis New York. Le commissaire Laurent avait pris son après-midi. Max était là aussi, avec une nouvelle conquête… « Tiens, elle est inconnue au bataillon celle-ci », pensa-t-elle, amusée.

L'heure de l'inauguration était arrivée. L'accès à l'escalier était barré par un ruban et le nom de la clinique était masqué par une étoffe rouge – il fallait bien un clin d'œil. Elle coupa le ruban, s'avança et tira sur l'un des cordons reliés à l'étoffe. Le tissu tomba, laissant apparaître le nom de la clinique : « Les jardins de Lila et Nicky ». À la fin de la cérémonie, Sofia vint à la rencontre de Livia :

— Merci Madame, pour cet hommage à ma fille.

— Je vous en prie. J'avais espéré que, peut-être maintenant, vous penseriez à ce quartier comme à un joli jardin où Nicky aurait aimé se promener. Il paraît que les beaux souvenirs chassent les mauvais…

***

*

Au fond du jardin de la clinique, deux amoureux se reposaient sur un banc. Le jeune homme était confortablement allongé sur les genoux de la jeune femme.

— Je suis fier de toi, ma chérie, dit Antoine.

— Je suis fière de nous, répondit-elle.

— Une question me turlupine quand même.

— Je t'écoute.

— Pourquoi as-tu tenu à faire de ce lieu un prototype écolo ?

Livia sourit :

— Pour André.

— Pardon ? dit-il en se redressant.

— Au fond, ce n'était qu'un petit garçon que personne n'a jamais aimé. Il n'a pas choisi. Souviens-toi que même Lucifer a un jour été un ange…

***
*

Non loin de là, un homme observe la scène à travers ses lunettes de soleil. Il s'appelle Marcus. Il est le nouveau chef de Pharaon.

Madame Livia Maria De Santis

et

Monsieur Antoine Marsac

ont le bonheur de vous convier à la cérémonie
de leur mariage qui aura lieu le :

Samedi 8 juin 2024

en la Cathédrale Notre-Dame de Paris.

Les festivités se poursuivront à Chantilly,
à l'Auberge du Jeu de Paume.

ENTRE NOUS…

Quelle chose étrange que l'inspiration. Elle fait irruption dans votre vie sans crier gare et vous taraude jusqu'à ce que vous ayez réussi à la matérialiser. Puis elle vous quitte en vous laissant un petit mot doux : la promesse de revenir vous turlupiner un jour. Oh, bien sûr, ce billet ne comporte ni indice, ni date d'expiration. Ce serait bien trop simple ! Pour connaître le moment de votre prochaine rencontre, il faudra vivre votre vie. Et puis un jour, au coin d'une rue, dans le regard d'un bel inconnu ou devant le reflet des vagues de la Méditerranée, vous vous rencontrerez à nouveau. À vous de voir alors ce que vous déciderez d'en faire. Quant à savoir de quoi elle est faite… Pour ma part j'imagine qu'elle se nourrit de notre expérience. De ce que l'on a accompli, de ce que l'on aurait aimé faire mais que l'on n'a pas fait, de ce que l'on a fait et que l'on aurait préféré ne pas faire. Votre inspiration est vôtre. Personnelle et intime.

La mienne d'inspiration est venue toquer à la porte de ma vie un soir de Noël et en est repartie un après-midi de canicule. Moment de joie succédant aux moments de tristesse. Moment de tristesse succédant aux moments de joie. Ainsi va l'existence, je suppose. Ma vie avait pris l'apparence de ces appartements où traînent des dizaines de cartons en attente d'un déménagement. Sauf que les déménageurs ne sont jamais passés et qu'il a fallu tout remettre en place, même les pots cassés.

Mais il paraît que les choses n'ont que l'importance qu'on leur donne…

La connaissez-vous, cette petite voix intérieure qui vous pousse à être fort et courageux ? Celle qui fait taire votre envie de capituler devant les épreuves, celle qui vous somme de choisir la vie. En tout temps et en tout lieu : toujours choisir la vie. Une personne avisée m'a dit un jour que l'on pouvait tirer du positif de toutes les situations. Qu'il fallait apprendre à voir au-delà des misères et que, si les choses étaient telles qu'elles étaient et que l'on n'y pouvait rien changer, la seule solution était d'en prendre son parti, de modifier son point de vue et d'avancer vers d'autres objectifs. Rester devant une porte fermée n'a, de toute façon, jamais servi à rien. Au fond, je crois que c'est vrai. C'est d'ailleurs tellement précieux à mes yeux que j'en ai fait mon mantra et que j'en ai écrit ce livre. Mon livre.

D'ailleurs, si vous parcourez ces lignes, c'est que mon ouvrage a suscité l'intérêt d'un éditeur et qu'il m'a fait le cadeau de m'accorder sa confiance (ce dont je n'ai aucune idée à l'instant où j'écris ces mots…). J'espère qu'il vous a plu, j'espère qu'il vous a inspirés, j'espère que vous vous êtes reconnus dans les personnages, j'espère qu'il vous aura fait réfléchir. J'espère qu'il ne vous aura pas laissés indifférents.

Et, surtout, j'espère qu'il est le début d'une longue histoire entre vous et moi.

Je suis riche de ceux que j'aime
et de ceux que j'ai aimés...

Paris, mai 2023.

Fin.

TABLE DES MATIÈRES

Imprimé en France
ISBN 979-10-203-7050-1
Dépôt légal : 1er trimestre 2024

Imprimé en France
FRHW010254100424
38702FR00015B/208

9 791020 370501